DU MÊME AUTEUR

Les Variations Goldberg. Romance, Seuil, 1981 ; Babel n° 101.
Histoire d'Omaya, Seuil, 1985 ; Babel n° 338.
Trois fois septembre, Seuil, 1989 ; Babel n° 388.
Cantique des plaines, Actes Sud / Leméac, 1993 ; Babel n° 142.
La Virevolte, Actes Sud / Leméac, 1994 ; Babel n° 212.
Instruments des ténèbres, Actes Sud / Leméac, 1996 ; Babel n° 304.
L'Empreinte de l'ange, Actes Sud / Leméac, 1998 ; Babel n° 431.
Prodige, Actes Sud / Leméac, 1999 ; Babel n° 515.
Limbes / Limbo, Actes Sud / Leméac, 2000.
Visages de l'aube, Actes Sud / Leméac, 2001 (en collaboration avec Valérie Winckler).
Dolce agonia, Actes Sud / Leméac, 2001 ; Babel n° 548.
Une adoration, Actes Sud / Leméac, 2003.
Lignes de faille, Actes Sud, 2006.

LIVRES POUR ENFANTS
Véra veut la vérité, Ecole des Loisirs, 1992 (avec Léa).
Dora demande des détails, Ecole des Loisirs, 1993 (avec Léa).
Les Souliers d'or, Gallimard, "Page blanche", 1998.
Tu es mon amour depuis tant d'années, Thierry Magnier, 2001 (en collaboration avec Rachid Koraïchi).

ESSAIS
Jouer au papa et à l'amant, Ramsay, 1979.
Dire et interdire : éléments de jurologie, Payot, 1980 ; Petite Bibliothèque Payot, 2002.
Mosaïque de la pornographie, Denoël, 1982 ; Payot, 2004.
A l'amour comme a la guerre, Correspondance, Seuil, 1984 (en collaboration avec Samuel Kinser).
Lettres parisiennes : autopsie de l'exil, Bernard Barrault, 1986 (en collaboration avec Leïla Sebbar) ; J'ai lu, 1999.
Journal de la création, Seuil, 1990 ; Babel n° 470.
Tombeau de Romain Gary, Actes Sud / Leméac, 1995 ; Babel n° 363.
Désirs et réalités, Leméac / Actes Sud, 1996 ; Babel n° 498.
Nord perdu suivi de *Douze france*, Actes Sud / Leméac, 1999 ; Babel n° 637.
Ames et corps, Leméac / Actes Sud, 2004.
Professeurs de désespoir, Leméac / Actes Sud, 2004 ; Babel n° 715.
Le Chant du bocage (avec Tzvetan Todorov ; photographies de Jean-Jacques Cournut), Actes Sud, 2005.
Passions d'Annie Leclerc, Actes Sud, 2007.

THÉÂTRE
Angela et Marina (en collaboration avec Valérie Grail), Actes Sud-Papiers / Leméac, 2002.

LIGNES DE FAILLE

© ACTES SUD, 2006
pour l'édition française
ISBN 978-2-7427-6936-0

Illustration de couverture :
Léa et Rachel, 2002
© Jonathan Hirschfeld

NANCY HUSTON

LIGNES
DE FAILLE

roman

BABEL

Qu'était-ce – cette façon de brûler, de s'étonner, de ne jamais pouvoir faire autrement, de sentir la douce, la profonde, la rayonnante montée des larmes ? Qu'était-ce ?

R. M. RILKE

LIGNES DE FAILLE

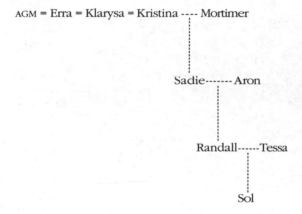

AGM = Erra = Klarysa = Kristina ---- Mortimer

Sadie------- Aron

Randall------Tessa

Sol

I

SOL, 2004

C'EST l'éveil.
Comme quand on appuie sur l'interrupteur et que la pièce se remplit de lumière.

Dès que je sors du sommeil je suis allumé alerte électrifié, tête et corps en parfait état de marche, j'ai six ans et je suis un génie, première pensée du matin.

Mon cerveau remplit le monde et le monde remplit mon cerveau,

j'en contrôle et possède chaque parcelle.

Dimanche des Rameaux   très tôt
AGM chez nous en visite

Maman et papa encore endormis un dimanche ensoleillé   soleil   soleil
soleil   Roi soleil

Sol   Solly   Solomon

Je suis un flot de lumière   instantané   invisible   et tout-puissant   qui

se répand sans effort dans les recoins
les plus sombres de l'univers

    capable à six ans de   tout voir
tout illuminer   tout comprendre

En un éclair je suis débarbouillé et
habillé, mon lit est fait. Mes chaussettes
et mon slip d'hier sont dans le panier
à linge sale, plus tard dans la semaine
ils seront lavés, séchés, repassés et pliés
par ma mère, puis rangés prêts à resservir dans le premier tiroir de ma commode. Ça s'appelle un cycle. Tous les
cycles doivent être contrôlés et super-
visés, comme par exemple celui de la
nourriture. La nourriture circule à travers notre corps et devient nous alors
il faut faire très attention à ce qu'on
laisse entrer en nous et ce qui doit rester au-dehors. Je suis exceptionnel. Je
ne peux pas permettre à n'importe quoi
de pénétrer dans mon corps : mon caca
en sortant doit avoir la bonne couleur
et la bonne consistance, ça fait partie
de la circulation.
En fait je n'ai jamais faim et maman
est très compréhensive à ce sujet, elle
me donne seulement les nourritures qui
me plaisent et qui circulent facilement,
yaourt et fromage et pâtes, beurre d'arachide et pain et céréales, elle n'insiste

pas sur tout l'aspect légumes/viande/poisson/œufs de la nourriture, elle dit que j'y viendrai quand j'en aurai envie. Elle me fait des sandwichs à la mayonnaise avec du pain de mie en enlevant la croûte mais, même là, j'en mange la moitié ou le quart et ça me suffit. Je grignote de minuscules parcelles de mie de pain en les mouillant avec la salive dans ma bouche, ensuite je les pousse avec ma langue entre les lèvres et les gencives où elles se dissolvent tout doucement parce qu'en fait je n'ai pas envie de les avaler. *L'important c'est de garder l'esprit affûté.*

Papa voudrait que je mange comme un petit garçon américain normal. Il se demande ce qui va se passer à la cantine quand je commencerai l'école à l'automne prochain mais maman dit qu'elle viendra me chercher tous les jours et me fera à déjeuner à la maison, sinon à quoi ça sert d'avoir une mère femme au foyer ?

Dieu m'a donné ce corps et cet esprit et je dois en prendre le meilleur soin possible pour en tirer le meilleur bénéfice. Je sais qu'Il a de grands desseins pour moi, sinon Il ne m'aurait pas fait naître dans l'Etat le plus riche du pays le plus riche du monde, doté du système d'armement le plus performant, capable d'anéantir l'espèce humaine en un clin d'œil. Heureusement que Dieu et le président Bush sont de bons amis. Je pense au paradis comme à un grand Etat du Texas dans le ciel, avec Dieu qui se balade sur son ranch en Stetson et en bottes de cow-boy, vérifiant que tout est sous contrôle, canardant une planète de temps à autre pour s'amuser.

Quand on a tiré Saddam Hussein de son trou à rat l'autre jour, il avait les cheveux tout crasseux et emmêlés, les yeux chassieux injectés de sang, la barbe ébouriffée et les joues creuses. Papa s'est mis à pousser des cris de joie devant la télé : "Voilà ce que j'appelle une *défaite*! On les aura tous, ces sales terroristes arabes ! jusqu'au dernier ! – Randall, a dit maman, qui posait justement devant lui un plateau avec un verre de bière glacée et un bol de cacahuètes, il faut faire attention à ce qu'on dit. On ne voudrait pas laisser croire à Solly que tous les Arabes sont des terroristes, n'est-ce pas ? Je suis sûre qu'il y a des Arabes très gentils, ici même en Californie, il se trouve juste que je ne les connais pas personnellement." Elle a dit ça comme si elle plaisantait mais en même temps elle disait la vérité. Papa a bu une lampée de bière. "Ouais, Tessie, je m'excuse, t'as sûrement raison", il a dit en rotant assez fort, ce que maman a décidé de prendre comme une blague, alors elle a ri.

J'ai des parents formidables qui s'aiment encore, ce qui n'est pas le cas de la plupart des enfants dans mon école maternelle. On peut voir qu'ils s'aiment parce que les photos encadrées de leur mariage et les cartes de félicitations trônent encore sur le buffet, alors qu'ils se sont mariés il y a sept ans ! En fait maman a deux ans de plus que papa, j'ai du mal à l'admettre mais elle a *trente ans* – certains enfants à l'école maternelle ont des mères de plus de *quarante* ans, la mère de mon ami Brian a *cinquante* ans, elle est plus vieille que ma grand-mère Sadie. Ça veut dire qu'elle l'a eu à quarante-quatre ans ce qui est dégoûtant, je n'arrive pas à croire que les gens continuent de baiser quand ils sont vieux. Oui je sais d'où viennent les bébés, je sais tout.

A vrai dire c'est mamie Sadie qui a choisi mon prénom. Elle avait toujours regretté de ne pas avoir donné un nom juif à mon père alors à la génération suivante elle n'a pas voulu rater le coche une deuxième fois et maman a dit qu'elle n'y voyait pas d'inconvénient. Ma mère est quelqu'un de très accommodant, elle veut que tout le monde s'entende et sans doute que Sol peut être un nom chrétien aussi.

L'influence de ma grand-mère sur ma vie s'arrête là parce que par bonheur elle habite loin de chez nous en Israël et je ne la vois presque jamais. Je dis par bonheur parce que mon père ne l'aime pas beaucoup mais en même temps elle lui fait peur et il n'ose pas vraiment lui tenir tête, alors il y a pas mal de tension chaque fois qu'elle vient chez nous en visite ce qui bouleverse ma mère. Dès que mamie Sadie a le dos tourné, papa devient soudain courageux et se met à la critiquer parce qu'elle aime tellement donner des ordres et se mêler de ce qui ne la regarde pas. Une fois il a même dit que c'était la faute de sa mère si Aron son père bien-aimé, qui était un dramaturge raté, est mort à l'âge de quarante-neuf ans ; maman a dit que c'était absurde, qu'Aron avait été tué par les cigarettes et non par son épouse, mais papa a dit qu'il y avait un lien bien connu entre le cancer et la colère refoulée, ce dont je ne suis pas sûr ce que ça veut dire, *refoulé*.

Mon père a vécu en Israël lui aussi quand il avait mon âge et il a tellement aimé la ville de Haïfa que de tous les endroits possibles où habiter aux Etats-Unis il a choisi la Californie parce que les eucalyptus et les palmiers et les orangeraies et les buissons à fleurs lui rappelaient le bon vieux temps. C'est aussi en Israël qu'il a commencé à ne pas aimer les Arabes à cause d'une petite fille arabe dont il s'est entiché là-bas, mais je ne sais pas ce qui s'est passé parce que chaque fois qu'il aborde le sujet il devient complètement crispé et taciturne, même pour maman c'est un mystère l'histoire de cet amour de jeunesse.

Mamie Sadie est handicapée et juive orthodoxe à la différence de tous les autres membres de la famille. Elle porte une perruque parce que pour les femmes juives orthodoxes seul leur mari a le droit de voir leurs cheveux, sinon les autres hommes pourraient les convoiter et vouloir les baiser hors des liens sacrés du mariage. Etant donné qu'elle est veuve et qu'elle circule en chaise roulante, je doute qu'on veuille la convoiter et la baiser mais quand même elle refuse d'ôter sa perruque. Il paraît qu'un rabbin de Floride a ordonné aux femmes juives orthodoxes de ne plus porter les perruques faites avec des cheveux indiens parce qu'en Inde on se prosterne devant des dieux qui ont six bras ou une tête d'éléphant et à force de prier ces dieux les Indiennes sont complètement souillées et les juives qui portent leurs cheveux attrapent la souillure, alors le rabbin leur a ordonné d'acheter *tout de suite* de nouvelles perruques aux cheveux synthétiques mais mamie dit qu'il exagère.

La chaise roulante c'est à cause d'un accident de voiture il y a longtemps mais ça ne l'empêche pas de circuler. Elle a vu plus de pays que tous les autres membres de notre famille réunis. C'est une conférencière célèbre et sa mère à elle Erra, AGM mon arrière-grand-mère, est une chanteuse célèbre et mon père sera bientôt un guerrier célèbre en Irak et c'est à moi de décider en quoi je veux être célèbre mais ça ne posera pas de problème, la célébrité est héréditaire chez nous.

A la différence de mon père, dont la mère était toujours par monts et par vaux en train de sévir dans les universités, j'ai une maman formidable qui a choisi de rester à la maison par sa propre volonté et non parce que c'était le destin des femmes comme à la vieille époque. Elle s'appelle Tess mais moi je l'appelle maman. Tous les enfants appellent leur mère maman bien sûr, mais parfois quand on est au parc un enfant s'écrie "Maman !" et ma mère se retourne en croyant que c'est moi, je trouve ça incroyable. "Mais non, elle dit, c'est comme les sonneries de portable. Si quelqu'un a la même que la tienne tu sursautes, forcément, et ensuite tu te rends compte – ah non, ce n'est pas moi qu'on appelle."

Ce n'est *pas* comme un portable. Ma voix, c'est MA VOIX. Je suis unique.

A l'école maternelle et ailleurs, je bluffe tout le monde avec mes talents de lecture parce que maman m'a appris à lire quand j'étais bébé. Je l'ai entendue raconter mille fois comment elle venait près de moi quand j'étais couché dans mon lit à barreaux et me montrait des cartes bristol en me lisant les mots écrits dessus, trois séances par jour et vingt minutes par séance pratiquement depuis ma naissance, comme ça j'ai appris à lire et à parler en même temps et je ne peux même pas me *rappeler* une époque où je ne savais pas lire. Mon vocabulaire est stupéfiant.

Les jours de semaine, papa est absent du matin au soir parce qu'il met plus de deux heures pour faire la navette jusqu'à Santa Clara où il a un poste très exigeant pour programmer des ordinateurs. Il gagne un excellent salaire, grâce à quoi nous sommes une famille

à deux voitures – "On a plus de voitures que d'enfants !" ils disent parfois
en rigolant, parce que maman vient
d'une famille qui avait six enfants et
une seule voiture ! Sa famille était ca-
tholique, ce qui voulait dire que ma
grand-mère n'avait pas droit au plan-
ning familial alors elle a continué d'avoir
des enfants jusqu'à ce qu'ils soient vraiment dans la dèche, après quoi elle
s'est arrêtée. Mon père, lui, a eu plutôt
une éducation juive, alors quand lui et
maman sont tombés amoureux ils ont
décidé de couper la poire en deux et
ils se sont mis d'accord sur l'Eglise protestante ce qui leur donne droit au plan-
ning. En gros ça veut dire que l'épouse
prend une pilule et le mari peut la baiser autant qu'il veut sans mettre un
bébé dans son ventre, c'est comme ça
que je suis enfant unique. Maman voudrait avoir un autre enfant un jour et
papa dit qu'ils devraient pouvoir se le
permettre d'ici un an ou deux mais,
quel que soit le nombre d'enfants dans
notre famille, je ne redoute pas la concurrence. Jésus avait une flopée de frères lui aussi et on n'en entend jamais
parler, il n'y a tout simplement pas de
comparaison.
  Une fois par mois mon père fait partie d'un groupe d'hommes où on se

demande comment faire pour être un homme à une époque où les femmes travaillent. Je ne sais pas pourquoi il a besoin de ce groupe étant donné que ma mère ne travaille pas, toujours est-il que chacun à son tour ils s'assoient sur une sellette et se racontent leurs problèmes. Ensuite ils doivent suivre les conseils du groupe et s'ils désobéissent ils sont punis avec plein de pompes. Parfois tout le groupe part faire des choses viriles ensemble, comme randonner et dire des gros mots et dormir à la belle étoile et supporter des piqûres de moustique parce que les hommes sont plus endurants que les femmes.

Je suis vraiment heureux d'être né garçon plutôt que fille parce que c'est plus rare pour les garçons de se faire violer, sauf s'ils sont catholiques ce que nous ne sommes pas.

Sur le site sanglotweb que j'ai découvert par hasard un jour en demandant à Google des images de la guerre d'Irak, on peut voir des centaines de filles et de femmes en train de se faire brutalement violer gratis et c'est écrit qu'on leur a réellement fait mal devant les caméras. En tout cas elles n'ont pas l'air de s'amuser, surtout quand elles sont bâillonnées et ligotées. Parfois, en plus de les baiser dans la bouche ou le vagin ou l'anus, les hommes menacent de leur trancher le bout des seins avec un cutter mais on ne les voit pas vraiment le faire alors c'est peut-être du chiqué. Mohamed Atta et les autres terroristes du 11 Septembre ont utilisé des cutters pour écraser les avions contre les tours quand j'avais trois ans, je me rappelle très bien quand papa m'a appelé pour venir regarder les tours s'écrouler encore et encore à la télé en disant "Putains d'Arabes" et en buvant de la bière.

J'ai mon petit ordinateur à moi sur le bureau de ma chambre, entouré de toutes mes peluches et mes livres d'images et les cadeaux d'AGM et des autres membres de ma famille, mes dessins de l'école maternelle collés aux murs avec du ruban Magic Scotch® qui ne déchire pas le papier peint quand on l'arrache, et aussi mon nom en lettres de bois montées sur des roues – S – O – L – que ma mère a soigneusement recouvertes de feuille d'or pour les faire briller et scintiller. Mon ordinateur me permet de jouer à des jeux tout seul parce que je n'ai pas de frères et sœurs, c'est surtout pour ça que mes parents me l'ont acheté, pour que je ne souffre pas de la solitude. Je peux jouer au Scrabble, aux dames, au morpion, et à des tas de petits jeux électroniques débiles pour les enfants, où on voit par exemple des gens grimper sur les murs et on tire dessus et si on arrive à les tuer on a un point. Mais comme ma chambre est juste à côté de celle de mes parents et comme je contrôle parfaitement tous mes mouvements et sais marcher sur la pointe des pieds sans faire le moindre bruit, c'est facile d'allumer l'ordinateur de maman pendant qu'elle fait le ménage en bas et d'entrer dans Google et d'apprendre ce qui se passe dans le monde réel.

Mon esprit est gigantesque. Du moment que mon corps est propre et que la nourriture y circule comme il faut, je peux traiter toutes les informations. Je m'empiffre de Google et deviens le président Bush et Dieu en même temps. D'après papa, le mot *googol* était autrefois le nombre le plus grand qu'on puisse imaginer – le chiffre 1 suivi de cent zéros – mais de nos jours c'est à peu près l'infini. Il suffit de télécharger et on peut voir les filles se faire violer dans le vagin ou l'anus par des chevaux ou des chiens ou tout ce qu'on veut, clic clic clic avec le sperme de la bête sur leurs lèvres souriantes. Maman ne se sert pas souvent de son ordi et comme elle chante tout en passant l'aspirateur en bas, elle n'a aucune chance de m'entendre cliquer avec la souris de la main droite pendant que je glisse la main gauche entre mes jambes et commence à frotter. Mon esprit court à toute vitesse mon estomac est presque vide je suis une machine en pleine ébullition. Même si je n'en ai pas le droit, c'est facile d'être deux personnes ou mille personnes à la fois, pour ne rien dire des animaux, et du moment que c'est soigneusement contrôlé et chronométré et structuré tout ira bien.

est-ce que papa aussi a… ?

je suis un garçon, heureusement

J'adore cliquer aussi sur les cadavres des soldats irakiens dans le sable, c'est tout un diaporama. Parfois on ne sait même pas ce que c'est, comme partie du corps. Un torse, peut-être ? une jambe ? Ils sont emmaillotés dans de vieux bouts de vêtements et recouverts de sable, le sable a absorbé leur sang, tout ça a l'air très sec. Debout autour d'eux on voit des soldats américains qui les contemplent, l'air de se dire : eh ben on l'a échappé belle… *c'était un être humain, ça ? vraiment ?*

Quand j'étais petit et que mon père travaillait près d'ici à Lodi dans un bureau où il n'avait pas un aussi bon salaire mais ne passait pas quatre heures par jour à faire la navette, il me mettait au lit tous les soirs avec une chanson et une fessée pour rire, comme son père faisait autrefois avec lui. Maintenant quand il rentre du travail je dors déjà alors il ne me chante plus de chansons mais je sais qu'il m'aime toujours autant, c'est juste qu'il doit travailler énormément pour qu'on puisse garder un bon niveau de vie et rembourser l'hypothèque de notre maison à deux garages dans l'une des régions immobilières les plus cotées du pays. Maman dit que je peux en être fier.

Toujours est-il qu'à l'époque où il chantait encore, une de mes chansons préférées s'appelait *Os secs* :

> *E-zé-kiel s'écria "Ces os secs !"*
> *E-zé-kiel s'écria "Ces os secs !"*
> *E-zé-kiel s'écria "Ces os secs !"*
> *Oh écoute la parole du Seigneur.*
> *L'os du pied est lié à – l'os de la jambe,*
> *L'os de la jambe est lié à – l'os du genou,*
> *L'os du genou est lié à – l'os de la cuisse*

Il remontait depuis mes pieds jusqu'à ma tête en me tapant du plat de la main et sa voix montait d'un demi-ton à chaque vers, puis il redescendait la gamme et le corps à toute vitesse. J'adorais ça et, chaque fois que je vois les soldats irakiens morts ou les photos des gens coupés en deux par un accident de voiture, je repense à cette chanson et je me dis que ce truc-là n'est tout simplement *pas réparable*, même Dieu ne va pas pouvoir le réparer quand ils arrivent au ciel. Ce torse il est – tout seul. Cet os de la jambe est lié à – néant. Ça a quelque chose de triste parce que quand on est petit et qu'on regarde les vieux dessins animés à la télé on voit mourir cent fois des personnages comme Tom et Jerry ou Bugs Bunny ou Road Runner : ils tombent du haut d'une falaise et s'aplatissent comme des crêpes sur l'autoroute, ils se font écrabouiller par de grosses pierres, malaxer par des bétonneuses, hacher et mâcher par des ventilateurs électriques – et, quelques secondes plus tard, ils sont à nouveau entiers et prêts pour de nouvelles aventures. Mais pour les soldats irakiens il est clair que l'époque des aventures est terminée.

Maman est contre la violence. C'est juste une personne très positive et je ne vois pas pourquoi je lui enlèverais ses illusions. Elle supervise tout ce que je regarde à la télévision, ce qui veut dire : oui pour *Pokémon* et non pour *Inuyasha*, oui pour *Les ours Gummi* et non pour *Les Simpson*. En matière de cinéma, elle dit que je suis encore un peu trop jeune pour *Harry Potter* et *Le seigneur des anneaux*, ce qui est vraiment incroyable. Je me rappelle quand mon amie Diane de l'école maternelle m'a donné le DVD de *Bambi* pour mon cinquième anniversaire, maman ne voulait même pas que je le regarde, elle avait peur que je sois traumatisé par la mort de la mère de Bambi. Elle pense que je suis trop jeune pour comprendre la mort alors j'essaie de la protéger. La semaine dernière on a vu un moineau mort dans le caniveau et elle s'est mise à me caresser les cheveux en disant "Ne t'en fais pas mon ange, il est au ciel avec Dieu" et je me suis accroché à sa jambe en sanglotant pour lui remonter le moral.

Pour elle, Arnold Schwarzenegger n'est que le gouverneur de la Californie. Elle n'a vu aucun de ses films alors que moi si, grâce à mon ami Brian ou plutôt à ses parents qui ont plein de vieilles cassettes vidéo dans leur salle de jeu au sous-sol, les trois *Terminator* plus *Eraser* plus *Dommages collatéraux*. Ils ont aussi la collection complète de *La guerre des étoiles*, et *Godzilla* qui est comme un remake ou plutôt une anticipation du 11 Septembre avec les gratte-ciels de Manhattan en train de s'effondrer et les New-Yorkais paniqués qui hurlent et pleurent et courent dans tous les sens. On peut les visionner autant qu'on veut parce que la mère de Brian n'est pas une femme au foyer comme la mienne et sa baby-sitter n'a pas d'objection du moment qu'elle peut se vernir les ongles des orteils et parler avec son petit copain sur son portable. Schwarzenegger est sensationnel comme robot, il est imbattable et indestructible, si son corps humain est blessé ça ne lui fait rien de s'ouvrir le bras au scalpel ou de s'arracher un œil, alors il n'y a vraiment pas de quoi m'en faire pour l'opération de mon grain de beauté au mois de juillet.

Papa est loin d'être un athlète ou un sportif mais pendant l'été il joue au base-ball avec des voisins. Il prend ça très au sérieux parce que c'est une des choses qu'il partageait avec son père quand ils habitaient à Manhattan. Il m'a acheté un jeu qui s'appelle *Base* : on pose une balle en plastique sur un support et on s'entraîne à frapper la balle avec une batte en plastique, quelqu'un court ramasser la balle et puis on recommence. Pendant que papa joue au base-ball, maman joue à *Base* avec moi. Parfois ses amies s'étonnent de la voir ramasser la balle deux cents fois de suite en s'exclamant à chaque fois "Bravo, Sol ! Bien joué !" Elles pensent que maman doit trouver ça ennuyeux mais moi je sais que non, parce que c'est ça l'amour maternel. Au lieu de faire mousser ma glorieuse destinée devant ses copines, elle se contente de hausser les épaules et de dire "Bof ! ça me fait de l'exercice !"

Je vais commencer l'école cet automne et j'ai l'intention de tout écouter, tout enregistrer et obtenir des notes brillantes mais en gardant un profil bas ; pour l'instant, les autres ne doivent pas savoir que je suis le roi, Soleil unique et Fils unique, Fils de Google et de Dieu, Fils immortel et omnipotent de la Toile. www à l'envers c'est MMM : à part Ma Mère Miraculeuse, à qui j'en ai donné des aperçus, personne ne soupçonne la brillance, le rayonnement, la fabuleuse radiation de mon cerveau qui, un jour, va transformer et sauver l'univers.

Mon seul défaut c'est ce grain de beauté sur la tempe gauche. Grand comme une pièce de vingt-cinq cents, rond et en relief, marron et duveteux. Défaut minime, mais le corps est un temple et le moindre défaut doit être éliminé du temple de Solomon, alors maman a pris rendez-vous pour une excision chirurgicale au mois de juillet. Papa est un peu contre mais il sera probablement parti en Irak à ce moment-là.

La guerre en Irak est finie depuis près d'un an mais plein de soldats américains se font encore tuer là-bas. Ça met papa en rage chaque fois qu'il y pense, alors maman essaie de changer doucement de sujet en lui faisant penser à des choses agréables. "Ça ne sert à rien de pester contre les choses qu'on ne peut pas changer, Randall, elle lui dit. Chacun fait ce qu'il peut à son niveau pour garantir la sécurité du monde. Le président Bush fait son travail, tu fais le tien, je fais le mien."

Le travail de maman, c'est de garantir ma sécurité à moi et je crois que nous avons la maison la plus sûre de la planète. Elle a été sécurisée pour les enfants, chose que maman m'a expliquée il y a quelques semaines. (Elle insiste toujours pour tout m'expliquer aussi pleinement et honnêtement et clairement que possible, et dès qu'elle me dit quelque chose je le *sais* à fond et à jamais, comme si je l'avais inventé moi-même.)

"C'est une simple question de bon sens, elle m'a dit. On veut te protéger, alors qu'est-ce qu'il faut faire ? A ton avis ?"

J'ai essayé de deviner. "Me mettre un imper quand il pleut ?"

Ça n'avait pas l'air d'être la bonne réponse mais papa a détourné la conversation avec une plaisanterie : "C'est sûr qu'il vaut mieux *mettre* un impair que d'en *commettre* un.

— Non, non, a dit maman sans faire attention à la blague de papa. Je ne parle pas de la météo, je parle de la maison. On a tout fait pour qu'elle soit sans danger pour toi.

— Oui, on n'était pas sûr qu'elle était sûre, dit papa, mais on n'était pas non plus sûr qu'elle n'était pas sûre. Comment être sûr ?"

Maman a ri parce que papa essayait d'être drôle, mais sa façon de rire disait aussi qu'il devait cesser de l'interrompre ; ensuite elle m'a énuméré tout ce qu'ils ont fait pour sécuriser la maison. Par exemple, ils ont recouvert toutes les prises électriques pour que je ne puisse pas y enfoncer les doigts et me faire électrocuter avec les cheveux dressés sur la tête et les yeux exorbités comme un chat dans un dessin animé ou comme un criminel que le président Bush envoie à la chaise. Ils ont mis des coins arrondis en plastique à chaque coin de table et de comptoir pour que je ne puisse pas m'y cogner et recevoir une horrible blessure à la tête et pisser le sang et être transporté d'urgence à l'hôpital et avoir des points de suture tandis que mes parents se tiennent là, près de mon lit, à s'arracher les cheveux d'angoisse et de culpabilité. Ils ont bloqué aussi les boutons qui allument les feux de la cuisinière pour que je ne puisse pas les allumer par mégarde et me brûler en mettant ma main dans la flamme ou en mettant le feu aux rideaux, ce qui ferait cramer toute la maison et me réduirait à un petit tas de chair carbonisée comme un soldat irakien au milieu des ruines fumantes de notre maison, alors que papa vient tout juste de souscrire une deuxième hypothèque. Même les w.-c. ont été sécurisés pour empêcher le couvercle de retomber sur mon pénis pendant que je fais pipi, ce qui doit faire très mal. Quand j'ai besoin de faire caca, il faut que j'appelle maman pour qu'elle vienne décrocher un crochet et baisser le couvercle avec beaucoup de précaution.

Maman connaît toutes ces choses grâce à un cours qu'elle a suivi sur les Rapports Parents-Enfants. Ça parlait non seulement de comment sécuriser votre maison mais de plein d'autres sujets, par exemple qu'il faut respecter vos enfants et les écouter au lieu de les traiter comme des crétins ce qui était la vieille manière, et je dois dire que maman ne m'a jamais traité comme un crétin. C'est un peu comme Marie et Jésus : jamais Marie n'aurait contré son fils parce qu'elle savait qu'il avait un sacré destin, alors elle s'est contentée de garder toutes ces choses et de les méditer dans son cœur. La grande différence c'est que je n'ai pas l'intention de terminer mes jours cloué à une croix, ça c'est sûr.

A l'heure du coucher, maman vient toujours s'asseoir sur mon lit pour prier avec moi. On invente chaque soir une prière différente, on peut demander à Dieu d'apporter la paix en Irak et de faire en sorte que les Irakiens croient en Jésus, ou on peut avoir une pensée spéciale pour la santé et le bonheur de nos proches, ou on peut remercier Dieu de nous avoir donné un si beau quartier où habiter. La prière, c'est un peu comme une conversation privée entre soi et Dieu sauf qu'on n'entend pas les réponses, il faut juste y croire.

"Pour moi, tu es la chose la plus précieuse au monde, m'a dit maman un soir juste avant de quitter ma chambre.

— Plus précieux que papa ? je lui ai demandé.

— Oh ! on ne peut pas comparer !" elle a dit en riant et je ne savais pas ce que voulait dire son rire mais j'avais l'impression qu'il voulait dire *oui*. Je pense qu'au fond elle voit papa comme le gagne-pain de la famille et l'homme à tout faire de la maison, ils discutent ensemble de choses importantes comme le financement de leur nouvelle cuisine mais en même temps elle est très consciente de ses défauts. Papa est le genre d'homme qui disjoncte, parfois, de façon imprévisible. Par exemple, au mois d'octobre dernier on est allé tous les trois au parc national du Séquoia, c'était une superbe journée d'automne, on était de bonne humeur et on marchait sur la route, la main dans la main. La nature était tellement belle que papa s'est rappelé l'époque où il habitait la côte est et il s'est mis à me raconter un voyage qu'il a fait avec son père dans le Vermont où ils ont dormi à la belle étoile, mais maman n'arrêtait pas de l'interrompre parce qu'elle nous aime tellement qu'elle veut être sûre qu'on ne se fasse pas écraser, alors dès qu'elle entendait un véhicule, même s'il était encore loin, elle nous disait de bien rester sur le bord de la route et pour finir papa en a eu marre : "OK, ça va, laisse tomber, il a dit. – Oh ! mon chéri, je suis désolée, a dit maman. Finis ton histoire, je t'en prie. On doit juste être sûr que Solly sait à quel point c'est important de quitter la route quand on entend venir une voiture, c'est tout." Mais papa a refusé de nous dire ce qui s'était passé ce jour-là dans le Vermont.

Ou une autre fois on était tous à la maison, eux avaient déjà dîné mais moi je n'étais pas venu à table parce que je n'avais pas faim, on est monté à l'étage pour regarder un film non violent tous publics à la télé et au milieu du film j'ai eu un peu faim alors j'ai demandé à maman de m'apporter quelque chose à manger. Elle est allée me préparer un plateau avec du lait et des biscuits, ce que j'ai vraiment apprécié parce que pendant ce temps elle ratait le meilleur moment du film, j'ai dit merci mais de but en blanc papa a explosé : "Tess, bon Dieu, *arrête* de lui faire ses quatre volontés !! Tu n'es pas son esclave, tu es sa *mère* ! C'est lui qui doit t'obéir et non l'inverse !" Maman avait les mains qui tremblaient en posant le plateau devant moi, tellement elle était choquée parce qu'il avait blasphémé le nom de Dieu.

"Nous en parlerons tout à l'heure, Randall", elle a dit. Dans le cours sur les Rapports Parents-Enfants, ils lui ont sans doute appris que ce n'était pas une bonne idée pour les enfants d'assister aux scènes de ménage de leurs parents. Maman a pris toutes sortes de cours de méditation et de pensée positive et de relaxation et d'estime de soi, elle est devenue vraiment douée en la matière, alors plus tard je les ai entendus en train de discuter au lit, ils cherchaient à mettre le doigt sur le moment précis où la tension avait commencé à monter.

"Peut-être que ça t'a rappelé une scène de ta propre enfance ?" maman a suggéré très doucement. Papa a poussé un grognement. "Ou peut-être que, d'une certaine façon, tu es jaloux parce que ta propre mère ne s'est jamais occupée de toi comme moi je m'occupe de Solly ?" Encore des grognements et des murmures réticents de la part de mon père. Ils ont dû finir par calmer le jeu et rabibocher leur relation conjugale – mais, même si ma chambre est juste à côté de la leur, avec juste une porte en contreplaqué entre les deux, j'avoue ne les avoir jamais entendus baiser.

Peut-être que les couples mariés baisent en silence à la différence de ce qu'on voit sur les sites "Brutal XXXX" où ils halètent et rugissent.

Une chose sur laquelle mes parents sont d'accord, c'est que personne ne doit me taper, me fesser ou m'infliger toute autre forme de châtiment corporel. C'est parce qu'ils ont lu beaucoup de livres où on voit les enfants battus se transformer en parents violents, les enfants abusés en pédophiles et les enfants violés en putes et macs. Alors ils disent que c'est important de toujours parler, parler, parler, demander à l'enfant quelles sont les motivations pour sa mauvaise conduite et le laisser s'expliquer avant de lui montrer, gentiment, comment faire un choix plus approprié la prochaine fois. Ne jamais le frapper.

Ça me paraît un excellent principe, et l'idée de Jésus avec laquelle je suis le moins d'accord est celle de présenter l'autre joue quand on vous frappe et de ne pas essayer de vous défendre. Si j'avais été à sa place, je n'aurais certainement pas laissé les soldats romains m'attacher les mains dans le dos, me flanquer une couronne d'épines sur la tête, me cracher à la figure et me flageller.

D'après moi, c'est là que Jésus s'est le plus gouré et ça l'a conduit tout droit à la crucifixion.

"*Personne* n'a le droit de lever la main sur toi, Solly, m'a dit maman en me regardant au fond des yeux. Personne au monde, tu m'entends ?" Et j'ai hoché la tête en me disant heureusement qu'on est protestant, parce que les pasteurs protestants (comme les rabbins juifs) ont le droit de se marier et de baiser leurs femmes et du coup ils abusent moins des petits garçons que les prêtres catholiques, d'après tout ce qu'on entend au journal télévisé ces jours-ci.

Toujours est-il que pour l'instant une seule personne a osé transgresser cette règle sur le châtiment corporel – c'est papie Williams, le père de ma maman – et ça m'étonnerait qu'il fasse une deuxième tentative de sitôt. L'été dernier on était en vacances chez eux à Seattle, ce qui (rendre visite aux gens) est déjà tout un problème à cause des repas ; personne ne cuisine les choses que j'aime et mamie Williams refuse de changer sa façon de cuisiner alors maman doit faire des courses exprès pour moi.

Un après-midi, maman et papa sont allés au cinéma et papie m'a amené au square. Il n'avait jamais entendu parler du jeu de *Base*, et quand maman le lui

a décrit il a dit en s'esclaffant : "Voyons !
Il est temps qu'il se frotte un peu au
réel, ce chenapan !" Alors il a apporté
une vraie batte, une vraie balle et un
vrai gant et, même si j'étais déjà fort et
très bien coordonné pour mon âge,
cette batte pesait *une tonne* comparée
à la batte en plastique. Je me suis installé au marbre, papie s'est mis sur le
monticule du lanceur, il n'arrêtait pas
de me lancer des balles courbes incroyablement rapides et perfides et je les
ratais les unes après les autres. "Première prise ! Deuxième prise ! Troisième prise ! Eliminé !" il a dit, alors j'ai
lancé la batte vers lui, furibard. Ça ne
l'a pas touché ; n'empêche que quand
il a vu ce que j'avais fait, les yeux lui
sont sortis de la tête et il m'a crié dessus. "Qu'est-ce que tu *fous* ?" il m'a dit,
ce que j'ai trouvé extrêmement blessant à cause du mot *foutre* qu'on ne
devrait pas utiliser devant les enfants.
Il est allé ramasser la batte et me l'a
rapportée en disant d'un air grave :
"Ecoute, Sol. Je sais que tu es habitué
aux battes en plastique, mais les battes
en bois peuvent être *très dangereuses*.
Alors tu ne dois *plus jamais* faire ça,
compris ? D'accord ? On reprend ?"

J'ai dit "D'accord", mais je n'étais vraiment pas content de la manière dont

se passait l'après-midi, avec mon propre grand-père en train de m'humilier sans se rendre compte que j'étais le Numéro Un, et qu'au lieu de me parler sur ce ton condescendant il aurait dû dire "Bravo, Sol ! Bien joué !" comme le fait maman. On a recommencé mais papie a tout simplement continué de me lancer ces méchantes balles courbes, et comme je n'étais pas content, mes coups de batte étaient encore plus désordonnés qu'avant. "Première prise ! Deuxième prise ! Troisième prise ! Eliminé !" il a dit, et cette fois quand il a dit *Eliminé*, j'ai vu rouge et j'ai encore lancé la batte de toutes mes forces sans me soucier de ce qu'elle pourrait devenir, et elle a atterri sur son pied. Ça n'a pas dû lui faire très mal mais il a disjoncté. Venant vers moi à grands pas, il m'a attrapé par le poignet et il m'a soulevé jusqu'à ce que je sois pratiquement suspendu dans l'air et puis – *vlan, vlan, vlan !* – il m'a frappé trois fois sur le derrière avec le plat de la main.

J'étais choqué au-delà des mots. La douleur cuisante dans mes fesses a coulé tout droit dans mes veines et c'était comme une allumette qui rencontre de l'essence, ça a flambé et je suis entré en éruption comme un volcan, dégurgitant des cris de rage et d'indignation parce que *personne* n'a le droit de lever la main sur Solomon. Papie était ahuri de voir le problème qu'il s'était créé avec son *vlan vlan vlan*, mais je n'étais pas près de m'arrêter parce que je voulais que ça lui serve de leçon une fois pour toutes. J'ai hurlé dans la voiture pendant tout le trajet de retour, et quand il a ouvert la portière pour m'amener dans la maison j'ai hurlé tellement fort que les voisins ont dû croire à un assassinat. Les questions angoissées de mamie, ses mots rassurants et ses soins apaisants n'ont servi à rien, je hurlais encore quand maman et papa sont revenus de leur séance de cinéma une heure plus tard.

Maman s'est précipitée vers moi complètement paniquée et dès qu'elle m'a pris dans ses bras je me suis tu.

"Solly, Solly ! Que s'est-il passé ?"

Quand je lui ai dit que son père m'avait donné une fessée, j'ai senti tout son corps se rétracter et j'ai su que papie allait regretter son geste.

"Tu as présenté l'autre fesse ? a demandé papa.

— Randall ! a dit maman vivement. Ça n'a rien de drôle !"

On a fait nos bagages et on est parti avant même d'avoir dîné. Pendant que papa nous reconduisait vers la Californie, maman a essayé de m'expliquer la conduite de son père, parce qu'elle ne voulait pas que je le déteste jusqu'à la fin de mes jours. "Il a des idées rétrogrades au sujet de l'éducation, elle a dit. Il a été élevé comme ça, il n'a jamais connu autre chose, alors il faut lui pardonner. Et puis, n'oublie pas, nous étions six enfants à la maison ! S'il n'avait pas veillé à la discipline, tu imagines un peu le tohu-bohu ?!"

N'empêche, je crois que maman n'a plus adressé la parole à son père jusqu'à ce qu'il lui écrive une lettre pour lui demander pardon, en jurant solennellement de ne plus jamais me frapper.

JE SUIS PUISSANT.

Cette histoire remonte à l'été dernier, quand j'avais cinq ans et demi. Ça, c'était le côté maternel de la famille. Maintenant j'ai six ans et demi et c'est le dimanche des Rameaux (quand Jésus est revenu à Jérusalem à dos d'âne, ce qui n'était franchement pas malin de sa part) et on se coltine le côté paternel. AGM est arrivée de New York hier soir. Mon père adore sa mamie Erra mais ma mère a des réserves à son égard, d'abord parce qu'elle fume et ensuite parce qu'elle ne va pas à l'église.

Quand je sors sur la véranda elle est déjà là, assise dans le fauteuil à bascule

46

en osier blanc, un livre dans une main et un petit cigare dans l'autre, les cheveux hérissés en fines mèches blanches qui attrapent le soleil.

Je n'aime pas qu'elle soit déjà debout.

Je veux être toujours le premier debout, celui qui salue et crée le jour.

"Bonjour, gentil Sol, elle dit, en jetant un coup d'œil à sa montre et en glissant un marque-page dans son livre. Tu es bien matinal, dis-moi, il est à peine sept heures ! Moi j'ai une excuse, le décalage horaire."

Je ne daigne pas lui répondre. Elle me dérange, elle enraye la circulation de mes pensées, j'ai envie d'attraper une télécommande et de l'éteindre.

"Tiens, tu veux voir quelque chose ?" elle me dit alors à voix basse en me faisant signe d'approcher.

Je traverse la véranda lentement, en traînant les pieds exprès, pour qu'elle ne croie surtout pas que je m'intéresse à ce qu'elle veut me montrer.

"Regarde !" Me prenant sur ses genoux, elle pointe son doigt vers un hibiscus dans le jardin juste au-dessous. "Regarde ! N'est-ce pas qu'il est *exquis*?"

Je regarde, et ce que je vois, dans une vibration suspendue parmi les pétales écarlates, c'est un colibri. Mais en règle générale je n'aime pas quand les gens me font remarquer des choses. Si AGM n'avait pas été là, j'aurais vu ce colibri tout seul.

"Et regarde, mon cœur ! Là-bas : le diadème !"

Contre mon gré je regarde, plissant les yeux contre la flambée du soleil qui se lève entre les deux maisons d'en face – et je vois, tissée parmi les barreaux de la clôture, une toile d'araignée scintillant de mille diamants de rosée. Ça aussi je l'aurais vu, si elle m'avait laissé le temps, si elle n'était pas venue ici avant moi, si elle n'avait pas mis un point d'honneur à tout remarquer la première pour me démontrer sa supériorité. Elle m'enlace et se met à me bercer un peu dans le fauteuil, en chantonnant *Regarde la petite araignée* comme si j'avais deux ans. D'accord, sa voix est jolie même quand elle chante des comptines débiles, n'empêche que je suis mal à l'aise dans ses bras parce qu'elle ne me semble pas propre. Des odeurs âcres de sueur, de fumée et de vieillesse sortent de son corps. Elle n'a même pas pris une douche en arrivant hier soir ? Pour accomplir le dessein de Dieu, je dois être propre – ça, je le sais. Alors je me laisse glisser de ses genoux et descends rapidement les marches de la véranda, comme si j'avais des choses urgentes à faire dans mon bac à sable à l'autre bout du jardin.

En raison de la visite d'AGM, et parce qu'il nous reste du temps avant de partir pour l'église, maman prépare un petit déjeuner exceptionnel avec des crêpes et des saucisses et des œufs brouillés et du sirop d'érable, de la salade de fruits et du café et du jus d'orange. On se tient la main autour de la table, on baisse la tête et maman récite le bénédicité : "Pour ces mets et pour toutes Tes faveurs divines, Seigneur, nous Te rendons grâce." Tout le monde dit "Amen" en même temps, sauf AGM qui ne dit rien. Ensuite maman et papa m'embrassent et m'applaudissent, c'est une tradition familiale qui a commencé le jour où j'ai dit "Amen" pour la première fois quand j'étais bébé, ensuite c'est devenu une habitude et maintenant ça fait partie intégrante de la cérémonie du repas ; pour moi il est clair que nous fêtons Dieu et Sol en même temps.

AGM s'étonne de voir que je ne mange qu'une seule petite crêpe, découpée par maman en minuscules morceaux que j'absorbe un à un en les roulant lentement entre mes lèvres et mes gencives au lieu de les mastiquer et en partant souvent entre deux bouchées pour aller passer un moment dans ma chambre.

"Tu ne veux pas rester à table avec nous, Sol ? elle me demande quand je me dirige vers l'escalier.

— Oh, non, dit maman aussitôt, répondant à ma place. Sol a toujours été un peu particulier autour des repas. Il ne faut pas faire attention à ses va-et-vient, il est en bonne santé. On fait tout pour qu'il ait un régime équilibré.

— Je ne me faisais pas de souci là-dessus, dit AGM. J'avais juste envie de jouir de sa compagnie.

— Il est très difficile sur la nourriture, dit papa. Et comme Tess cède à tous ses caprices, ça ne risque pas de s'améliorer.

— Randall, dit maman. Tu crois que c'est gentil de m'attaquer comme ça… devant des tiers ?"

Je ferme la porte de ma chambre à ce moment-là, et quand je reviens à la cuisine ils ont changé de sujet, ils parlent de mon grain de beauté. Maman a dû raconter à AGM notre projet de le faire enlever l'été prochain, et AGM est estomaquée.

"Une intervention chirurgicale ? elle dit en posant sa fourchette sur la table. A l'âge de six ans ? Mais pour quoi faire ?

— Ma chère Erra, dit maman avec une expression de douceur et de patience sur le visage. Nous avons consulté à peu près tous les sites Internet consacrés aux nævus pigmentés congénitaux et, croyez-moi, il y a toute une *série* de bonnes raisons pour le lui faire enlever maintenant.

— Mais Randall, a dit AGM en se tournant vers mon père. Tu ne peux pas… Tu ne vas pas la laisser faire ça ? Et ta petite chauve-souris ? Tu aurais aimé que ta mère te la fasse enlever ?"

(Ça, c'est une espèce de jeu qui remonte à l'enfance de mon père, quand son grain de beauté à lui, qui se trouve sur son épaule gauche, était une petite chauve-souris duveteuse qui chuchotait à son oreille et lui donnait des conseils. AGM en a un aussi, au creux de son bras gauche – c'est ça le sens du mot *congénital*, ça passe d'une génération à l'autre en apparaissant sur différentes parties du corps, même si ça a sauté une génération : mamie Sadie n'en a pas.)

"Erra, dit maman. Je suis désolée mais nous devons absolument quitter le monde des métaphores. Je sais que vous et Randall, vous avez toujours eu un sentiment spécial à l'égard de vos grains de beauté, je sais qu'ils ont été comme un lien secret entre vous, mais celui de Solly c'est une autre paire de manches. Permettez-moi de vous exposer la situation de façon réaliste. Raison n° 1 : son grain de beauté est très visible, pratiquement sur son visage, et on risque de le taquiner à ce sujet plus tard à l'école ; même si ce n'est pas le cas, ça pourrait le gêner et faire naître chez lui un complexe d'infériorité totalement injustifié. Raison n° 2 : à la différence de vous deux, Sol a ce qu'on appelle un nævus «gênant». Son grain de beauté est situé à la jonction entre la tempe et la joue ; quand il commencera à se raser d'ici une petite dizaine d'années, le contact quotidien avec le rasoir risque de provoquer des irritations. Raison n° 3, de loin la plus importante bien sûr, c'est le risque de développer un mélanome. Je regrette d'aborder le sujet mais le père de Randall étant décédé des suites d'un cancer, Solly est d'autant plus exposé à cette possibilité en raison de ses antécédents familiaux. Comme je l'ai dit, Erra, j'ai énormément lu à ce sujet. J'ai également consulté plusieurs spécialistes, et j'ai abouti à la conclusion que je *préfère ne pas courir ce risque*.

— Ah, dit AGM.

— On a le choix, dit papa, entre une biopsie de rasage et une biopsie d'excision. L'excision coupe plus en profondeur, mais elle réduit considérablement le risque de développer un cancer plus tard. Je pense que notre choix va se fixer là-dessus.

— Ah, dit AGM.

— Ça ne change rien à nos grains de beauté à nous, ajoute papa sur un ton enjoué. Solly n'a jamais eu de sentiment particulier à l'égard du sien. N'est-ce pas, Solly ?

— Si, je dis.

— Ah bon ? dit papa, un peu décontenancé. Comment ça ?

— Négatif. J'ai un sentiment négatif à son égard.

— Vous voyez ? dit maman sur un ton triomphant. Raison n° 4 ! Voilà. Alors on a programmé l'opération pour le début du mois de juillet. Comme ça, Sol aura l'été devant lui, sa peau aura tout le temps de cicatriser et il pourra commencer l'école en septembre l'esprit léger."

AGM baisse les yeux, caresse le grain de beauté dans le creux de son bras gauche, et prononce un mot qui ressemble à *luth*.

"Pardon ? demande maman.

— Le mien s'appelle luth", murmure AGM en souriant, et maman lance vers papa un regard bref mais appuyé comme pour dire *Tu vois ? Elle perd la boule...* et papa regarde maman d'un air féroce comme pour dire *Tais-toi !* et je n'ai pas du tout envie d'assister à cette scène alors je déguerpis et retourne dans ma chambre.

L'atmosphère à la cuisine a encore changé quand je reviens, c'est l'heure de se préparer pour partir à l'église, maman a demandé à papa de l'aider à débarrasser la table et papa est en train de le faire, sans un seul mot.

A dix heures et demie on monte dans la voiture de papa, il sort de l'allée en marche arrière et on se dirige vers l'église. Je suis assis sur le siège arrière avec ma ceinture de sécurité attachée et pendant qu'on roule à petite vitesse dans les belles rues bordées d'arbres de notre quartier calme et aisé, papa commence à nous raconter une histoire.

"Je me rappelle une fois quand j'avais ton âge, Solly, et que je passais quelques semaines tout seul avec mon père – ma mère était par monts et par vaux comme d'habitude –, Erra a proposé qu'on se retrouve le dimanche, avec une de ses amies, pour un pique-nique à Central Park.

— Excuse-moi, Randall, dit maman, mais je dois te faire remarquer que tu ne t'arrêtes pas vraiment aux stops. Tu ne fais que ralentir.

— Ah là là, qu'est-ce que j'étais excité ! Qu'est-ce que j'avais hâte d'être à dimanche ! Mais, juste au moment où on a fini de préparer le pique-nique, il s'est mis à tomber des cordes.

— Je veux dire, un stop c'est un stop, n'est-ce pas, chéri ? murmure maman tout en caressant la main de papa sur le volant. On ne voudrait pas que Sol se mette en tête que les règles du code sont facultatives, tu es d'accord ?"

Papa pousse un petit soupir et cède… mais, pour bien souligner le fait qu'il a cédé, il se met à freiner brutalement exprès à chaque carrefour.

"Alors vous avez annulé ? je dis, pour le ramener à son histoire.

— Non, non… On est allé chez Erra en métro, elle habitait sur le Bowery… et on a pique-niqué par terre !

— Par *terre* ? dit maman avec une grimace. Vu la réputation d'Erra comme ménagère, ça a dû être un repas… euh… plutôt poussiéreux !

— C'était un repas formidable, dit papa en freinant brutalement et en accélérant tout aussi brutalement. Je dirais même que c'était un des repas les plus merveilleux de ma vie.

— Quoi qu'il en soit, dit maman au bout de quelques instants, ce serait bien si tu pouvais demander à AGM de s'abstenir de fumer chez nous.

— Comment ça ? dit papa. Elle sort sur la véranda pour fumer !

— Pour autant que je sache, dit maman, la véranda c'est encore chez nous. En plus, elle fume devant Sol, il peut avaler la fumée, c'est très mauvais pour ses poumons.

— Tess, dit papa alors qu'on arrive enfin sur une route plus importante, une route qui Dieu merci n'a plus de stops parce que je commençais à avoir mal au cœur à force d'être ballotté d'avant en arrière, il se trouve qu'Erra est un des êtres humains que j'aime le plus au monde, et ce serait tellement bien qu'elle puisse se sentir à l'aise, les rares fois où elle vient nous rendre visite, c'est-à-dire à peu près… tous les trois ans !

— Ah bon, dit maman, au bord des larmes. Parce que cet énorme petit déjeuner que je viens de vous offrir, qui m'a coûté *et* du temps *et* de l'argent hier au supermarché, pour toi, ce n'est pas digne de ta grand-mère ?

— Bien sûr que si, ma chérie. Bien sûr que si. Je suis désolé.

— J'ai beau faire des efforts, on dirait que ce n'est jamais assez ! Erra est une espèce de… déesse…

— J'ai dit que j'étais désolé. Je m'excuse. Qu'est-ce que je dois faire, arrêter la voiture et me foutre à genoux ?"

Juste à ce moment-là on arrive à l'église et papa gare la voiture.

"Franchement, Randall, il me semble que ce n'est pas devant moi que tu devrais te mettre à genoux, c'est devant Dieu. Il me semble que tu devrais prier sérieusement Dieu pendant un moment et essayer de comprendre pourquoi l'arrivée de ta grand-mère te rend si hostile envers ton épouse.

— Pourquoi AGM ne va pas à l'église ?" je demande, pendant qu'on rejoint les flots de fidèles qui convergent à pied, à une allure ni lente ni rapide, vers les portes de l'église. Des pensées blanches et violettes poussent de part et d'autre du trottoir, encadrées par une pelouse bien soignée. Ça, c'est de la structure ; ça j'aime.

"Parce qu'elle ne croit pas en Dieu", dit papa d'un air neutre, comme s'il disait qu'elle préférait le Pepsi au Coca. L'idée qu'on puisse ne pas croire en Dieu est pour moi inimaginable mais, à en juger par l'expression sur le visage de maman, il y a peu de chances qu'on reprenne cette conversation sur le chemin du retour.

Dieu est partout   partout   comment ne pas y *croire* ?

Il est la Puissance et la Gloire

Force Motrice   Créateur   source absolue

secret de tout ce qui enfle et explose

de la plus petite pâquerette dans la pelouse

à la verge frénétique du cheval giclant sur le visage d'une femme

du cœur bouillonnant du volcan en éruption

au champignon de la bombe nucléaire

tout cela est Dieu   Dieu   Dieu

cette   énergie   cette   ouverture cette pulsation

ce *mouvement de la matière*

Voilà à quoi je pense pendant l'office, alors qu'on avance vers l'autel en procession, portant des rameaux et chantant *Hosanna au plus haut des cieux !* Dieu est la Puissance et la Gloire et on est tous de pauvres pécheurs parce que Eve a goûté à l'arbre de la connaissance, de nos jours l'arbre de la connaissance c'est Internet avec ses milliards de branches qui s'étirent dans tous les sens, on n'arrête pas de goûter à ses fruits et de pécher de plus en plus avec la connaissance charnelle, donc on aura toujours besoin de purificateurs et si je veux être un purificateur comme Jésus ou Bush ou Schwarzenegger, je dois tout savoir au sujet du mal.

> *Sur Ton chemin, la foule émue*
> *Etend des palmes et ses manteaux.*
> *O Fils de David, elle crie : "Jésus !*
> *Béni sois-Tu, Fils du Très-Haut".*

Le pasteur se lance dans un sermon sur la guerre en Irak, ce qui me fait penser aux morceaux de soldats irakiens morts dans le sable, ce qui me fait penser aux femmes violées, ce qui durcit mon pénis – alors, me servant du livre de cantiques pour cacher ce que je fais, je me frotte doucement pendant tout le sermon jusqu'à m'évanouir presque avec les images. Le soir parfois dans ma chambre – *Voici Jésus notre Seigneur / Levez vos palmes, acclamez Dieu* –, m'imaginant en cheval qui écume ou en mitrailleuse qui tire ou en bombe qui explose – *O peuple du Christ chantez en chœur / "Hosanna au plus haut des cieux"* –, je sens le pouvoir monter dans mes entrailles et je me frotte presque au sang et après l'office mes parents se frayent un chemin parmi les remous de la foule sur le trottoir, serrant des mains et disant "Ça va ?", "Content de vous revoir", "A la semaine prochaine pour Pâques, alors !" et "N'est-ce pas qu'il fait un temps *superbe* ?"

L'après-midi il se met à faire vraiment chaud alors je vais à mon endroit préféré pour jouer qui est l'ombre sous la véranda, j'apporte des Lego pour montrer à maman que je ne suis pas devenu un accro des jeux d'ordinateur comme elle le craint parfois pour ma santé mentale. Un peu plus tard, papa et AGM viennent s'installer à la table de la véranda qui a un parasol et je peux écouter leur conversation sans qu'ils me voient, ce que j'aime bien parce que j'apprends des choses à l'insu des autres et plus tard je peux les impressionner avec mon savoir.

"Alors, Ran, dit AGM. Ça se passe comment, ce nouvel emploi ?

— Bof…, dit papa, et il est clair que pour une raison ou pour une autre, cette question le dérange. Pas grand-chose à raconter. De la programmation…

— C'est sans intérêt ?

— Si, si, quand même… 7 % d'intérêts, sur mon plan d'épargne à long terme.

— Je vois… Et tes collègues ?

— Bande de ringards.

— Ah, c'est dommage…

— Oui, mais bon… tout le monde ne peut pas être artiste, hein ?

— Certes.

— Enfin... le salaire est bon, mes chances de promotion sont excellentes, et ça me procure une certaine satisfaction de savoir que je vais pouvoir envoyer Solly dans une bonne université sur la côte est sans demander de l'aide à quiconque.

— Quiconque étant... ta mère, je suppose ?

— Naturellement.

— Comment va Sadie, au fait ?

— Pareil... si ce n'est pire.

— Dieu nous en garde !

— Comme tu dis. Ça fait combien de temps que vous ne vous êtes pas vues ?

— A vrai dire, Randall, je n'en sais rien. Ça doit faire pas loin de quinze ans... Depuis qu'elle a publié ce livre épouvantable... c'était en quelle année ?

— Euh... en 90. *Do, do, enfant nazi...* Je me rappelle parce qu'il est paru juste avant la mort de papa.

— Oui... ça a failli me tuer moi aussi !"

Bizarrement ça les fait rire, ils doivent être en train de boire des martinis ou des gin tonics.

"Alors elle continue ?

— Eh ! oui.

— Doux Jésus.

— Et toi-même, Erra ? La vie est bonne avec toi, j'espère ?

— Oui, mon cœur. Je ne peux pas me plaindre. Somme toute, j'ai eu une vie merveilleuse.

— Ne dis pas *somme toute* comme ça, comme si elle était déjà finie… Tu n'as que… quoi, soixante-cinq ans ?

— Mmm-ouais. Et demi.

— Mais voyons, il te reste des *décennies* à vivre ! Et je te jure qu'on te donnerait… *quarante-sept* ans et demi. Pas un jour de plus.

— Tu es gentil. Mais j'avoue que je commence à les sentir, les années. Pas seulement à cause de cette petite crise cardiaque que je me suis tapée il y a deux mois, mais… tu te rends compte, je n'ai plus *une dent* à moi !"

Ils rient tous les deux.

"C'est pour ça que tu as arrêté de chanter ? demande papa. Tu avais peur que ton dentier tombe par terre au beau milieu d'un spectacle ?"

Encore des rires.

"Oh ! non, dit AGM. Non, non. Simplement, je me suis rendu compte que ma voix n'était plus à la hauteur… Mais ce n'est pas une tragédie. L'autre jour, je me suis assise face à moi-même et, me prenant par la main, je me suis dit : Ecoute ma petite, tu as enregistré une trentaine de disques, donné des concerts dans le monde entier, gagné beaucoup de sous et beaucoup de cœurs, à partir de maintenant tu devrais t'appliquer à jouir de la vie et rien d'autre. Lis les livres que tu as envie de lire, vois les gens que tu aimes, emmène Mercedes visiter tous ces pays fascinants que tu as traversés au pas de course...

— Je suis désolé pour Mercedes, entre parenthèses, dit papa.

— Fais gaffe, Ran.

— Quoi ?

— Arrête de dire *Je suis désolé* à tout bout de champ. Tu l'as dit au moins dix fois depuis mon arrivée hier soir. C'est une mauvaise habitude, tu sais. Très mauvaise, pour la santé de l'âme.

— Comment te dire ? En général Tess est une personne très tolérante mais, va savoir pourquoi, dès qu'il est question d'homosexualité...

— Elle pensait que Sol serait traumatisé de voir deux vieilles dames se tenir par la main ?

— Je suis désolé, Erra.

— Tu vois ? Arrête !"

Ils rient. Je sens l'odeur d'AGM en train d'allumer un cigare.

"A propos de Solly, elle dit au bout d'un moment, je voulais lui acheter un cadeau avant de quitter New York. J'ai passé une heure assez cocasse à sillonner le grand magasin de jouets de la

44e Rue… Je n'arrêtais pas de penser à l'obsession de Tess pour la sécurité, alors je me disais : OK, voyons, ça c'est une grue magnifique mais Sol pourrait avaler le crochet et ça se coincerait dans ses intestins et provoquerait une hémorragie interne… Ah ! voici une formidable panoplie de chimiste, mais c'est plein de trucs qui flambent et qui pètent et qui pourraient l'empoisonner… Bon, eh bien, ce train électrique m'a l'air sympa… mais Sol pourrait s'électrocuter par mégarde… Hmmm… L'un après l'autre, tous les jouets du magasin se sont transformés en armes mortelles, avides d'attaquer et de détruire mon arrière-petit-fils. Alors j'ai renoncé, et du coup je suis arrivée les mains vides."

Tous deux rient à gorge déployée.

Je me sens lésé. J'aurais bien aimé recevoir un de ces cadeaux.

Passant près d'eux, je rentre dans la cuisine où maman prépare un plateau de hors-d'œuvre : bâtonnets de carottes, céleri au cheddar, radis, tomates cerises, champignons finement tranchés, biscuits salés, sauce roquefort. Je grignote un morceau de fromage et vais me chercher une tranche de pain de mie au réfrigérateur. Maman sait très bien que je ne me joindrai pas à eux pour le repas.

"Tu savais qu'AGM avait un dentier ? je lui dis.

— Bien sûr, mon ange. Elle le met dans un verre posé sur sa table de chevet, tous les soirs en se couchant.

— Berk… Pourquoi elle a perdu toutes ses dents ?

— Peut-être parce qu'elle a souffert de malnutrition étant petite.

— Ses parents ne lui donnaient pas assez à manger ?

— Oh… c'est une longue histoire… Je crois qu'elle a passé du temps dans un camp de réfugiés ou quelque chose comme ça… Elle n'aime pas beaucoup en parler."

Je pense dans ma tête : bon, alors on peut avoir de fausses dents comme AGM, ou de faux cheveux comme mamie Sadie ; on peut avoir de faux cils, de faux seins…

"Et un faux cœur ? je dis à voix haute.

— Qu'est-ce que tu veux dire ? Une opération pour mettre le cœur de quelqu'un d'autre dans ta poitrine ? Oui, c'est possible.

— Et de faux pieds ?

— Oh ! je crois que de nos jours on arrive à remplacer presque tout !

— Et un faux cerveau ?

— Ça, je ne sais pas. Mais je crois que non.

— Et une fausse âme ?

— Ah ! ça, non, pouffe maman, tout en disposant les crudités sur l'assiette ovale en un soleil multicolore. Ça, Solly, pour ça, je suis sûre. Ton âme n'appartient qu'à toi… et à Dieu. A tout jamais."

je la sens l'âme de Sol éternelle et immortelle
unique parmi des milliards de googols d'âmes   une âme qui changera le monde

La Semaine sainte se termine, AGM s'envole pour New York et on reprend la routine habituelle. Un jour en rentrant de chez Brian, je trouve maman bouleversée. Je sais qu'elle est bouleversée parce qu'elle n'est pas occupée, elle est assise au salon à ne rien faire et quand je l'embrasse je vois qu'elle a pleuré et elle ne me serre pas dans ses bras comme d'habitude en disant *Comment va mon petit homme ?*

"Tu fais quoi ? je lui demande.

— J'attends le retour de ton père, elle répond d'une voix de petite fille fragile que je ne lui ai jamais entendue. Monte jouer un peu dans ta chambre, d'accord ? Tu me diras si tu as faim.

— Bien sûr, maman", je lui dis, sur un ton de ne-t'en-fais-pas-je-m'occupe-de-tout.

Dès que j'entends la voiture de papa se garer devant la maison, je longe le couloir sur la pointe des pieds et m'accroupis dans la pénombre en haut de l'escalier pour écouter leur conversation.

"Tu as vu ça, Randall ? *Tu as vu ça ?* dit maman d'une voix basse mais féroce.

— Ouais. Ouais, j'ai vu ça…

— Mais c'est *affreux* ! Tu ne trouves pas ça *affreux* ? Je ne sais même pas comment le journal peut publier de telles photos !

— Ouais, mais… Ecoute, ma chérie… c'est la guerre… Qu'est-ce qui se passe, on ne dîne pas ce soir ?

— *C'est la guerre ?* Qu'est-ce que ça veut dire, *c'est la guerre* ? Ce n'est pas la guerre, ça ! C'est une bande de… de pervers… qui traitent les gens comme des animaux… Comment ils ont pu faire des choses pareilles ?

— Tess, tout ce que je peux te dire c'est que quand les gens sont sous pression ou quand ils ont très peur, ils sont capables de faire à peu près n'importe quoi.

— Tu oses leur trouver des excuses ?"

Et je l'entends qui brandit le journal, peut-être juste sous son nez.

"Ecoute, Tess, j'aime autant qu'on change de sujet. Tu crois vraiment que j'ai besoin qu'on me crie dessus dès que je franchis le seuil de la maison après m'être tapé une journée de quatorze heures ? Merde ! Il est où, le dîner ? Ou on va tous devenir anorexiques comme notre fils ?"

J'entends maman qui s'effondre sur le canapé.

"Je ne peux pas manger", elle dit, d'une voix étouffée parce qu'elle doit être en train de sangloter dans les coussins. Ensuite elle se retourne et je l'entends clairement à nouveau : "Comment tu peux avoir faim après avoir vu des photos pareilles ? Ça me rend malade, *malade*, MALADE ! L'armée américaine…

— Je t'interdis de dire un putain de mot contre l'armée américaine !" dit papa et, entrant à grands pas dans la cuisine, il ouvre avec violence la porte du réfrigérateur.

Le lendemain matin, pendant que maman se sèche les cheveux dans la salle de bains ce qui veut dire que j'ai dix bonnes minutes devant moi, je vais sur le Net et absorbe les images d'Abou Ghraïb. Les mecs sont empilés les uns sur les autres, à genoux, c'est un peu comme des acrobates au cirque sauf qu'ils sont costauds et tout nus, on voit beaucoup de chair arabe qui n'est ni noire ni blanche mais d'une couleur brun-or, et les soldats US hommes et femmes ont l'air de prendre leur pied à se faire photographier avec tous ces Arabes nus et à se moquer d'eux et à les tenir en laisse et à les accrocher à l'électricité et à les obliger à s'enculer ; mon pénis devient très dur mais je ne me frotte pas parce que je n'ai pas le temps. J'éteins l'ordinateur à la seconde même où maman éteint son sèche-cheveux, et quand elle sort de la salle de bains je suis déjà dans ma chambre en train d'attacher les bandes velcro de mes Nike, prêt à partir pour l'école maternelle.

à l'école   je dois me retenir   personne ne doit soupçonner
ma superintelligence   mes superprojets   mes superpouvoirs

Après l'école je vais sous la véranda avec mes Playmobil et les entasse en pyramides comme à Abou Ghraïb et les accroche à l'électricité et les oblige à s'enculer en haletant et en poussant pendant que moi je me moque d'eux en rigolant comme Lynndie England.

Je m'inquiète parce que mon père n'a pas encore eu le temps de se distinguer en Irak. Même si la guerre est terminée depuis un an, le président Bush dit que les Irakiens ont toujours besoin de l'armée américaine pour les aider avec leurs terroristes alors il y a peut-être encore une chance. Ensuite Nick Berg se fait décapiter. Je l'apprends non en écoutant aux portes mais d'une façon totalement imprévue : ça apparaît un beau jour sur mon site préféré le sanglotweb, juste à côté des bouts de cadavres irakiens et des femmes violées par les chiens. "Cliquez ici pour la vidéo de la décapitation de Nick Berg", alors je clique. "Attention : ces images sont TRÈS EXPLICITES !" Je ne connais pas bien le mot *explicite*, c'est sans doute qu'on voit vraiment ce qui se passe, alors je clique à nouveau. On voit Nick Berg dans un uniforme orange, assis avec une bande d'Arabes autour d'une table, ensuite un des Arabes se lève avec un grand couteau, il se met derrière Nick Berg et lui tranche complètement la gorge, puis il brandit sa tête en la tenant par les cheveux.

Encore une fois : on peut se faire faire de nouvelles dents et un nouveau rein et un nouveau genou et un nouveau col du fémur, mais ce problème de la tête ne peut vraiment pas être réglé par des êtres humains et je n'ose pas demander à maman si Dieu, lui, pourra réparer Nick Berg quand il arrive au paradis. Ce n'est pas comme dans *L'attaque des clones* quand C-3PO se fait décapiter par une machine et R2-D2 réussit à le réparer, ce qui est une scène assez hilarante.

"Quand est-ce que tu vas t'engager dans l'armée, papa ?"

Mon père zappe le son à la télé, c'est la pause pub de toute façon. Il me soulève et m'installe sur ses genoux, en face de lui.

"Tu sais quoi, Solly ? il dit, et je sens la bière sur son haleine.

— Quoi ?

— Tu veux que je te dise un secret ?

— Bien sûr !

— Non, mais ce qui s'appelle vraiment un renseignement classé top secret ?

— Oui !

— Bon, alors, écoute. A vingt-huit ans, je suis un peu vieux pour faire mes classes. Mais je n'ai pas *besoin* de m'engager dans l'armée, parce que ma boîte participe déjà à l'effort de guerre. Ne t'en fais pas, Sol. Je suis dans le coup, crois-moi. Si tout le monde joue son rôle avec autant d'enthousiasme que moi, le terrorisme arabe n'en a plus pour longtemps. Retiens bien ce que je te dis là."

Le match de base-ball reprend, papa attrape la télécommande d'une main et sa bouteille de bière de l'autre ; notre conversation est terminée.

Il fait de plus en plus chaud ; le mois de juin tire à sa fin et bientôt ce sera le jour de mon opération. Même si j'ai eu de longues conversations avec maman à ce sujet, et même si elle m'a expliqué tout le processus avec l'anesthésie locale, je ne suis pas exactement impatient d'entrer à la clinique. Mais maman restera à mes côtés du début à la fin alors il n'y aura pas de problème, elle sera fière de moi pendant l'opération. Si Arnold Schwarzenegger peut prendre un scalpel et l'enfoncer sans ciller dans sa propre chair, moi je peux serrer les dents et tenir le coup, je n'aurai pas mal du tout.

Il y a une grande fête de fin d'année à mon école maternelle. Maman apporte quatre douzaines de biscuits aux pépites de chocolat faits maison, la salle est décorée de ballons et de serpentins comme si c'était l'anniversaire de tout le monde en même temps. C'est marrant de regarder tous ces parents et de les imaginer en train de baiser pour faire tous ces enfants, sauf que beaucoup d'enfants ont des beaux-parents, ou alors des pères donneurs de sperme parce que leurs mères sont lesbiennes comme AGM, dont maman croit que je ne sais même pas ce que ça veut dire.

Tout au long de la fête, je suis deux choses à la fois : un petit garçon qui fait faire la visite à sa maman et sourit modestement quand Mlle Milner le félicite pour son excellence, et en même temps une vaste intelligence qui contemple la scène de haut, regardant avec une bienveillance amusée tous ces êtres humains insignifiants qui papotent et grignotent des biscuits et se croient importants. Je vois que cette école maternelle n'est qu'un point minuscule sur la carte de la Californie, qui n'est qu'une petite tache sur la mappemonde, et que la Terre elle-même est dérisoire comparée au Soleil ; si je m'élève encore, la Voie lactée n'est plus qu'un grain de poussière dans le lointain…

En arrivant à la voiture, maman glisse dans le coffre le grand dossier avec mes dessins de l'année entière. "Tu es un artiste fantastique, Solly, elle dit, en m'attachant sur le siège arrière avec la ceinture de sécurité. Tu le sais, n'est-ce pas ? D'après Mlle Milner, tes dessins sont les meilleurs de la classe… Et d'après Mlle Milner…"

Les compliments de la maîtresse ont mis maman de bonne humeur ; ça veut dire que ses efforts commencent à porter leurs fruits. Je suis déjà exceptionnel, et nous savons elle et moi que ce n'est rien, comparé à ce qui se passera plus tard. Il faut juste que je surmonte ce petit obstacle de l'opération, c'est la seule chose qui me chiffonne un peu, après quoi je reprendrai ma destinée héroïque.

Ça y est, c'est le jour J. Maman me réveille en me secouant doucement et je sens que c'est une journée différente des autres, mon cerveau ne déborde pas de lumière, ne se précipite pas pour remplir le monde, on dirait qu'il se tapit dans un coin.

Il n'est que sept heures moins le quart mais papa est déjà parti pour son travail. Il a laissé un mot sur la table de la cuisine, appuyé contre mon bol de céréales : "Je suis avec toi, Sol – sois vaillant – ton papa" et ça me fait de l'effet parce que, même si tout le monde prétend que cette opération n'est *rien*, les adultes ne disent pas aux enfants "sois vaillant" pour *rien*, donc ce doit être *quelque chose* et la question est de savoir quelle chose et à quel point.

On n'échange pas un mot, maman et moi, en roulant vers la clinique. Je sens qu'elle aussi est tendue, ou du moins impressionnée par le côté "quelque chose" de cette histoire. *Mélanome mélanome mélanome* je l'entends presque répéter ce mot dans sa tête, un mot si agréable pour une chose si terrifiante. "Les mélanomes, comme le venin des serpents, elle m'a expliqué, peuvent atteindre les ganglions grâce au système lymphatique – et, à partir de là, le reste du corps. Ça s'appelle une *métastase*, et si ça se produit on peut mourir. Oui, mon Solly adoré. On ne sait pas pourquoi Dieu permet de telles choses dans Son infinie sagesse, mais même les enfants peuvent mourir d'un cancer." Stop, faisons marche arrière : je ne vais pas mourir ; je n'aurai ni métastase ni mélanome parce qu'on va me faire de la chirurgie préventive. Papa dit que je peux être reconnaissant d'avoir une maman si prévoyante et je le suis, c'est juste que je n'aime pas l'idée qu'on me coupe.

"Tu préfères qu'on t'endorme ?

— Non !"

(Il ne faut pas toucher à la conscience exceptionnelle de SOL !)

Se déshabiller. Se sentir tout petit. Quand je fais pipi avant l'opération, mon pénis est *vraiment* minuscule et rabougri. Les médecins et les infirmières me parlent comme s'ils me connaissaient personnellement, ce que je trouve blessant. Ils portent des gants en plastique blanc et des masques bleu pâle. Ils m'allongent sur le dos, inclinent mon lit et tournent ma tête sur le côté. J'ai horreur d'être manipulé comme ça, comme si j'étais un singe dans une expérience de laboratoire. Maintenant l'anesthésie – ce qui, d'après maman, veut dire *sans sensation*. Piqûre dans la tempe de Solomon. Tout le côté gauche de la tête engourdi, y compris la joue gauche. Maman me regarde de l'autre côté de la pièce : sa bouche sourit mais ses yeux sont pleins de peur.

"Ce n'est rien du tout, dit le médecin. Une lettre à la poste."

Il enfonce une lame dans ma chair. Le sang gicle, l'infirmière est là pour l'étancher.

"Je vais juste gratter un peu plus… en profondeur, là… pour être sûr d'avoir bien tout enlevé… Voyez ? Les doigts dans le nez, comme disent les Français."

L'infirmière s'étrangle de rire.

"J'espère bien que non ! dit maman.

— Mais non, mais non, dit le médecin. C'est une façon de parler. Je l'ai entendu dire quand je faisais mes études à Paris, il y a quelques années.

— Eh bien, les Français sont mal élevés et je vous saurais gré de ne plus employer ce genre d'expression devant mon fils.

— Pas de problème, madame. Voilà, on a presque terminé."

Le sang me dégouline dans le cou, je le sens, l'infirmière l'étanche.

MON SANG   LE SANG DE SOL   ruisselant de la TEMPE DE SOLOMON

un trou dans la tête

La blessure est exactement à l'endroit où on met le doigt pour imiter le suicide par balle. Papa dit que le mari d'AGM s'est suicidé comme ça il y a longtemps, sa cervelle a éclaboussé le sol de la cuisine mais la mienne va rester bien à l'intérieur, elle ne va pas s'écouler par le trou dans ma tempe, elle réfléchit à toute vitesse pour *se retenir, se contenir, garder chaque chose à sa place et ne laisser échapper aucun détail.*

Le médecin est parti. Maman serre ma main très fort en disant que j'ai été incroyablement courageux, que je suis son petit homme et qu'elle est *très* fière de moi. J'essaie de lui sourire, mais comme la moitié gauche de ma figure est engourdie, ça ne donne qu'un demi-sourire.

La journée s'écoule, la sensation revient et c'est une mauvaise sensation, *alias* la douleur. Je n'en parle pas. Je refuse de me plaindre. Je peux le supporter. C'est une épreuve et je vais la surmonter brillamment.

Quand le repas du soir arrive, la nourriture est fade et molle alors je peux manger de tout : purée de pommes de terre, yaourt, compote de pommes… Papa débarque juste au moment où je finis mon dessert – mais j'ai l'impression qu'il n'est pas là pour de vrai, qu'il est transparent, ou que c'est son hologramme qui se matérialise à la clinique alors que son vrai corps se trouve encore à des années-lumière, je pousse un soupir de soulagement quand il se dématérialise.

Maman passe la nuit sur un lit pliant dans ma chambre. Pour me permettre de dormir, les infirmières me donnent des médicaments qui masquent la douleur. J'ai un bloc de sommeil solide et sans rêves et quand je me réveille la douleur est toujours là et je ne dis rien.

On rentre à la maison plus tard dans la journée. Une infirmière a montré à maman comment soigner ma tempe pour qu'elle guérisse, et maman m'a tout expliqué au sujet du derme et de l'épiderme et des cellules qui se divisent.

Quand elles se divisent de façon rapide et ordonnée, pour réparer une surface endommagée comme celle causée par mon opération, c'est une *bonne* chose. Quand elles se divisent de façon rapide et désordonnée, c'est une *mauvaise* chose qui s'appelle le cancer. Maman ôte mes pansements et tapote soigneusement la plaie avec du désinfectant et je lui dis qu'elle est la garde-malade la plus gentille du monde et elle me dit que je suis le patient le plus patient et je lui souris faiblement, pour qu'elle sente bien l'effort que ça me coûte de lui sourire.

Jour après jour la douleur est là, c'est une sorte de crucifixion.

Le week-end, quatre jours après mon opération, maman demande à papa de venir voir pendant qu'elle change mon pansement. Dès qu'il pose les yeux sur ma tempe, je le vois pâlir et il est clair que la situation, au lieu de s'améliorer, est en train d'empirer. Il y a une infection. On ne sait pas comment c'est possible, après tout le désinfectant que maman a versé dessus, mais une espèce de microbe s'est installé dans la plaie. Les microbes sont comme de petites bêtes microscopiques qui prolifèrent dans la chair vivante et essayent de la tuer. Maintenant il y a un abcès.

"Le pus, explique maman, contient toutes les cellules que les microbes ont tenté de détruire. Il y a différentes races de microbes, tu vois, comme il y a différentes races d'êtres humains.

— Tu es attaqué par des saloperies de cellules terroristes, dit papa. On va devoir faire une biopsie pour voir *qui* sème la zizanie là-dedans. On ne sait pas si c'est les chiites ou les sunnites, peut-être même quelques grosses huiles d'Al-Qaida. Mais ne t'inquiète pas, on en viendra à bout.

— On va les exterminer, je dis.

— Mais oui. On va envoyer des tanks antibiotiques."

Le médecin dit qu'il faut réopérer.

Cette fois il m'endort. Lumières éteintes. Soleil couché. Sol oblitéré au beau milieu de la journée. Quand je reviens à moi et vois maman penchée sur mon lit, je passe plusieurs secondes en proie à la panique parce que je ne sais plus qui je suis – ou plutôt, il n'y a pas encore de *je* dans ma tête pour être quelqu'un. C'est épouvantable. Quand je remonte enfin à la surface et que ma personnalité se remet en place avec tous ses souvenirs et ses espoirs, j'en veux au médecin pour cette heure de vie perdue.

Cette fois je reste sous surveillance à la clinique pendant une journée et une nuit supplémentaires. En nous renvoyant à la maison, on donne à maman une liste longue comme le bras de médicaments à acheter.

Je ne me sens pas bien. Les vacances d'été sont complètement gâchées, on est déjà à la mi-juillet et je passe mon temps à somnoler au lit ou à errer dans la maison dans un état second ; je n'ai pas envie d'aller sur Google ni de me frotter parce que je ne suis pas encore vraiment moi.

J'ai mal à la tête.

On retourne tous trois à la clinique. Cette fois maman doit m'apprendre un nouveau mot, *nécrose*, ce qui veut dire qu'une partie de la peau autour de ma tempe est carrément morte parce que les microbes ont si bien réussi à l'attaquer. C'est comme les rebelles en Irak, dit papa. Ils sont incontrôlables, donc si on veut empêcher le terrorisme de s'étendre, il faut entrer dans Fallujah et tuer tout le monde.

"Et maintenant, mon chéri, dit maman, on va te faire une greffe.

— C'est quoi ?

— Eh bien, on va simplement remplacer cette peau morte, qui est sur une partie très visible de ton corps, avec de la peau vivante prélevée sur une autre partie, moins visible.

— Quelle partie ?

— Le siège de Votre Majesté", dit papa en essayant de rire, mais la vérité c'est qu'ils ont tous les deux l'air d'avoir la nausée.

Le médecin m'endort à nouveau et cette fois quand je reviens à moi il y a de la douleur partout et on m'a rasé le crâne et j'ai une forte fièvre. Je dois passer une semaine entière en convalescence avant qu'ils me laissent sortir de la clinique.

Maintenant John Kerry cherche à battre George W. Bush dans la course à la Maison-Blanche mais chez nous on ne prête presque aucune attention à la campagne électorale, ma santé est le seul sujet de conversation. Pendant le bénédicité et en me mettant au lit le soir, maman prie pour ma guérison. Le dimanche matin papa reste à la maison pour me garder et maman va seule à l'église. Elle prie encore et encore pour que je retrouve la santé, mais je me sens encore horrible. Maintenant papa est furieux contre maman d'avoir choisi la chirurgie préventive et maman est furieuse contre papa d'en avoir parlé à sa mère parce qu'apparemment ça a rendu mamie Sadie hystérique et elle a décidé de faire tout le chemin depuis Israël pour venir nous voir.

"Franchement, Randall, dit maman, j'avoue que je me sens assez secouée et fragile en ce moment. Je ne sais pas si je supporterai de vivre longtemps sous le même toit que ta mère, qui met mes nerfs à rude épreuve même quand je suis en pleine forme. Elle pense rester combien de temps ?

— Je ne sais pas, dit papa. Je crois qu'elle a acheté un billet ouvert.

— *Tu crois ?* Qu'est-ce que ça veut dire, *tu crois* ? Elle a réservé son retour, oui ou non ?

— Mmmmm… non, il me semble que non, dit papa. Et alors ?

— Oh mon Dieu…"

En général c'est papa qui a des problèmes avec sa mère, mais là, comme c'est maman qui l'attaque, il s'empresse de la défendre.

"Ma mère a des relations, Tess, il dit. Elle connaît des gens importants en Californie. Elle pourra nous mettre en contact avec un bon avocat.

— Un avocat ?

— Evidemment ! Tu ne crois tout de même pas que je vais rester les bras croisés pendant que ce boucher s'acharne sur mon fils ? Je vais le traîner en justice, cet enculé de médecin. Putain de saloperie de…

— Randall !

— Je suis désolé, Tess. C'est juste que… je trouve ça… insupportable…"

Et mon père quitte la pièce parce que les hommes ne doivent pas pleurer en public, même s'il est humain de pleurer comme dit Schwarzenegger dans *Terminator II*.

Je passe le plus clair de mon temps à dormir, et même quand je suis réveillé je me sens indolent et apathique. Moi non plus je ne suis pas ravi à l'idée de voir mamie Sadie. Je sais qu'elle compte sur moi pour réussir là où tous les hommes de sa vie ont échoué : son père qu'elle n'a jamais rencontré, son mari dramaturge raté mort prématurément, et son fils à qui elle a un jour balancé en pleine figure qu'il était un *col blanc invertébré*. J'ai bien l'intention de réaliser ses rêves, je le jure, mais je préférerais qu'elle nous rende visite quand je suis en bonne santé plutôt que malade. En ce moment précis, il ne doit pas être pas facile de voir que je suis le sauveur de l'humanité.

Papa va chercher mamie Sadie à l'aéroport de San Francisco et la ramène en voiture avec son fauteuil roulant plié dans le coffre en même temps que plusieurs grosses valises qui nous plongent dans l'angoisse quant à la durée de son séjour chez nous. Maman et moi attendons sur le perron, main dans la main, pendant que papa pousse sa mère sur la rampe construite exprès pour son handicap, elle a encore grossi depuis sa dernière visite alors la rampe grince sous son poids. Dès qu'elle arrive dans la cuisine, elle se tourne vers moi et me fait signe d'approcher, je viens vers elle en boitillant et en essayant de ne pas avoir l'air trop pitoyable malgré les pansements sur ma tête et les autres pansements cachés sous mon bas de pyjama.

"Solomon ! Regarde ! J'ai un cadeau pour toi !"

Elle farfouille dans son sac et sort un objet enveloppé dans du papier de soie. Quand je l'ouvre, c'est une kippa qui est en fait très jolie, recouverte de velours noir et ornée d'étoiles et de fusées, avec les mots *Guerre des étoiles* cousus en fil d'or.

"Essaie-la, Solomon. Elle était à ton père, autrefois. Tu te rappelles, Randall ? On te l'a donnée pour ta bar-mitsvah, *La guerre des étoiles* venait juste de sortir en jeu vidéo. Regarde, elle est comme neuve ! Incroyable, non ?

— A croire que je ne l'ai pas portée bien souvent, marmonne papa.

— Vas-y, essaie-la, Solomon ! Voyons si elle te va !

— Je m'excuse, ma", dit maman. Ça me fait toujours drôle de l'entendre appeler mamie Sadie *ma* parce qu'elle n'est pas sa mère du tout, mais c'est juste un terme d'affection. "Je sais que vos intentions sont bonnes, mais nous sommes une famille protestante.

— Essaie-la, essaie-la", insiste mamie Sadie sans lui prêter la moindre attention alors je ne sais pas quoi faire ; je regarde papa et, après avoir vérifié que maman n'a pas les yeux sur lui, il hoche imperceptiblement la tête alors je mets la kippa. Elle est beaucoup trop grande mais, d'un autre côté, elle cache bien mes pansements.

"Formidable ! déclare mamie Sadie. Comme un gant, elle te va ! Ce n'est pas du poison, elle ajoute en s'adressant à maman. Ça ne lui mettra pas des idées juives dans la tête. Il peut la porter quand il en a envie, en souvenir de sa grand-mère en Israël. D'accord ?"

Maman baisse les yeux et regarde ses mains.

"C'est un oui, ça ?

— Je suppose que oui, si Randall est d'accord, murmure maman.

— Ça ne me dérange pas, dit papa, soulagé de pouvoir réconcilier sa mère et son épouse en cinq petits mots. Et maintenant, allez ouste, le môme ! Va te coucher."

J'obéis… si fatigué que je n'écoute même pas la suite de leur conversation du haut de l'escalier, comme je l'aurais fait normalement si j'étais en pleine possession de mes pouvoirs.

A partir de ce jour-là, l'atmosphère dans la maison crépite avec une mauvaise électricité parce que papa est parti du matin au soir et les deux femmes passent la journée ensemble, ce qui fait comme des courts-circuits de communication. En plus de s'occuper de moi et de faire toutes les courses et la cuisine et le ménage, maman doit maintenant satisfaire aux exigences de sa belle-mère handicapée juive orthodoxe, comme par exemple la nourriture casher.

Sadie est quelqu'un d'imposant dans tous les sens du terme. Un jour j'ai entendu papa dire à maman qu'autrefois sa mère suivait le programme Weight Watchers, mais après son accident de voiture elle s'est laissée aller et son corps a suivi sa destinée, elle est devenue énorme et débordante mais en même temps majestueuse, à présent c'est une force de la nature. Quand elle discute avec maman à la cuisine je peux l'entendre sévir depuis ma chambre à l'étage alors que les réponses de maman, s'il y en a, restent inaudibles.

"Grotesque, cette histoire... vraiment la chose à ne pas faire... C'était l'idée de *qui* ?"

"Et vous avez payé combien pour cette soi-disant opération ? Pardon ???? Non mais je rêve !?"

Et ainsi de suite.

La seule chose que maman et Sadie ont en commun, c'est leur amour pour mon papa. Mais ce n'est pas le même amour, et quand on les écoute on a du mal à croire qu'elles parlent de la même personne.

Et puis il y a moi, évidemment.

Mamie Sadie exprime son amour pour moi chaque matin à huit heures sonnantes, en stationnant son fauteuil sur la véranda et en me sommant de la rejoindre pour qu'elle me lise pendant deux heures les histoires de l'Ancien Testament.

"Il faut structurer ses journées ! elle dit, quand maman lui demande si deux heures ce n'est pas un peu excessif. Il ne faut pas le laisser errer comme ça dans la maison, faire ce qu'il veut quand ça lui chante, manger, dormir, regarder la télévision… C'est un régime *épou-vantable* pour un enfant de six ans ! Son esprit va se ramollir et s'affaisser ; quand il commencera l'école à l'automne, il aura perdu l'avance qu'il avait par rapport aux autres enfants !"

Quand les histoires bibliques m'ennuient, je me réfugie ailleurs dans mon cerveau et déclenche l'économiseur d'écran *hoche la tête de temps en temps pour montrer que tu suis*. Mais d'autres histoires sont pleines de violence et de rage, de destruction et de vengeance à un point étonnant. J'apprécie surtout le moment où Samson est tellement furieux contre Dalila pour sa trahison qu'il pousse les colonnes du temple jusqu'à ce que l'édifice s'écroule sur lui en tuant tout le monde. "C'est comme les bombes humaines en Israël en ce moment !" je dis, fier de montrer à mamie que je connais un peu son pays, mais elle secoue la tête en disant : "Pas du tout ! Ce n'est pas *du tout* la même chose !" et reprend sa lecture.

Au bout d'une quinzaine de jours, elle a l'idée d'ajouter des leçons d'hébreu à mes cours bibliques – mais là, maman met le holà.

"Je ne veux pas que mon petit garçon parle l'hébreu.

— Mais pourquoi ? dit mamie Sadie. Ça l'occupera, et puis… c'est une très belle langue. Demande à Randall, il l'adore !

— Randall ?

— Ben oui ! vous voyez bien… le type que vous avez épousé…

— Randall parle l'*hébreu* ?

— Non mais je rêve, dit mamie Sadie. Il vous a quand même dit qu'on a passé un an à Haïfa quand il était petit ?

— Bien sûr.

— Et qu'il est allé à l'école Hebrew Reali ?

— Oui…

— Et vous pensiez que dans cette école on donnait des cours, quoi – en japonais ? Il a réussi son examen d'entrée après seulement *un mois de cours particuliers* à New York ! Ah, non, c'était quelqu'un de brillant, mon fils à l'époque, j'en explosais de fierté.

— Je vois", dit maman.

Toute cette conversation la fait trembler d'émotion parce qu'elle sait que Sadie la blâme pour le destin médiocre de Randall. Comment un garçon aussi brillant avait-il pu épouser une femme qui n'avait jamais quitté la côte ouest des Etats-Unis, n'avait aucun diplôme universitaire et ne parlait aucune langue étrangère (alors qu'elle-même, Sadie, en parlait trois à la perfection et se débrouillait dans sept ou huit) ? Par bonheur, maman réussit à garder son sang-froid, en faisant appel aux réflexes acquis dans ses séminaires sur la Relaxation et les Relations Humaines.

"Ecoutez, ma, elle dit sur un ton de je-me-contrôle-je-me-maîtrise, je peux voir en quoi l'apprentissage de l'hébreu a pu être utile à Randall à ce moment-là, mais je vous rappelle que vous êtes une invitée dans notre foyer, qui est un foyer protestant, un foyer anglophone, et quand le moment viendra pour Solly d'étudier une langue étrangère, ce sera à ses *parents*, non à ses *grands-parents*, de décider laquelle. D'accord ?"

Elle tourne les talons et rentre dans la maison.

Au bout d'un moment il commence à faire trop chaud dehors, alors mamie Sadie quitte elle aussi la véranda et se remet à parler à maman. Son autre sujet préféré pour assommer les gens, c'est le sujet de son livre sur la Deuxième Guerre mondiale. Elle est capable de passer des journées entières à bassiner ma mère avec des chiffres sur cette affaire qui s'est passée longtemps avant sa naissance.

"Je suis à bout, dit maman à papa un soir, d'une voix tremblante, alors qu'ils se préparent pour le lit. Pourquoi elle ne peut pas laisser ce sujet tranquille ? Pourquoi ressent-elle le besoin de me faire entrer dans la tête tous ces faits de l'histoire ancienne ?"

Comme d'habitude, papa essaie de calmer et amadouer les choses entre les deux femmes.

"Tess, l'aryanisation c'est son métier, il lui dit. Tout le monde connaît l'aspect glaive du nazisme, elle se spécialise dans l'aspect berceau, ça la passionne. Pour nous c'est de l'histoire ancienne, mais pour elle c'est *hier* ; c'est *maintenant* ; c'est *sa mère*. Essaie de la comprendre, je t'en prie…

— Randall, dit maman. Je la comprends, mais ma cuisine n'est pas un amphi à la fac. J'ai un certain nombre *d'autres* préoccupations en ce moment, *en particulier la santé de* NOTRE FILS, et je ne peux pas me laisser continuellement envahir par deux cent cinquante mille enfants d'Europe de l'Est kidnappés par les nazis dans les années quarante !… Ou par ces centres abominables, les Lebensraum ou je ne sais quoi…

— Lebensborn, pas Lebensraum.

— Je n'en ai rien à… !!!"

Les jurons de maman sont d'autant plus puissants qu'ils restent imprononcés. Un énorme silence suit cet éclat de voix dans leur chambre près de la mienne, après quoi ils finissent sans doute par s'endormir et moi aussi.

Comme maman est au bord de la crise de nerfs, papa prend un jour de congé pour me conduire à San Francisco voir un nouveau médecin et obtenir un nouveau diagnostic. Mamie Sadie vient avec nous pour permettre à maman de se reposer.

Le nouveau médecin pense que je suis sur la voie de la guérison, mais la cicatrice que j'ai maintenant sur la tempe est beaucoup plus visible que le grain de beauté que j'avais avant, et il doute qu'elle disparaisse un jour complètement.

C'est un choc.

Une imperfection flagrante sur le corps de Sol : c'est un choc.

Sur le chemin du retour, je défais ma ceinture de sécurité, m'allonge sur la banquette arrière et ferme les yeux.

Cher Dieu… (Je ne sais pas quoi dire : je suis fâché contre Lui.)

Cher président Bush : j'espère sincèrement que vous serez réélu au mois de novembre.

Cher gouverneur Schwarzenegger : s'il vous plaît, je voudrais que vous veniez, comme au début de Terminator, *arracher le cœur au médecin qui*

m'a fait ça. Papa lui a intenté un pro-
cès mais ça coûte une fortune et ça va
prendre des mois sinon des années. Ce
serait tellement plus simple si vous pou-
viez régler la chose à votre manière.

Sur le siège avant, papa et mamie
Sadie doivent croire que je me suis
endormi, parce qu'ils se mettent à parler à voix basse. Du coup, je dresse
l'oreille… et c'est comme ça que je
découvre enfin ce que fait mon père
pour l'effort de guerre en Irak, bien
que ce soit classé top secret. C'est étonnant mais, même quand on est vieux à
vingt-huit ans, on veut toujours que
votre maman soit fière de vous et on a
honte si elle vous voit comme un *nebish*,
mot que Sadie m'a appris et qui signifie
un zéro, un moins que rien, une mau-
viette, en d'autres termes un *col blanc
invertébré.*

"Talon va révolutionner la guerre moderne, dit papa.

— Le talent de qui ? demande mamie
Sadie.

— Pas le talent : *Talon.* Le nouveau
robot guerrier.

— Des robots guerriers ? C'est *ça*
que tu fais, Randall ? Tu fabriques des
robots guerriers ?

— Non, je ne les fabrique pas moi-
même. Mais notre boîte est une des

94

seules à Silicon Valley à avoir été choisies pour développer certains aspects de la technologie. La maison mère se trouve sur la côte est, dans le Massachusetts ; elle est reliée aux entreprises qui font des recherches pointues en robotique un peu partout dans le monde : en Ecosse, en Suisse, en France… en Allemagne aussi, tiens !…

— Je ne t'ai pas demandé un organigramme, dit mamie Sadie. Raconte-moi plutôt en quoi consistent ces Talon.

— Eh bien, franchement, poursuit papa, visiblement enthousiaste, ils sont assez fantastiques. On dirait qu'ils sortent tout droit de *La guerre des étoiles*. Ils ont tous les avantages des êtres humains, sans les inconvénients.

— A savoir ?

— Eh bien, *A* : ils ne meurent pas, ce qui veut dire qu'ils ne laissent pas derrière eux des veuves éplorées et des orphelins à qui il faut payer une pension pour le reste de leur vie. On évite le syndrome du rapatriement des corps, les gens bouleversés par le nombre de victimes américaines…

— Je vois.

— *B* : ils n'ont aucun besoin physique ni psychologique, ce qui réduit spectaculairement nos dépenses. Plus la peine de les abreuver constamment de

nourriture, de boisson, de sexe et de psychothérapie post-traumatique. *C* : ce
sont d'excellents guerriers : mobiles, précis, impitoyables. Ils sont équipés de
caméras, alors on voit tout ce qu'ils
voient ; on peut les diriger avec une télécommande, leur donner l'ordre de viser
et de tirer. *D* : ils n'ont pas les jetons, ils
n'ont pas d'amoureuse qui les attend au
pays, ils se foutent éperdument des
droits humanitaires de l'ennemi… En un
mot, ils n'ont pas d'émotions. Ni colère,
ni peur, ni pitié, ni remords. Ce qui, naturellement, augmente leur efficacité comme
guerriers."

Maintenant qu'il est lancé, j'ai l'impression que papa pourrait faire tout
l'alphabet avec sa liste d'avantages, mais
mamie Sadie l'interrompt. *"Arrête !"*
Elle parle encore en chuchotant pour
ne pas me réveiller mais elle a l'air furi-
barde. *"Arrête !* Tu sais ce que tu décris,
Randall ? Tu sais ce que tu décris là, en
parlant ?"

Comme papa sait très bien ce qu'il
décrit, il comprend que la question de
mamie est rhétorique ce qui veut dire
pas une vraie question du tout, alors il
attend qu'elle y réponde elle-même. Il
n'a pas à attendre longtemps.

"Le parfait nazi, voilà ce que tu décris. Le parfait macho : dur, en acier,

dépourvu de sentiment. Rudolf Hess, voilà ce que tu décris – le type qui dirigeait la chambre à gaz à Auschwitz. Surtout pas de sentiment ! Les sentiments c'est mou, c'est féminin, c'est répugnant. L'ennemi n'est pas un être humain, c'est de la vermine, et nous on est des machines. Se concentrer sur les ordres, *devenir* les ordres – tuer, tuer, tuer.

— Je crains que ça ne se limite pas aux nazis, maman. C'est le b. a.-ba de l'entraînement militaire. On a inculqué ce même message à tous les soldats de l'histoire humaine, de Gilgamesh à Lynn-die England. Tu crois qu'il en va autrement pour ton précieux Tsahal ? Tu crois qu'en inspectant ses troupes, Sharon leur dit : «Bon alors, n'oubliez pas, n'est-ce pas, messieurs dames ? Les Palestiniens sont des êtres humains exactement comme vous, alors quand vous lâchez des bombes sur Ramallah, ayez une pensée attendrie pour chacune de vos victimes, homme, femme ou enfant...»

— *Arrête* avec Tsahal, Randall ! On s'est mis d'accord pour ne pas aborder ce sujet entre nous. Mais... des *robots* !"

Mon cœur bat la chamade. Je suis fou de joie à l'idée que mon père aide à envoyer des soldats robots en Irak pour tuer nos ennemis. Quand il m'a dit qu'il était dans le coup, je ne pensais quand même pas qu'il était carrément aux premières loges, mêlé à des choses aussi importantes et pointues. A la seule idée de ces robots hérissés d'armes en train de tirer sur les Arabes, puis de rester là, indifférents, à les regarder gigoter sur le sable dans des giclures de sang, je sens mon pénis durcir pour la première fois depuis des mois, ce qui veut dire que j'entre enfin en convalescence. Je tire la couverture sur moi et me frotte doucement, puis me laisse glisser dans le sommeil.

Un peu partout dans la ville, les robots font irruption dans les maisons et kidnappent les enfants, après quoi ils nous ôtent le cerveau pour voir comment ça fonctionne. L'hôpital est rempli d'enfants qui ont le crâne vide parce qu'ils nous ont enlevé notre cerveau, mais on est branché sur des machines pour que notre corps reste en vie. Maman vient me voir tous les jours à l'hôpital, même si elle sait que je ne pourrai plus jamais réfléchir. Je peux la voir et la reconnaître, mais je ne peux pas lui parler ; assez bizarrement, ça m'est égal.

Quand je me réveille, on est presque arrivé et la conversation sur le siège avant est revenue à son point de départ.

"On organise une rencontre internationale de robotique à Santa Clara en octobre, dit papa. C'est une très grosse affaire. Ma boîte m'envoie en Europe le mois prochain pour des réunions préparatoires.

— Où ça, en Europe ? demande mamie Sadie pendant que papa tourne dans l'allée de notre maison et arrête la voiture.

— Ben, justement, les pays dont je t'ai parlé tout à l'heure : la France, la Suisse, l'Allemagne…

— Tu seras en Allemagne au mois d'août ? demande Sadie.

— J'ai trois réunions différentes en Allemagne : une à Francfort, une à Chemnitz, une à Munich.

— Tu seras à *Munich* au mois d'août ?" demande mamie, et papa se tait parce que c'est encore une question rhétorique ; il arrête le moteur. Pendant plusieurs secondes on n'entend plus que le gazouillement des oiseaux et l'aboiement lointain d'un chien.

"Tu sais quoi, Randall ? dit mamie Sadie enfin. *Tu sais quoi ?* Toute la famille va venir te rejoindre à Munich.

— Je ne…

— Si, si.

— Je ne pige pas, maman.

— Mais si. C'est une idée de génie. Une idée de génie. Ecoute. On amènera mamie Erra avec nous.

— Mais tu es complètement…

— On amènera mamie Erra avec nous. Parce que Greta, sa sœur aînée qui habite toujours près de Munich, est très malade. Elle m'a écrit pour me dire qu'elle donnerait n'importe quoi pour revoir sa petite sœur avant de mourir. C'est moi qui vous invite !

— Excuse-moi, maman, mais tu débloques complètement. Tu ne convaincras jamais ta mère de venir. Non seulement elle n'a pas mis les pieds en Allemagne depuis soixante ans – c'est le seul pays d'Europe où elle n'a jamais donné de concert ; non seulement elle a perdu tout contact avec cette… soi-disant sœur depuis tout ce temps… mais même *toi*, ça fait quinze ans que vous ne vous parlez plus !

— Quatorze.

— Quatorze, d'accord. Ecoute, maman, c'est très gentil à toi mais non merci. Très peu pour moi, ce genre de psychodrame.

— Mais réfléchis, Randall ! Réfléchis ! A Tess, ça ferait un bien fou de voyager, elle qui n'a jamais mis les pieds hors des Etats-Unis. Et Solomon ! Après toutes les épreuves regrettables que vous lui avez infligées… Au lieu de rester là à se morfondre tout l'été en attendant que ses cheveux repoussent et que l'école commence, il s'embarquera dans une sacrée aventure ! Et Greta… Greta m'a aidée dans mon travail, Randall, je lui dois beaucoup. Je suis toujours restée en contact avec elle… Elle a un cancer, elle est *à l'agonie*, et son désir le plus fervent est de revoir sa sœur une dernière fois… Quant à toi, tu seras à Munich de toute façon, alors où est le problème ? Hein ? Où est le problème ?"

La maison est sens dessus dessous avec cette idée de mamie Sadie.

Le lendemain, un samedi, nous votons pendant le petit déjeuner : maman et moi on vote *oui* et papa vote *non* ; ça fait déjà trois contre un, alors même si AGM vote *non*, les *oui* l'emporteront.

"Peu importe ! fait remarquer papa. Si Erra vote non, *elle ne viendra pas*, ce qui rendra le voyage inutile pour tout le monde.

— Mais pas du tout !" maman et moi nous exclamons en chœur. Et maman ajoute : "On verra quand même l'Allemagne, et on rencontrera la sœur de ta grand-mère. Ce n'est pas tous les jours qu'on apprend qu'on a de la famille en Europe !

— Il n'y a qu'une façon de régler la question, Randall, dit mamie Sadie. Tu dois appeler Erra.

— Appelle-la, toi. C'est ton idée ; appelle-la !

— Mais non, c'est absurde. Ça fait si longtemps qu'on ne s'est pas parlé, elle ne reconnaîtrait même pas ma voix.

— Ecoute, maman. Si tu veux l'amener à Munich, il va bien falloir que tu lui parles. Autant commencer tout de suite, non ?

— Allez, Ran, je t'en prie, appelle-la. Tu sauras mieux la convaincre. Vous avez toujours été si proches, Erra et toi.

— Mais moi je n'ai aucune *envie* de la convaincre ! C'est *toi* qui as envie de la convaincre !

— D'accord, OK, d'accord. De toute façon, là, il est trop tôt à cause du décalage ; il n'est que six heures du matin à New York.

— Eh non, tu te trompes. Il faut *ajouter* trois heures, pas les soustraire. Donc il est midi pile à New York, heure parfaite pour téléphoner.

— Oh pour l'amour de Dieu, dit mamie Sadie, en rougissant jusqu'à la racine de sa perruque. D'accord, OK, d'accord."

Elle fait rouler son fauteuil jusqu'à la chambre d'amis et referme la porte pour donner son coup de fil en toute discrétion ; de la cuisine on n'entend que le ton de sa voix, qui est moins strident que d'habitude. Comme on ne veut pas avoir l'air de tendre l'oreille pour capter ses mots, maman se lève et dit "Tu veux bien m'aider à débarrasser, Randall ?" et papa sursaute nerveusement et dit "Oui, oui, bien sûr".

Ensuite maman me demande si je veux boire un peu plus de lait et je réponds que non. Alors, même si je n'ai bu qu'une toute petite gorgée, elle verse tout le verre dans l'évier parce qu'on ne sait jamais, en portant le verre à mes lèvres j'ai pu y déposer quelques microbes et, au point où nous en sommes, mieux vaut prévenir que guérir.

"Tu veux essayer de faire ta grosse commission, mon ange ?" elle demande, par quoi elle veut dire caca – mais, juste au moment où je me dirige à pas feutrés vers les toilettes, mamie Sadie sort de sa chambre et me barre le chemin avec son fauteuil roulant. Elle reste là sans rien dire, l'air sonnée.

"Alors ? demande papa en refermant la porte du lave-vaisselle un peu plus violemment que d'habitude. Qu'est-ce qui s'est passé ? Comment elle a voté, Erra ?"

Mamie Sadie ferme les yeux, les rouvre et dit, avec une douceur dans la voix que je ne lui ai jamais entendue : "Oui. Elle a voté *oui*."

Avec maman on se met à pousser des hourras, et papa reste planté au milieu de la cuisine, frappé de stupeur, à marmonner à voix basse : "Non mais c'est une plaisanterie, non mais ça n'est pas vrai."

Trois petites semaines plus tard, nous sommes dans l'avion.

des milliers de fois   dans mes jeux
      d'ordinateur devant la télé
sur le Net   avec les Game Boy et
les Play Station de mes amis
      j'ai traversé en trombe le cosmos
    fait des plongeons
                des vols planés
    tournoyé sans effort parmi les galaxies
    fait exploser des fusées en appuyant
        sur un bouton
      et senti, reflétée sur mon visage, la
brève flamme écarlate de leur destruction…
mais le vrai vol   est pour moi
une très mauvaise surprise

Terrorisé par le gémissement aigu des moteurs dans mes oreilles et la vibration vrombissante de l'appareil dans mes entrailles, je serre la main de maman jusqu'à ce qu'elle la retire en me disant "Je suis désolée, mon chou, tu me fais mal". Ensuite quand on commence à décoller je panique pour de vrai, je suis écrasé et aplati contre mon siège et dans ma tête ça commence à cogner. Autour de moi les gens font comme si de rien n'était, ils lisent et bavardent et regardent par la fenêtre alors qu'un hurlement lutte pour sortir de ma gorge, je me fige tout le corps pour enfermer le hurlement à l'intérieur mais il me déchire la poitrine, le vol est une *torture*, mon estomac se soulève, je vais vomir, *maman, maman,* j'ai envie de dire, *comment peux-tu permettre qu'on me fasse ça ?* tout comme Jésus s'est écrié, quand on l'a cloué sur la croix : "Mon Dieu, mon Dieu, pourquoi m'as-tu abandonné ?"

"Oups là – tiens, mon ange", dit maman. Elle prend un sac en papier blanc dans la poche du siège devant elle, l'ouvre et le tient devant ma bouche. Je suis choqué. Comme ça, les gens savent à l'avance que voler peut vous donner envie de vomir, ils estiment que ce n'est pas bien grave et ils mettent à votre disposition un sac en papier pour recueillir votre vomi ? C'est *atroce* de vomir, c'est le *contraire* de ce qui doit arriver à la nourriture quand elle entre dans l'estomac. Le vomissement c'est le *chaos*, c'est comme l'univers avant que Dieu ne s'y intéresse. Je suis parcouru de tremblements et de haut-le-cœur et je découvre le sens exact de *sueurs froides* mais je n'arrive pas à vomir parce que je n'ai rien mangé au petit déjeuner. Maman me souffle doucement sur le front et au bout d'un moment les pires symptômes s'apaisent mais je n'arrive pas à croire que je dois vivre ça *encore trois fois* – on fait escale à New York pour qu'AGM puisse se joindre à nous sur le même vol, donc il y aura *quatre décollages* en tout, deux à l'aller et deux au retour.

Tout ce voyage est un cauchemar et je n'aime pas être vu en public en train de serrer convulsivement la main de ma mère chaque fois qu'il y a un peu de turbulence. Je voudrais que ce soit *terminé*. Je voudrais que l'avion, avec son bruit assourdissant et ses cahots et ses centaines de passagers qui empestent la sueur et la mauvaise haleine et ses bébés hurleurs et ses Allemandes obèses qui font la queue aux toilettes et ses hôtesses qui ont des rides autour des yeux quand elles sourient… que *tout cela disparaisse* dans un claquement de doigts et qu'on soit simplement sur le sol en Allemagne.

A New York, la scène de retrouvailles entre mère et fille après toutes ces années n'est pas comme on l'aurait imaginée pour la télé, avec des larmes et des soupirs et des explications déchirantes. Ça se passe dans l'avion parce que pour nous New York n'est qu'une escale et on n'a pas le droit de quitter l'appareil. En plus, à cause de ses jambes paralysées, mamie Sadie ne peut pas se lever quand elle voit apparaître le halo de cheveux blancs d'AGM dans la porte, alors elle lui fait signe de la main, AGM vient vers nous et nous donne à chacun un petit baiser agréable, le même pour tous, peu importe si ça fait quatre mois ou quatorze ans qu'on ne s'est pas vu. Ensuite elle descend encore l'allée – son siège est loin des nôtres, tout au fond de l'avion – et le cauchemar du décollage recommence.

Une fois qu'on est vraiment au-dessus des nuages, le problème se déplace : ce n'est plus la peur mais l'ennui qui me torture parce qu'il n'y a rien à faire. Maman a regardé le programme des films et décidé que j'étais trop petit pour voir *Le journal de Bridget Jones*, même si je doute que ce soit aussi explicite que les sites d'"Abou Ghraïb" ou d'"Enfile-la de force", mais je garde ces pensées dans mon cerveau pour

ne pas la traumatiser. Elle-même feuil-
lette un livre sur tous les endroits merveilleux qu'on peut visiter dans la ville
de Munich et ses environs.

Mamie Sadie a commandé à l'avance
un repas casher, dont à vrai dire je ne
sais pas ce que ça veut dire, sinon que
c'est pour les juifs. Maman récite à
voix basse le bénédicité et mange tout
ce qu'il y a sur son plateau parce qu'elle
dit que c'est un repas gratuit alors autant en profiter, et en plus c'est son
premier vol transatlantique alors il faut
fêter ça. Bien sûr le repas est impossible pour moi mais, grâce au fait que
papa est déjà en Europe et ne peut pas
la critiquer, maman m'a préparé un sac
avec toutes sortes de choses molles à
grignoter. Chaque fois que j'en ai envie,
je mets la main dans le sac et en retire
quelque chose, un sandwich au beurre
d'arachide, un bout de fromage, une
banane, je les glisse entre mes lèvres et
les fais fondre contre mes gencives, les
liquéfie et les contrôle en espérant qu'ils
seront coopératifs, qu'ils se télécharge-
ront en caca bien moulé au lieu de se
soulever et de fomenter une révolution
en giclant par ma bouche sous forme
de vomi.

Pendant la nuit, alors qu'on survole
l'océan Atlantique, maman doit se lever

à deux reprises pour aider mamie Sadie à aller aux toilettes. C'est toute une expédition.

Quand on arrive à Munich, l'air se remplit de mots incompréhensibles. Je trouve ça offensant et étouffant alors je me cramponne au bras de maman et écoute de toutes mes forces sa conversation avec mamie Sadie. Je suis omnipotent et omniscient mais pour le moment dans cet énorme aéroport moderne je dois continuer de me comporter comme un petit garçon normal et avoir l'air désorienté. Quand on franchit enfin les portes coulissantes, papa est là qui nous attend de l'autre côté ; il a collé sur son visage un immense sourire qui veut dire qu'il préférerait ne pas avoir à vivre les jours qui viennent. Il nous conduit vers la voiture qu'il vient de louer à l'aéroport, poussant le fauteuil roulant de sa mère d'une main et tirant une valise de l'autre, écoutant son épouse d'une oreille et sa mère de l'autre, gardant un œil sur son jeune fils et s'assurant de l'autre que sa grand-mère adorée ne s'égare pas.

Je m'installe entre maman et AGM sur le siège arrière de la voiture et mamie Sadie se met devant, la carte sur les genoux parce que papa ne comprend rien aux panneaux de la route.

"Vite – je fais quoi là, je tourne à gauche ?

— A droite ! à droite ! dit mamie Sadie, qui parle couramment l'allemand.

— Merde", dit papa en donnant un coup de volant à droite à la dernière seconde, et maman dit : "Oh ! Randall, c'est quelle langue, ça ?" mais sa plaisanterie fait un flop.

"*Merde !* répète papa. Tu veux conduire, Tessie ?"

Maman rougit et s'enfonce dans son siège.

Moi non plus je n'aime pas que les panneaux soient en allemand, c'est comme autant de portes qui me claquent à la figure les unes après les autres et je refuse de demander à mamie Sadie ce qu'ils veulent dire, je ne veux pas admettre que j'ignore quelque chose. D'ici ma majorité, il faudra que tous les habitants de la Terre se mettent à parler anglais et s'ils ne le font pas c'est une des premières lois que je passerai quand je serai au pouvoir. Le caractère étranger de ce pays me donne la chair de poule et ma cicatrice est encore moche même si je la cache avec la kippa. Je m'efforce de redorer mon blason et de polir mes médailles, me rappelant que je suis l'enfant de six ans le plus génial de la Terre, mais ce n'est pas facile dans cette voiture bondée avec toutes les tensions entre les adultes ; au moins maman me serre la main pour me donner du courage.

Enfin nous arrivons dans la ville de Munich elle-même, nous cherchons notre hôtel et mamie Sadie, d'une voix très forte qui remplit toute la voiture, se met à nous bassiner avec l'histoire des différents bâtiments et aussi quels quartiers ont été anéantis par les bombardements alliés, ce qu'on a du mal à croire tellement tout a l'air propre et moderne. Je vois qu'AGM a les mains qui bougent tout le temps, elle n'arrête pas de tordre ses doigts maigres les uns autour des autres et je me rends compte qu'elle n'a pas dit un seul mot depuis qu'on a posé le pied sur sa terre natale. Je la contemple à la dérobée. Elle regarde dans le vide, l'air égarée, on dirait qu'elle est devenue très vieille d'un seul coup.

"Tu reconnais quelque chose ?" dit mamie Sadie soudain, en se coupant la parole elle-même. Elle s'adresse forcément à sa mère – personne d'autre dans la voiture ne risque de reconnaître des choses à Munich, n'y étant jamais venu – mais AGM ne répond pas. Elle continue de regarder droit devant elle et de se tordre les mains et de vieillir à vue d'œil.

C'est la première fois de ma vie que je dors dans un hôtel et ça ne me plaît pas parce que mamie Sadie essaie de faire des économies et, même si tout le voyage était son idée, elle ne peut pas s'empêcher de nous rappeler que ça lui coûte une fortune alors l'hôtel qu'elle a choisi est plutôt minable et on doit dormir tous les trois dans la même chambre. Mamie Sadie et AGM partagent aussi une chambre, ce qui doit être quelque chose mais je n'ai pas envie de savoir quoi. On mange un repas nul au restaurant de l'hôtel, où le menu dit que beaucoup de plats sont le pire, *worst* : même si ça s'écrit *Wurst* et que Sadie prétend que ça veut dire saucisse (ce qui fait rire maman), moi ça me gâche l'appétit et tout ce que je peux manger c'est une tranche de pain blanc dont on a enlevé la croûte. Sadie ajoute que quand on veut dire "je m'en fiche" en allemand on dit "ça ne m'importe pas une saucisse", ce qui fait rire papa mais à moi ça me semble complètement idiot. Ensuite mamie Sadie se tourne vers AGM qui n'a toujours pas ouvert la bouche à part pour commander son repas.

"Maman", elle dit, ce qui fait drôle dans la bouche d'une vieille femme comme mamie Sadie, mais elle essaie d'entrer dans les bonnes grâces de sa mère et de la remettre de bonne humeur parce qu'on ne peut pas ne pas remarquer comme elle est devenue silencieuse, "Maman, tu te rappelles cette chanson que tu m'as apprise une fois, l'histoire de Johnny Burbeck ? Le type qui a été réduit en farce à tomates parce qu'il est tombé dans son propre hachoir ? C'était comment, l'air ?

— Je vous en prie !" dit maman, qui pense qu'une telle chanson pourrait me donner des cauchemars ou de l'indigestion.

De toute façon Erra ne répond pas, elle ne fait que fixer la nappe en buvant de petites gorgées de bière. Personne ne sait ce qu'elle a.

"Et après, tu m'as demandé : C'est quoi, une Bolognaise -- tu te rappelles ?"

Toujours pas de réponse.

"C'est quoi une Bolognaise, Solly ? répète mamie Sadie en se tournant vers moi.

— Je ne sais pas, je dis.

— C'est une sauce pour les spaghettis, dit en rigolant papa, qui visiblement connaît ces blagues déjà.

— Non, bêta, c'est une dame qui vit à Bologne !" dit mamie Sadie, et ils éclatent tous les deux de rire. Puis mamie Sadie reprend : "Et c'est quoi un Hamburger, Solly ?

— Le truc qu'on achète chez McDo, je dis, sans grande conviction.

— Non, bêta, c'est un monsieur qui vit à Hambourg !"

Et ils se marrent à nouveau, elle et papa.

"Et puis il y avait… ah, aide-moi, Randall… C'était quoi, la troisième ?"

Par bonheur, mon père a oublié lui aussi la troisième blague, et ils laissent tomber ce sujet de conversation.

Erra garde le silence tout au long du repas.

Je dors comme une souche.

Le matin il y a de nouveaux soucis parce que dans cet hôtel minable ils n'ont que des œufs durs (froids) alors que moi je n'aime que les œufs mollets (chauds). Maman va à la cuisine pour essayer d'expliquer le problème aux employés, mais comme elle ne parle pas l'allemand le message ne passe pas. Elle demande à mamie Sadie de venir traduire – mais Sadie, qui a déjà commencé son petit déjeuner, dit d'une voix de stentor sans cesser une seule seconde de s'empiffrer : "Arrêtez de gâter votre fils, Tessa ! S'il a faim il mangera ses œufs sous n'importe quelle forme. S'il n'a pas faim, ce n'est pas la peine de râler."

Maman revient vers moi en haussant les épaules d'un air désolé et mon sang bouillonne tellement de rage contre ces gens qui l'ont humiliée que je pourrais presque y faire cuire un œuf moi-même.

Malheureusement la sœur d'AGM qui a déjà un pied dans la tombe n'habite pas la ville de Munich elle-même, elle habite toujours le village où elles ont grandi, à deux heures de route de Munich, ce qui me désespère.

"C'est *loin* ! je dis à maman d'un ton pleurnichard.

— On n'a pas tellement le choix, mon ange.

— Deux heures, dit papa, c'est le temps que je mets chaque matin pour me rendre à mon travail.

— Tu ne peux pas comparer, Randall, dit maman. Pour un enfant c'est interminable.

— Tu as tort, dit papa. Pour moi aussi c'est interminable."

On reprend les mêmes places qu'hier, AGM à ma gauche et maman à ma droite sur le siège arrière. On met un temps fou à sortir de la ville, mais enfin on file sur une route au milieu de vertes prairies.

"Nous roulons vers l'est, dit mamie Sadie, en direction de la frontière autrichienne. Berchtesgaden est par là – vous savez, la fameuse redoute bavaroise, lieu de retraite préféré d'Hitler. Il a fait creuser dans la montagne une espèce de labyrinthe incroyable pour lui et ses copains, et ils y ont stocké suffisamment de champagne, de cigares, de friandises et de vêtements pour tenir un siège de plusieurs décennies ! Maintenant on le transforme en hôtel de luxe.

— Comme ça, nous sommes à un jet de pierre du lieu de naissance du gouverneur Schwarzenegger ! dit maman, ravie de cette occasion de montrer qu'elle a étudié les cartes.

— Euh, oui, dit mamie Sadie, on peut dire que c'est à un jet de pierre… à condition d'être un géant ! Schwarzenegger est né près de Graz, à deux cent cinquante kilomètres au sud-ouest de Berchtesgaden.

— Ouf ! dit papa. Heureusement que *quelqu'un* est au courant, dans cette voiture !

— Non, non, dit mamie Sadie, conciliante. A vrai dire, la remarque de Tessa était pertinente. La famille de Schwarzenegger avait un fort penchant pour les nazis."

Ça, c'est le sujet que maman veut éviter à tout prix, alors elle se tourne vers AGM et lui demande : "Ça doit vous faire drôle de revoir ce paysage, non ?" Puis elle ajoute en baissant soudain la voix : "Oh ! elle s'est endormie !"

La tête d'AGM est tombée en arrière, sa bouche s'est ouverte et elle ronfle légèrement. Je n'arrive pas à me débarrasser de l'impression qu'elle prend de l'âge avec chaque minute qui passe. Vue comme ça de près, sa peau ressemble à un parchemin transparent couvert d'un million de petites rides et elle est si petite, si frêle et si petite, je n'avais jamais remarqué comme elle est fragile, on dirait un fantôme ou un moineau mort… Si elle était morte ? Non, elle ronfle, donc elle ne peut pas être morte mais je m'éloigne d'elle et m'accroche au bras de ma mère en pensant *s'il Te plaît Dieu je ne veux jamais que maman soit vieille, s'il Te plaît Dieu, fais qu'elle reste toujours jeune et belle…*

on roule   on roule   on roule

Quand je demande si c'est encore loin, maman me donne des conseils sortis tout droit de son cours de yoga bouddhiste ou quelque chose comme ça : "Ne pense pas tout le temps à l'arrivée, mon ange. Dis-toi que tu es *déjà* arrivé. *Maintenant* est un vrai moment de ta vraie vie ! Goûte-le pleinement ! Regarde le beau paysage !"

Je m'oblige à le regarder. Champs vallonnés. Vertes prairies. Vaches, tracteurs, granges, maisons de ferme. D'autres champs vallonnés. D'autres vaches et d'autres granges. Tout ça a l'air miniaturisé, comme ces petites fermes débiles qu'on voit parfois au zoo, pour donner une idée de la campagne aux enfants des villes. Même l'autoroute est riquiqui, comparée à celles de la Californie.

Jusqu'ici, ce voyage est archinul.

AGM se réveille juste au moment où on entre dans le village de son enfance. Elle se réveille comme moi, comme une lumière qui s'allume : sans transition, sans fatigue dans les yeux, dans la seconde, totalement réveillée et aux aguets.

On dirait que son silence a infecté toute la voiture. Personne ne parle. Dix lèvres immobiles. Mon père conduit très lentement vers le centre du village.

Soudain mamie Sadie fait une chose inattendue, elle glisse une main derrière elle et attrape la main d'Erra. Plus inattendu encore : AGM prend la main de sa fille et la caresse doucement.

C'est elle qui dit : "Ici, Randall. Tu peux tourner à gauche et te garer. Oui. C'est cet immeuble-là. Juste là."

Ensuite c'est le cirque habituel : il faut sortir du coffre le fauteuil roulant, l'ouvrir, aider mamie Sadie à s'y installer, verrouiller les portières et ainsi de suite, les passants nous regardent en écarquillant les yeux comme si nous étions une troupe de saltimbanques, je suis hyperconscient de la singularité de notre bande bariolée bruyante et anglophone qui comporte, entre autres, une handicapée à perruque, une sorcière menue aux cheveux blancs et un garçonnet en kippa *Guerre des étoiles*, je voudrais frapper leurs yeux d'un rayon laser pour les forcer à regarder ailleurs... Enfin on s'engouffre à l'intérieur de l'immeuble.

Après l'éblouissement du dehors, le couloir est noir comme poix mais mamie Sadie, se propulsant en avant dans son fauteuil, nous montre le chemin. Pendant qu'on marche derrière elle, main dans la main, maman se penche vers moi et me dit à voix basse : "Tu ferais peut-être mieux d'enlever ton chapeau, mon ange."

AGM a pris le bras de papa, ce qu'elle ne ferait pas en temps normal mais aujourd'hui elle marche lentement, si lentement qu'ils traînent loin derrière nous, et elle finit par s'arrêter tout à fait.

"Qu'est-ce qu'il y a ? crie Sadie, qui nous attend déjà devant l'ascenseur à l'autre bout du corridor.

— Son cœur bat trop vite, crie papa en réponse. Elle va prendre une pilule. Tu peux attendre une seconde ?

— Bien sûr qu'on peut attendre une seconde, dit mamie Sadie. Bon, on va attendre une seconde."

AGM tire un petit flacon de son sac à main, le secoue pour faire tomber des pilules dans le creux de sa paume, plaque sa main contre sa bouche ouverte et attend. Au bout d'un instant elle hoche la tête et s'agrippe à nouveau au bras de mon père.

Nous voilà rassemblés devant une porte marquée *3W*. Pour rendre plus solennel encore cet événement déjà solennel, mamie Sadie pose sur chacun de nous un regard lourd avant d'appuyer sur la sonnette.

L'instant d'après, on entend plusieurs verrous tourner et une forme féminine et massive surgit, découpée en noir dans l'embrasure de la porte. Mamie Sadie pose une question en allemand et la forme répond en allemand et je me dis que si je dois passer tout l'après-midi à écouter de l'allemand je vais mourir, mais ensuite mamie Sadie traduit : "Elle dit que malheureusement son infirmière a pris sa demi-journée alors elle est seule. Sa maladie l'empêche de nous accueillir comme elle le souhaiterait, mais le déjeuner est prêt, il nous attend. C'est Greta", elle ajoute, ce qui est totalement superflu.

A nouveau Greta dit quelque chose en allemand mais AGM la coupe : "Aujourd'hui, elle dit d'une voix claire et forte, la communication se fera en anglais."

D'un geste théâtral, elle lâche le bras de mon père et avance d'un pas. Tout le monde s'écarte.

Les deux sœurs se retrouvent face à face, à cinquante centimètres l'une de l'autre, et se regardent. Le moins qu'on puisse dire c'est qu'elles ne se ressemblent pas. Greta a les traits grossiers ; des rides profondes comme des entailles coupent en tranches rougeâtres ses joues et son menton rebondis, ses longs cheveux gris sont tressés en une natte lâche qu'elle a roulée sur sa nuque, et son corps immense oscille et ondule sous une combinaison de sport rose bonbon.

"Kristina !" elle murmure en tendant les bras vers AGM. Pour moi ce nom est complètement nouveau, mais comme je suis le seul à avoir l'air surpris, ce doit être le vieux nom d'AGM à l'époque où elle était allemande. "Kristina !" elle répète, et je vois briller une larme au coin de ses yeux presque noyés dans la graisse de son visage.

Au lieu de se jeter dans les bras tendus de Greta, AGM lui attrape les poignets, la tire vers elle et lui dit, dans un chuchotement féroce et précis : "Si on entrait ?

— Mais oui, bien sûr, dit Greta, avec un accent. Pardonnez-moi. S'il vous plaît, entrez tous, entrez, entrez. Otez vos chaussures, je vous prie, il y a beaucoup poussière dans les rues."

Mamie Sadie fait les présentations et Greta serre la main à chacun d'entre nous ; à la vue de la cicatrice sur ma tempe, elle fronce les sourcils en *w*.

"C'est un accident ? elle demande, esquissant un geste vers sa propre tempe.

— Oh ! ce n'est rien", disent les quatre adultes en même temps, ce qui les fait rire, également en même temps, ce qui les fait rire à nouveau, mais moi je trouve qu'il n'y a absolument rien de drôle.

Sur la table dressée : des dizaines de choses que je ne peux pas manger. Charcuteries marbrées de gras, cornichons et radis, œufs mimosa, fromages puants, salade de pommes de terre aux oignons, pain noir et dur… Par bonheur, en passant par la cuisine maman a aperçu une boîte de corn-flakes et elle demande à Greta si je peux manger un bol de ces céréales, sachant que devant une inconnue papa n'osera pas la contrarier au sujet de mon régime alimentaire.

Maman suggère qu'on se tienne tous la main autour de la table et pendant le bénédicité elle remercie Dieu pour cette réunion extraordinaire de deux sœurs après six décennies de séparation, mais personne n'a l'air spécialement content, pas même mamie Sadie dont c'était l'idée de nous traîner jusqu'ici. Après le bénédicité, on oublie de m'applaudir et de m'embrasser et je commence à me dire que tout ce voyage est une gigantesque erreur. Je mange mes corn-flakes le plus lentement possible parce que maman m'a interdit de quitter la table : "On n'est pas chez nous, alors il faut être sage comme une image aujourd'hui, d'accord ?" Mon regard volette de-ci de-là, j'ai l'impression d'être enfermé dans une espèce de maison de poupée. Partout où je pose les yeux : meubles et bibelots, coussins et napperons brodés, bols en cristal taillé, statuettes, photos et tableaux encadrés sur les murs couverts de papier peint à fleurs, chaque centimètre carré est occupé et décoré et je voudrais être une tortue Ninja pour donner des coups de pied de poing de bras à droite à gauche et m'en aller de là, *vlan ! bing ! bang ! bong !* – ou, mieux encore, Superman : il suffit de lever le bras et on est propulsé dans les airs comme une fusée, le toit se déchire et on fonce à grande vitesse vers le ciel bleu limpide. De l'air ! de l'air !

"Alors tu es restée là, dit AGM.

— Oui, dit Greta. J'ai élevé mes enfants dans cette maison."

Un silence. Il est clair qu'AGM n'a pas la moindre question à lui poser sur ces enfants.

"L'école a fermé ? elle demande au bout d'un moment.

— Oh ! il y a beaucoup d'années. Tout l'immeuble est une résidence seulement, depuis… dans les années soixante-dix, je crois. Un peu de temps après la mort de mère."

Toujours le même silence buté chez AGM. Pourquoi elle est venue ? je me demande. Si elle n'avait envie ni de voir sa sœur ni de ranimer les souvenirs du passé, pourquoi elle a voté *oui* pour venir en Allemagne ? Rien de ce que dit Greta de leur famille n'a l'air de l'intéresser.

"J'ai appris qui nous a dénoncés, tu sais ? A l'agence qui a envoyé la dame américaine pour vous emmener… C'est notre voisine Mme Webern, tu te souviens ? Son mari était un communiste…"

Pas de réponse d'AGM.

"Père, il revient en 46", poursuit Greta, et mamie Sadie hoche énergiquement la tête pour qu'elle continue, sans faire attention au silence obstiné d'AGM. "Il revient après une année de prisonnier des Russes. Mère lui dit que vous êtes disparus, toi et Johann, et il pleure toute la nuit. Il est encore maître d'école ici, et après, directeur d'école, et enfin, dans les années soixante, maire du village jusqu'à sa retraite. Mais grand-père, non, il ne revient jamais de… de… tu sais. Cet… hospital."

J'écoute tout ce que dit cette grosse femme rose, le rangeant soigneusement dans un coin de mon cerveau pour une utilisation future parce que rien ne doit échapper à ma connaissance de l'univers, mais pour l'instant je ne comprends rien à ce qu'elle raconte, et la personne *à qui* elle le raconte (à savoir AGM) ne l'écoute même pas. Maintenant elle fait une chose assez choquante qui est d'allumer un cigare à table avant que tout le monde ait fini de manger. Mais personne n'ose la gronder, même pas maman, parce qu'on n'est pas chez nous.

Le silence s'installe. Papa laisse échapper un petit rot à cause de toute la bière allemande qu'il a bue depuis notre arrivée, et je vois maman lui décocher un coup de pied sous la table pour son comportement grossier.

"J'ai suivi ta carrière, Kristina, dit Greta enfin, essayant une autre tactique pour faire fondre la glace incompréhensible dans les yeux de sa sœur. J'ai presque toutes tes disques – regarde !"

Elle fait un geste en direction des CD et tout le monde tourne la tête sauf AGM.

Nouveau silence.

Mamie Sadie décide d'intervenir pour détendre l'atmosphère.

"C'est bien vilain de votre part, Greta, de me torturer avec toutes ces charcuteries de porc !

— Oh mon ciel ! Ce n'était pas exprès !

— Non, non, je plaisante bien sûr. J'ai largement de quoi manger, dit mamie Sadie en entassant sur son assiette une deuxième montagne de salade de pommes de terre.

— Tu prends un peu plus de… Leberwurst, Kristina ?" dit Greta. AGM refuse d'un geste de son cigare et Greta, voulant nous faire rire, dit d'une voix forte : "Pouvez-vous croire que cette maigre femme voulait être la Grosse Dame dans la cirque ?" Maman et papa rient, même s'ils ont déjà entendu mille fois cette histoire et moi aussi. "Moi, dit mamie Sadie, parlant la bouche pleine, je pourrais *presque* postuler à cet emploi maintenant, hein ?" – ce qui provoque un éclat de rire général, et je dois dire qu'en regardant le corps plutôt énorme de Sadie on a du mal à croire qu'il est sorti du corps d'Erra, petit et frêle comme celui d'un lutin.

"La pendule a disparu ? dit AGM soudain. Il y avait une pendule très belle… là, dans le coin…"

Encore un silence. Avec maman, on se regarde parce que cette fois-ci c'est un silence bizarre.

"Tu ne te souviens pas ? dit Greta, incrédule. Grand-père l'a cassée…

— Ah… Il l'a cassée ? Non, j'avais oublié.

— Comment tu peux… comment…
c'est le jour où… il a tout, tout fracassé…
et… Tu veux dire que tu ne… ?

— Non, je suis désolée. J'ai sans
doute vécu trop d'autres vies entre-
temps. Mes souvenirs de celle-ci sont…
euh… lacunaires pour le moins. Et n'oublie pas que je suis plus jeune que toi.
Tu avais… quoi, dix ans ? à la fin de la
guerre ; moi je n'en avais que six et
demi. Ça fait une différence.

— Oui, c'est vrai", dit Greta. Repous-
sant son assiette, elle se lève avec dif-
ficulté. "S'il vous plaît, Tessa, elle dit à
maman, vous pouvez faire le café pour
votre famille ? Maintenant je dois me
coucher un petit peu."

Elle vacille sur ses pieds. Avance de
deux pas, vacille encore. On ne sait
pas quoi faire. Sadie ne peut pas l'aider, et pour nous c'est une inconnue,
on n'ose pas toucher son corps. Enfin
Erra se lève.

"Laisse-moi t'aider, Greta", elle dit. Et
les deux vieilles femmes quittent la pièce
ensemble en boitillant.

"Quelle porcelaine exquise ! s'exclame maman en sortant de petites tasses
et de petites soucoupes fleuries du placard de la cuisine.

— Oui, n'est-ce pas que c'est délicat ?
dit Sadie. Ça vient de Dresde, bien sûr."

Elles continuent comme ça, je ne sais pas comment font les femmes pour ne pas devenir folles à force de gazouiller et de pépier tout le temps, *n'est-ce pas que c'est délicat, n'est-ce pas que c'est exquis* et ainsi de suite, mais là, comme je ne suis pas obligé de rester à table pendant le café, je m'éloigne dans le couloir à la recherche de toilettes où transférer mes données.

Mon caca est parfait, moulé comme un missile, ferme sans être dur. En le faisant sortir, je n'arrête pas de me dire : Qu'est-ce que ça me manque, Internet ! Qu'est-ce que ça me manque, Google ! Je parie qu'on n'a même pas entendu *parler* d'Internet dans ce patelin perdu !

En retournant vers le salon, marchant doucement dans mes chaussettes sur l'épaisse moquette fleurie du couloir, je jette un coup d'œil à ma montre électronique et vois qu'il est déjà trois heures et quart. Génial, maman a dit qu'on repartirait vers quatre heures, donc d'ici une demi-heure je pourrai commencer à la tirer par la manche en faisant semblant de m'indigner : *Tu me l'as dit... Tu me l'as promis...*

Juste au moment où j'imagine ma voix en train de dire ça, j'entends AGM prononcer exactement les mêmes mots sur le même ton indigné : "Tu me l'as dit ! Tu me l'as promis !"

Greta lui dit quelque chose en allemand.

La porte de la chambre est entrouverte. Quand je regarde par la fente pour voir ce qui se passe, je n'en crois pas mes yeux : les deux vieilles femmes se disputent pour une poupée. AGM la serre dans ses bras – c'est une poupée toute bête, vêtue d'une robe en velours rouge – et la colère contracte tous ses traits.

"Elle est *à moi* ! elle siffle. Elle a *toujours* été à moi. Mais même en dehors de ça… même si elle n'avait pas été à moi… tu me l'as *promis*, Greta !"

A nouveau Greta lui répond en allemand. Elle a l'air épuisée. Elle va jusqu'à son lit et se laisse tomber dessus, si lourdement que les ressorts grincent. Puis elle pousse un soupir et ne bouge plus.

Serrant toujours la poupée dans ses bras, AGM vient au pied du lit. Elle reste là un long moment à contempler sa sœur – mais, malheureusement, elle me tourne le dos maintenant et je ne peux pas voir l'expression sur son visage.

II

RANDALL, 1982

CE PRINTEMPS j'ai senti pour la première fois la forme d'une année.
Quand les feuilles ont commencé
à sortir sur les arbres, je me suis rappelé
très fort comme elles étaient sorties au
printemps dernier et je me suis dit, tout
étonné : *Alors c'est ça, une année.*

Chaque saison a ses jeux où on peut
s'oublier. Le printemps c'est les billes,
dès que les pavés sont assez secs pour
y jouer. Des chiquenaudes si puissantes
que l'ongle du majeur en est meurtri.
L'agréable petit bruit sec de leurs colli-
sions. Jouer au chat perché avec les
autres enfants de l'immeuble. Aller au
jardin d'enfants et grimper sur la cage
à poules. M'y suspendre par les genoux,
tête en bas. Attraper les barres paral-
lèles et avancer une main par-dessus
l'autre, et voir que j'arrive maintenant

à le faire jusqu'au bout, mes bras sont devenus assez forts, ils ne me lâcheront pas comme ils l'ont fait l'année dernière, quand à mi-chemin je devenais soudain faible et devais renoncer et me laisser chuter au sol. L'été c'est les jeux de base-ball avec p'pa à Central Park. Je lance la balle encore et encore, à en avoir mal à l'épaule, et lui l'attrape, parfois. Comme mon père n'est pas quelqu'un de spécialement sportif il la rate assez souvent, et quand il la rate il ne court pas comme un fou pour la ramasser comme le font d'autres pères, il se contente d'aller la chercher d'un pas de joggeur tranquille alors je m'ennuie un peu mais au moins il a l'air de s'amuser. Ensuite c'est lui qui lance la balle et moi qui l'attrape, le gant est beaucoup trop grand pour moi mais à la rentrée ils vont m'en acheter un à ma taille. Dès que la balle frappe la grosse paume en cuir, je referme les énormes doigts rembourrés et ça y est, j'ai attrapé la balle et je crie "Eliminé !" Quand je suis fatigué on va au diamant, j'accroche mes doigts dans le grillage et me hisse en haut pour regarder les grands jouer au vrai baseball avec une balle dure. Je dois rester derrière le grillage parce que m'man a peur que je reçoive la balle dans les dents, ce qui est une drôle de chose à craindre mais je la comprends : j'ai déjà perdu mes dents de lait sur le devant alors celles-ci sont les dernières, si je les perds je suis fichu.

L'automne c'est les énormes tas flottants de feuilles mortes, comme un coussin crépitant où on peut se jeter et se rouler.

L'hiver c'est les batailles de boules de neige – la bonne douleur glaciale aiguë quand on se prend une boule de neige à la base du cou et que l'eau se met à te couler dans le dos sous tes habits. Sauter sur les autres, leur frotter le visage avec de la neige, lutter et se cogner et se bousculer jusqu'à ce qu'on perde le souffle. Faire des bonshommes de neige. Ensevelir quelqu'un, ou se faire ensevelir, dans la neige. Faire de la luge dans les Catskill. Le crissement de la luge quand elle se met à aller très vite et que le vent te siffle aux oreilles, puis on passe sur une étendue glacée et le bois de la luge se met à vibrer et on pense qu'on va se faire mal mais non, ouf, la luge se retourne dans une congère, arrêtée net, et il y a le choc mat de tous les corps entassés ensemble. Soulagé, on se relève, tanguant et titubant, et on rigole.

Je préfère les jeux à toutes les autres activités parce qu'on peut s'oublier complètement. Le reste du temps on doit toujours se demander si on est à la hauteur.

Une chose est sûre, c'est que je ne dessinerai plus les gens sans tronc. Au printemps dernier j'ai rapporté de l'école maternelle une pile de dessins, j'en étais très fier mais quand je les ai montrés à m'man elle a dit : "Mais Randall, où sont les troncs ? Tu as oublié les troncs !" J'ai regardé les dessins et j'ai vu qu'elle avait raison, les bras et les jambes sortaient directement de la tête des gens, alors la semaine d'après j'ai fait une autre série de dessins et le vendredi je les ai ramenés à la maison mais juste au moment où j'allais les sortir de mon cartable je me suis rendu compte : Oh *non* ! J'ai *encore* oublié les troncs ! Je n'arrivais pas à croire que j'avais fait exactement la même erreur. J'étais très déçu et je n'ai même pas montré les dessins à m'man parce que j'avais peur qu'elle me trouve débile.

Ce n'est pas que tes parents ne t'aiment pas comme tu es, c'est juste que quand on est petit on a beaucoup de choses à apprendre et on se dit que plus on apprend, plus ils vont t'aimer, et peut-être que le jour où on reviendra avec un diplôme universitaire, on n'aura plus de souci à se faire. Tout le monde n'a pas la chance d'aller à l'université comme m'man et p'pa qui se sont rencontrés à Bernard-Baruch où p'pa faisait une résidence comme dramaturge et m'man étudiait l'histoire comme d'habitude mais faisait aussi partie d'un club de théâtre. Ils ont monté la pièce *Alice de l'autre côté du miroir* où m'man jouait le Loir et p'pa jouait Tweedle-Dum. C'est très facile d'imaginer p'pa en Tweedle-Dum parce que c'est tout à fait son genre, rondouillet et rigolo, mais c'est presque impossible d'imaginer m'man en Loir. La Reine de Cœur, ça oui, qui donne des ordres, parle d'une voix sans réplique et hurle à tout bout de champ "Qu'on lui coupe la tête !"– mais ma mère tendue et hyperactive en Loir, ce rongeur paresseux et distrait qui n'arrête pas de somnoler et doit être déplacé d'une soucoupe à l'autre par le Chapelier Fou et le Lièvre de Mars… incroyable. Mais c'est bien comme ça qu'ils se sont rencontrés et sont tombés amoureux l'un de l'autre. Ça fait drôle de penser à ses parents en train de tomber amoureux, j'en ai parlé avec d'autres enfants à l'école et chaque fois que je vais chez un ami et rencontre ses parents j'essaie de les imaginer en train de tomber amoureux, avec certains parents j'y arrive mais pas avec les miens. Mon père est *tellement* cool et ma mère est *tellement* stressée, qu'est-ce qui a bien pu les attirer l'un vers l'autre ? Comment voyaient-ils leur mariage à l'avance ? Comment pouvaient-ils *croire* qu'ils s'entendraient ?

Ils ne s'entendent pas, ça c'est sûr. Ces jours-ci ils se disputent tout le temps et un de leurs sujets de dispute préférés c'est les juifs. M'man s'intéresse beaucoup plus à la question que p'pa, ce qui est un comble parce que c'est p'pa qui est né juif alors que m'man est née goy et a insisté pour se convertir lors de leur mariage. P'pa s'en fout de la religion mais il était si amoureux de m'man qu'il a accepté tout le cirque de la cérémonie et du coup moi aussi je suis juif parce que ça vient de la mère, même si elle est née goy. En échange, parce qu'il l'a laissée se convertir, p'pa a eu le droit de choisir mon nom et maintenant ils se disputent là-dessus parce qu'il m'a nommé Randall pour un de ses amis qui est mort. M'man dit que ce n'est pas un nom pour un garçon juif, alors que p'pa (qui lui-même s'appelle Aron) dit que vu la manière dont les juifs ont été traités ces derniers millénaires, ce n'est peut-être pas une mauvaise idée que les enfants juifs gardent un profil bas pendant quelques petits siècles, le temps de voir dans quelle direction souffle le vent. M'man dit qu'en Israël les juifs ne se cachent plus, tout le monde est fier d'avoir un nom juif, et p'pa dit qu'il n'a pas plus envie de retourner vivre en Israël que dans une caverne. "C'est encore plus authentique, non ? il dit. Pourquoi s'arrêter à quatre mille ans, pourquoi ne pas remonter quarante mille ans en arrière ? On pourrait aller encore plus loin, on pourrait retrouver notre état de mollusques – ploc ! – et aller se réinstaller au fond de l'océan. Les gens s'entendaient fameusement à l'époque, je me rappelle, ils donnaient de ces cocktails…" et m'man quitte la pièce à grands pas parce que les juifs ne sont pas censés manger de coquillages. C'est juste un exemple d'une de leurs disputes.

Assise à sa coiffeuse, m'man se prépare pour la conférence qu'elle doit donner tout à l'heure. Elle ne sait pas que je l'observe parce que je fais semblant de jouer avec mes petites voitures, allongé sur le ventre dans le couloir. D'abord elle met du rouge à lèvres très rouge, roule ses lèvres l'une contre l'autre, se penche vers la glace et scrute ses dents pour être sûre qu'elles sont blanches et brillantes sans la moindre trace de rouge. Ensuite elle tapote ses cheveux et hoche la tête, traverse la chambre pour prendre une liasse de papiers, revient, se rassoit, s'empare de sa brosse à cheveux pour s'en servir comme d'un micro, s'éclaircit la gorge, sourit à son propre visage dans la glace et commence. "Mesdames et messieurs", elle dit, mais elle n'est pas satisfaite du ton de sa voix alors elle dit "Merde" et se frappe elle-même sur la bouche, ce qui met du rouge à lèvres sur le dos de la brosse alors elle dit "Merde" encore plus fort. Elle essuie la brosse avec un kleenex et recommence en disant "Mesdames et messieurs" à nouveau, mais sur un autre ton, "je suis heureuse de vous voir si nombreux ce soir"... Ensuite elle ne fait que marmonner, elle lit son texte en levant les yeux vers la glace de temps à autre comme si le reflet était son public, et en jetant parfois un coup d'œil sur sa montre pour voir combien de temps il lui reste. Je n'entends pas ce qu'elle dit, mais elle devient de plus en plus stressée à mesure qu'elle tourne les pages et ça m'inquiète alors je roule mes petites

voitures un peu plus loin dans le couloir pour ne pas l'entendre, mais
quand je reviens ça continue et elle a
l'air plus énervée encore. Enfin elle court
jusqu'à la pharmacie de la salle de bains
et avale des pilules, je la vois s'agripper
au rebord du lavabo et se regarder dans
cette glace-là et puis elle se gifle littéralement, une seule fois sur chaque joue
mais fort, je ne veux pas qu'elle fasse
ça alors je dis "M'ma-a-a-an" d'une voix
plaintive et elle saute au plafond et se
tourne vers moi d'un air accusateur mais
je répète, en gémissant carrément : "M'ma-
a-a-an, j'ai mal au ventre", alors elle
vient vers moi en disant "Pauvre bébé",
ce qui me plaît bien, "pauvre bébé, tu
devrais aller t'allonger. Je dirai à ton
père de te faire une tisane, moi dans
trente secondes il faut que je sois hors
d'ici."

Une fois dans un rêve je suis allé
près de m'man assise à son bureau et
j'ai tiré sur sa manche pour attirer son
attention mais elle n'a même pas tourné
la tête vers moi, elle a juste dit d'une
voix de pierre : "Non. Va-t'en, tu m'entends ? Je ne t'ai pas désiré. Ne me dérange plus jamais", mais dans la vraie
vie elle ne m'a jamais parlé comme ça.

J'ai toujours passé plus de temps avec mon père qu'avec ma mère, ce qui n'est pas courant. P'pa fait bien la cuisine et par chance il travaille à la maison parce que son métier c'est d'être dramaturge. Parfois ses pièces sont montées mais jusqu'ici aucune d'entre elles n'a fait un tabac, je suis sûr que ça arrivera un jour et que son talent sera enfin reconnu, il serait temps parce qu'il va déjà sur ses quarante ans alors que m'man n'en a que vingt-six. Elle donne des conférences sur le Mal dans des universités un peu partout dans le pays. Le Mal est une spécialité assez bizarre que je ne sais pas bien expliquer, alors quand les mères de mes amis me demandent ce que fait ma mère je dis qu'elle enseigne l'histoire et qu'elle prépare aussi son doctorat. Ça leur en bouche un coin même si je ne sais pas ce que c'est au juste un doctorat, puisqu'elle ne veut pas devenir docteur.

Toujours est-il que ma mère est le gagne-pain de la famille ce qui n'est pas courant non plus, et le résultat c'est qu'on est souvent seuls p'pa et moi. M'man me manque quand elle part en voyage mais en même temps c'est chouette parce qu'avec p'pa on fait plein de trucs qu'elle n'aimerait pas, et selon notre "serment de potes", comme dit p'pa, on les garde pour nous. Par exemple on peut prendre une douche quand ça nous chante, se coucher à n'importe quelle heure, regarder la télé en mangeant, boire du Coca et relever nos repas avec du ketchup ou même du glutamate qui est interdit maintenant, même dans les restaurants chinois, parce que ça peut te donner le cancer.

L'odeur du petit déjeuner s'insinue dans ma chambre et même si c'est une odeur *merveilleuse* ça me remplit d'angoisse parce que ça ne manquera pas de déclencher une nouvelle dispute. P'pa prépare des œufs au bacon et m'man préfère qu'on respecte la coutume juive de ne rien manger qui vient du cochon. Elle n'a rien de personnel contre les cochons et d'ailleurs quand elle était petite elle croyait que les Etats-Unis avaient envoyé des milliers de cochons envahir Cuba, ce qui n'était en fait pas le cas et ça la fait rire maintenant, mais quand même elle aimerait qu'on essaie de respecter les règles de la cuisine casher alors que p'pa préfère inventer ses propres règles.

P'pa a une histoire drôle, c'est un homme pauvre qui s'installe tous les matins sur un banc devant un boui-boui parce que, même s'il ne peut pas s'acheter de petit déjeuner, il adore l'odeur du bacon en train de frire alors il reste là assis et le hume tout son saoul. Mais le patron du restaurant le remarque et au bout de quelques jours ça commence à lui taper sur les nerfs alors il sort avec une assiette en fer-blanc et dit : "Il faudra me payer tout le plaisir que vous a donné mon bacon." L'homme pauvre glisse une main dans sa poche, sort une pièce d'argent et la fait tomber dans l'assiette, ensuite il la ramasse et la remet dans sa poche. "Ce n'est pas ce que j'appelle payer !" dit le patron furieux, et l'homme pauvre lui dit en souriant : "Ça me paraît juste : moi j'ai l'odeur de votre bacon, vous avez le bruit de mon argent !"

P'pa a une autre histoire drôle, c'est un homme pauvre qui fait la manche devant *Chez Katz* dans la rue Houston et il a l'air tellement misérable qu'un gros homme d'affaires le prend en pitié, il glisse un billet de cinq dollars dans son chapeau. Mais quelques minutes plus tard le gros homme d'affaires passe devant le restaurant à nouveau et voit l'homme pauvre en train de s'empiffrer de saumon à la crème et n'en croit pas ses yeux. Il entre dans le restaurant et dit à l'homme pauvre : "Qu'est-ce que

vous faites ? Je vous donne cinq dollars et vous les claquez d'un seul coup
pour acheter du saumon à la crème ?"
Et l'homme pauvre lève les yeux vers
lui et dit (c'est vraiment chouette comme
p'pa l'imite) : "Je peux pas manger du
saumon à la crème quand je suis fau-
ché, je peux pas manger du saumon à
la crème quand j'ai des sous, *quand
est-ce que je peux manger du saumon
à la crème ?"* Chaque fois que p'pa raconte cette histoire on est plié de rire lui
et moi mais m'man ne rit pas et je sais
qu'au fond d'elle-même elle est d'accord
avec le gros homme d'affaires, à savoir
qu'il ne faut pas gaspiller l'argent.

Je sors de ma chambre et ça ne manque pas : m'man est assise à la table
du petit déjeuner avec un visage comme
le golem dont elle me parle parfois.

"Des œufs au bacon, Randall ?" dit
p'pa et je réponds "Et comment !" parce
qu'il y a deux arguments en faveur de
cette réponse, d'abord mon estomac
en meurt d'envie et ensuite ça fera plaisir à p'pa, alors qu'il n'y a qu'un seul
argument en faveur de l'autre réponse,
faire plaisir à m'man. Encore mieux
serait de ne pas me sentir déchiré dès
que je me lève le matin.

"Tu vas transformer notre fils en
cochon !" fulmine m'man pendant que

p'pa remplit mon assiette – et je pense encore à la Reine de Cœur, qui transforme en cochon le bébé dans les bras d'Alice. Peut-être que les vraies mères regardent parfois les petits animaux merdeux qui se tortillent dans leurs bras et se disent *Berk, mais ça vient d'où, ça ?* Peut-être que m'man s'est posé cette question quand j'étais bébé et qu'elle ne pouvait pas s'empêcher de me trouver dégoûtant.

"Hé, ho, Sadie", dit p'pa d'une voix amicale et rigolote, comme si elle ne pouvait pas parler sérieusement (lui aime moins se disputer qu'elle ; pas une seule fois je ne l'ai entendu élever la voix).

"Tu t'es débarbouillé ?" demande m'man et je dis "Oui" parce que je n'ai pas envie que mes œufs refroidissent. "Fais voir tes mains", elle dit et quand je les lui tends, paumes vers le haut, mon cœur se serre parce qu'elle verra peut-être que je mens et qu'en fait je ne me suis pas lavé les mains depuis hier soir, même si je vois mal comment elles auraient pu se salir pendant mon sommeil. Elle prend mes mains dans les siennes et les retourne.

"Randall. Tu te ronges encore les ongles.

— Sadie, laisse-le manger son petit déjeuner. Ses ongles repousseront.

— *Ses ongles repousseront !* dit m'man en se tournant vers p'pa, indignée, ce qui me donne au moins le temps de m'asseoir et d'avaler un peu de nourriture. *Ses ongles repousseront !*

— Laisse-moi réchauffer ton café, Sexy Sadie", dit p'pa, ce qui (traduit) veut dire : ce n'est pas un bon début pour une parfaite journée d'été au début du mois de juillet 1982 et on devrait peut-être tout reprendre à zéro, qu'en penses-tu ?

M'man accepte le café et dit même merci parce qu'elle ne veut pas être un mauvais exemple de politesse pour moi.

"Alors, Randall, elle dit, quels sont tes projets pour la journée ?" et je me demande tout bas : elle ne se rappelle pas comment c'était d'être une petite fille pendant les vacances d'été et de n'avoir aucun projet à part jouer et traîner avec ses amis et se délecter de la liberté sublime des journées sans fin ?

Mais avant que j'aie pu répondre p'pa vient à la rescousse : "Ne t'en fais pas, il a un programme bien rempli : études bibliques, lecture, entraînement athlétique – ça c'est entre neuf et dix heures du matin – et ensuite…

— Aron, dit m'man, si tu pouvais t'abstenir *une fois sur dix* de me faire la démonstration de ton irrésistible sens de l'humour, ça m'arrangerait."

Sa chaise racle le sol quand elle se lève. Je ne veux pas qu'elle quitte la maison de mauvaise humeur alors je dis, sur un ton apaisant mais vague : "Ne t'inquiète pas, m'man, j'ai beaucoup de choses à faire. Je dois ranger ma chambre et l'après-midi je suis invité à jouer chez Barry.

— J'aime autant, dit m'man depuis l'entrée où elle vérifie son apparence dans la glace à pied, parce que je ne voudrais pas que tu restes dehors. D'après la météo, ça ira chercher dans les trente-huit degrés cet après-midi."

J'attrape le dernier minuscule morceau de bacon salé sur le bout de mon doigt et me le glisse dans la bouche et me lèche le doigt mais, même avec le dos tourné, elle me voit dans la glace et dit : "Ne mange pas avec les doigts !" seulement elle le dit de façon distraite parce qu'elle est complètement concentrée sur son apparence, elle se frappe la frange encore et encore pour la faire tomber en place comme il faut. Elle ne quitte jamais l'appartement avant que son reflet dans la glace ne rencontre son approbation, ce qui prend parfois assez longtemps et je ne comprends pas, tout le monde trouve ma mère très belle sauf ma mère. Elle se regarde de profil pour être sûre que son ventre est bien rentré ; elle a toujours peur d'être trop grosse alors qu'elle n'est pas grosse du tout, elle est simplement bien roulée comme dit p'pa. Elle recommence à frapper sa frange. Ah ! enfin : "OK les mecs, soyez sages. A tout à l'heure." Elle ne nous envoie même pas de baiser avant de refermer la porte.

Je sens que p'pa pousse un petit soupir de soulagement, même si ça ne fait pas le moindre bruit. La vérité c'est que l'atmosphère se détend chaque fois que ma mère quitte une pièce et se tend chaque fois qu'elle y entre, c'est comme ça. Ma mère est quelqu'un de formidable, je l'adore et je donnerais n'importe quoi pour qu'elle soit heureuse et détendue et je crois que p'pa pense exactement la même chose. Nos yeux se rencontrent un instant au-dessus de la table du petit déjeuner pour se dire ça. Ensuite p'pa se lève et commence à débarrasser en sifflant entre les dents, et moi je retourne à ma chambre pour m'habiller.

P'pa dit qu'elle est dure avec tout le monde mais surtout avec elle-même, et c'est parce qu'elle a un idéal d'Excellence alors on doit juste essayer d'être à la hauteur sans se faire trop de souci. Au moins je fais des progrès et maintenant je n'oublierai plus jamais de dessiner les troncs.

Je fais mon lit et installe mon ours Marvin à sa place sur l'oreiller. Une fois m'man l'a carrément jeté, je l'ai trouvé dans la corbeille sous ma table en rentrant de l'école maternelle et je n'en croyais pas mes yeux. Je me suis mis à brailler. "Qui a jeté Marvin ?!" j'ai dit en sanglotant, non seulement de rage mais aussi avec le sentiment de perte que j'aurais eu si je ne l'avais pas trouvé à temps. "Qui a jeté Marvin ?!" Et ce jour-là m'man était penaude, elle m'a pris dans ses bras et s'est excusée en disant que c'était parce qu'il était tellement vieux et râpé. "Mais c'est pour ça que je l'*aime* !" j'ai dit en continuant de sangloter parce que, même si je me sentais déjà mieux, j'aimais la sensation inhabituelle d'avoir le dessus dans une confrontation avec ma mère. J'ai pris l'ours dans mes deux mains et je l'ai tendu vers elle jusqu'à ce qu'elle s'excuse à nouveau. Mais quand même ce que j'avais dit était vrai : j'aime Marvin justement *parce que* c'est un vieux nounours tout râpé. On n'a plus les cymbales qui étaient attachées à ses pattes de devant, ni la clef dans son dos où on pouvait le remonter pour le faire marcher, il a l'air borgne parce qu'une des deux billes brun-or qui lui servent d'yeux est toute voilée et abîmée. Mais

ce que j'aime le plus en Marvin est probablement la vraie raison pour laquelle
m'man l'a jeté, à savoir qu'il appartenait à mamie Erra quand elle était petite.

Mamie Erra est une autre pomme de
discorde entre mes deux parents et un
sujet sensible chez nous en général :
p'pa et moi on l'adore alors que m'man
a des sentiments, disons, mélangés à
son égard. On a la collection complète
de ses disques, et les gens sont toujours impressionnés quand je leur dis
qu'Erra la chanteuse est carrément ma
grand-mère. C'est vrai qu'à la regarder
on a du mal à croire qu'elle est grand-
mère, surtout quand elle est sur scène
avec le maquillage et les lumières et
de loin. Elle n'a que quarante-quatre
ans et elle fait moins parce qu'elle est
gracile et légère et vive, et ce qui est
comique c'est que son rêve d'enfance
était de devenir la Grosse Dame du cirque. Sur scène elle ressemble à une
gamine ou une fée sans poids et les
sons qui sortent de sa bouche sont uni-
ques et surprenants. Elle travaille avec
tout un groupe de musiciens, ils répè-
tent et voyagent et donnent des concerts
ensemble mais au moment critique c'est
Erra toute seule qui se retrouve sous le

spot au milieu de la scène, ses fines mèches blondes brillent comme une couronne de fée et des milliers d'yeux sont rivés sur elle et des milliers d'oreilles suivent les méandres insensés de sa voix suave et sublime.

Personnellement j'ai un lien spécial avec mamie Erra parce qu'on a tous les deux la même tache de naissance ronde et marron, la sienne est au creux de son bras gauche et la mienne à la base du cou – ou plutôt, à mi-chemin entre le cou et l'épaule gauche. Une fois quand je passais le week-end chez elle dans un loft sur le Bowery, on a comparé nos taches et elle m'a dit que la sienne l'aidait à chanter alors je lui ai dit que la mienne me tenait compagnie, qu'elle était comme une petite chauve-souris perchée sur mon épaule gauche, qui me chuchote des conseils à l'oreille quand j'en ai besoin. Erra a tapé dans ses mains de joie en disant : "C'est formidable, Randall. Promets-moi de ne jamais perdre contact avec cette chauve-souris !" alors je lui ai promis.

Elle est tellement *chaleureuse*.

Je ne sais pas exactement ce que m'man a contre mamie Erra, à moins qu'elle ne soit jalouse parce qu'elle est si célèbre et que tout le monde l'admire. A mon avis elle voit sa mère comme une rêveuse et une fois je l'ai entendue la traiter d'autruche à l'envers parce qu'elle a la tête non dans le sable mais dans les nuages, autrement dit elle refuse de s'occuper des dures réalités du monde. M'man se tient au courant de toutes les guerres et famines de la Terre, alors que mamie Erra n'a même pas la télé. Aussi, m'man trouve sa mère immorale parce qu'elle a couché avec beaucoup de gens. A mon avis c'est chouette d'être immoral. M'man n'a jamais rencontré son père, ce qui était extrêmement rare à l'époque, donc en un sens c'est une bâtarde, même si on ne doit pas dire bâtard mais enfant illégitime. Pendant quelque temps elle a eu un beau-père du nom de Peter qu'elle aimait beaucoup et qui l'amenait tous les dimanches chez Katz qui était à deux pas de chez eux, mais ensuite un certain Janek a débarqué et mamie Erra a décidé de vivre avec lui à la place, alors elle a mis Peter à la porte et m'man était inconsolable. Elle ne supportait pas ce nouveau beau-père parce qu'il ne faisait aucune attention à elle et aussi parce qu'il se rongeait les ongles et grinçait des dents et pouvait s'enfermer dans le silence pendant des jours d'affilée, restant assis sur son lit à boire du gin et à fixer le mur. Pour finir il s'est suicidé dans leur cuisine, ce qui est absolument dingue. Heureusement, m'man qui avait dix ans à l'époque était à l'école et n'a pas vu les éclaboussures de sang et de cervelle sur le carrelage. Après ça elles ont déménagé dans un loft sur le Bowery à quelques rues de là et Erra a eu une longue série de fiancés différents et en ce moment elle vit avec une femme, ce qui est une chose qui arrive qui s'appelle l'homosexualité. M'man trouve que c'est trop instable pour un petit garçon alors je n'ai plus le droit d'aller dormir chez ma grand-mère.

Je passe la matinée à regarder la télé, je sais que ça ferait sortir m'man de ses gonds mais avec p'pa j'ai le droit ; il dit que les gens intelligents ont besoin de connaître la stupidité du monde alors je peux regarder la télé mais c'est entre nous. Ce matin c'est pas mal avec *Garfield* et GI *Joe* et surtout *Spiderman* qui est mon émission préférée ; p'pa vient parfois la regarder avec moi et ça le fait rire parce que ça lui rappelle sa jeunesse quand c'était une BD.

Après le déjeuner il commence à faire chaud dans l'appartement et p'pa suggère qu'on aille se rafraîchir à la piscine du quartier alors on met nos maillots sous nos habits. Quand on descend dans la rue il y a une odeur de goudron fondu dans l'air et c'est comme si on entrait dans un four. J'aime beaucoup tenir la main de p'pa quand on traverse la rue, d'ici un an ou deux je serai trop grand pour le faire alors je veux en profiter autant que possible.

La piscine est un tohu-bohu incroyable d'à peu près mille enfants de toutes les couleurs et toutes les tailles en train de barboter et de crier avec leurs voix qui rebondissent sur les murs, ça me fait un peu peur mais p'pa me prend dans ses bras pour entrer dans l'eau et ensuite tout va bien. Il m'amène jusqu'à l'eau presque profonde et me laisse monter plusieurs fois sur ses épaules pour plonger, malheureusement le maître nageur nous siffle parce que c'est contre les règles. Une chose que j'aime chez mon père c'est qu'il ne tient pas trop compte des règles, il dit qu'il faut toujours jouer *avec* et non pas *selon* les règles parce qu'une vie sans danger ce n'est pas une vie. Au bout d'un moment il sort de l'eau tout ruisselant et je vois qu'avec sa chair blanche et flasque et ses cheveux plaqués sur sa calvitie il est moins beau que d'autres papas plus jeunes et sveltes et bronzés, mais je m'en fiche parce que c'est le meilleur papa du monde. Il met une serviette autour de ses épaules et s'installe sur une chaise, les mains jointes sur son beau bide comme il l'appelle, et me regarde m'amuser tout seul dans le bain des petits. Je ne sais pas encore nager mais j'ai inventé un jeu où je m'accroupis sous l'eau en expirant par le nez et la bouche, ensuite je saute en l'air en inspirant, ensuite je replonge en expirant et ainsi de suite – haut bas haut bas –, j'entre dans un état second avec l'apesanteur et le bruit de l'eau et le rythme du mouvement, je pourrais le faire pendant des heures mais au bout d'un moment p'pa vient me prendre dans ses bras et dit qu'il doit retourner bosser.

Il me dépose chez Barry qui est à deux blocs de chez nous et j'y passe le reste de l'après-midi. Barry a toutes sortes de jeux de guerre où on s'amuse beaucoup, des Action Man et des Maîtres de l'univers et des mitrailleuses qui ont l'air authentiques. La maman de Barry est toujours gentille avec moi parce que c'est une fan d'Erra alors pour notre goûter, en plus d'un bol de cornflakes, elle nous donne de la poudre au citron qui crépite quand on la lèche dans la paume de la main. M'man ne nous laisserait jamais faire ça parce qu'elle dit que ça donne le cancer. P'pa vient me chercher à six heures et on fait les courses en rentrant, il achète du cabillaud et une bouteille de vin blanc en espérant que ça mettra m'man de bonne humeur, mais quand m'man rentre de sa journée de recherche à sept heures il est clair que ni la quantité ni la couleur du vin ne vont suffire à la tâche. Je vais dans ma chambre et me mets à jouer à la guerre avec mes Play-mobil, je n'ai pas le droit d'avoir des soldats parce que m'man est contre la guerre, elle ne veut pas que je devienne un macho brutal et borné comme la plupart des hommes.

"Les gens ignorent *tout* de cette histoire, Aron, je l'entends dire de loin, et sa voix est tellement pleine d'émotion qu'elle me fait peur. Les camps, ils connaissent – mais ça, rien. Rien de rien." Je n'entends pas la réponse de p'pa et ensuite elle dit : "Deux cent cinquante mille enfants ! Enlevés ! Volés ! Arrachés à leur famille en Europe de l'Est…" et je commence à me sentir très nerveux. Ma chauve-souris me suggère de faire des bruits d'explosion avec la bouche en transformant mes Lego en hélicoptères et en bombardiers et en missiles sol-air pour noyer la voix de ma mère alors je le fais et ça marche.

Quand p'pa m'appelle pour le repas, m'man a les coudes sur la table et elle se tient la tête avec les deux mains comme si elle pesait une tonne. Après avoir ôté son tablier, p'pa apporte une bougie et dit, à moitié en blaguant : "Sadie, on est vendredi soir, voudrais-tu allumer la bougie du shabbat ?" mais m'man se redresse brusquement et sa main part toute seule et fait tomber la bougie par terre. "Si tu ne peux pas suivre la tradition, elle dit, au moins tu peux t'abstenir de la tourner en déri-sion !" Je ne crois pas qu'elle a fait exprès de casser la bougie mais elle se casse quand même, et p'pa ramasse les deux morceaux et les met à la pou-belle sans un mot.

Pendant qu'on mange le poisson que p'pa a découpé en filets parce que j'ai peur qu'une arête se coince dans ma gorge et m'étrangle, m'man se tourne vers moi et me dit "Randall" sur un ton qui me donne envie d'être à nouveau chez Barry en train de lécher la poudre au citron dans ma main sans le moin-dre souci.

"Oui, m'man ?

— Randall, je dois encore partir en voyage. En Allemagne. Je sais que tu dois avoir l'impression que je suis tout le temps partie… mais les documents pour ma thèse se trouvent presque tous en Allemagne, je n'y peux rien.

— Sadie, dit p'pa, Randall ne comprend rien à ce que tu racontes. Il serait incapable de te montrer l'Allemagne sur un globe.

— Eh bien, il est temps qu'il *sache* où se trouve l'Allemagne parce qu'il a du sang allemand dans les veines ! Tu le sais, Randall ? Tu sais que ta mamie Erra est née en Allemagne ?

— Non, je dis. Je croyais qu'elle était canadienne.

— Elle a *grandi* au Canada, c'est vrai, et elle ne parle jamais des premières années de sa vie mais le fait est qu'elle les a passées en Allemagne. C'est vraiment important pour moi d'apprendre tout ce que je peux là-dessus. Je le fais pour toi aussi, tu sais… On ne peut pas construire un avenir ensemble si on ne connaît pas la vérité sur notre passé. N'est-ce pas ?

— Pour l'amour du ciel, Sadie, dit p'pa, le gamin n'a que *six ans* !

— D'accord, dit m'man, d'une voix étonnamment basse. C'est juste que… j'ai *beaucoup* de questions concernant ce fragment particulier de notre passé… Et mamie Erra ne *veut* pas ou ne *peut* pas y répondre. Alors… je dois aller en Allemagne.

— Ça, tu l'as déjà dit, fait remarquer p'pa.

— Oui je sais, Aron, dit m'man, toujours sans élever la voix. Si je me répète, c'est que je n'ai pas encore dit la chose la plus importante… et si je ne l'ai pas encore dite, c'est qu'elle me fait tourner la tête. Aujourd'hui j'ai reçu une lettre… de la *sœur* d'Erra. Elle dit que si je viens la voir à Munich, elle me racontera tout ce qu'elle sait."

Un lourd silence suit cette déclaration. Je regarde p'pa. Il a l'air désespéré et en plus il a à peine touché à son repas, ce qui n'arrive presque jamais.

La conversation a mis tout le monde mal à l'aise. En me dirigeant vers ma chambre sur la pointe des pieds pour ne pas attirer l'attention, j'entends p'pa qui dit à m'man : "Tu es tellement obsédée par la souffrance de ces enfants il y a quarante ans que tu ne vois pas celle de ton propre fils à tes côtés. *Laisse tomber*, Sadie. Tu ne peux pas laisser tomber cette histoire ?

— Non, je ne peux pas, dit m'man. Tu ne comprends pas ? Pour moi, ce mal n'est pas une espèce d'abstraction. Ça a à voir avec ma mère ! Même maintenant, elle refuse de me parler de son enfance en Allemagne. Il lui a fallu quinze ans pour admettre que Janek était un enfant volé, pas adopté ; vingt ans pour cracher le nom de sa sœur allemande et celui de la ville où elle habite ; j'ai besoin d'en savoir *plus*, tu ne peux pas comprendre ça ? J'ai besoin de savoir qui étaient mes grands-parents ! Si on leur a donné un petit Polonais pour remplacer leur fils mort, ils devaient être des nazis ou au moins dans les bonnes grâces des nazis, *j'ai besoin de savoir* !"

Je ferme la porte et reprends ma guerre de Playmobil et de Lego là où je l'ai laissée.

Mes parents font la vaisselle et quand c'est l'heure de me coucher p'pa essaie de me faire oublier le malaise en me donnant une fessée pour rire. Ça veut dire que je m'allonge sur le ventre en pyjama et il monte et redescend toute la longueur de mon corps en me frappant du plat de la main et en chantant à tue-tête. Ce soir il chante les chansons où les paroles ressemblent à du charabia :

Lapinichô, loinicheba, libouniche nyôniba

et : *Leblayssemoutil, labissescoutil, ouil blésmou labiscou.*

On dirait que ce ne sont même pas de vrais mots, mais ensuite papa les répète en chantant très lentement :

La pie niche haut, l'oie niche bas, le hibou niche ni haut ni bas,

et : *Le blé se moud-il ? L'habit se coud-il ? Oui le blé se moud, l'habit se coud.*
Puis il les chante à nouveau à toute vitesse et cette fois on comprend tout. Souvent je voudrais que les adultes s'assoient et m'expliquent tout très lentement comme le fait cette chanson.

Comme d'habitude, la fessée de p'pa me fait hurler de rire et je le supplie de continuer mais à ce moment-là m'man entre dans ma chambre et dit que ça m'excite trop, je dois me calmer pour dormir. Alors p'pa me serre dans ses bras et m'embrasse sur le front et m'man s'assoit sur le lit près de moi et me raconte une histoire ce que j'aime bien aussi. Quand elle avait mon âge elle savait lire mais moi je n'ai pas encore appris ce qui est un autre exemple de comment je ne suis pas à la hauteur, même si j'essaie. Ce soir elle me raconte *Petit Sambo Noir*, elle n'a même pas besoin du livre parce qu'elle le connaît encore par cœur de quand elle était petite. Moi aussi je l'ai presque mémorisé ce qui est une autre façon de dire apprendre par cœur, et c'est moi qui dis toutes les répliques de Sambo : "Oh ! Je t'en prie, monsieur le tigre, ne me mangez pas, et je vous donnerai mon Joli Manteau Rouge" et ainsi de suite, jusqu'au moment où tous les tigres se fondent en une flaque de beurre par terre et Sambo dit : "Oh ! le beau beurre fondu ! Je vais le ramener à Mambo Noire" (qui est sa mère), et ensuite Mambo Noire fait des crêpes et Sambo Noir mange cent soixante-neuf crêpes parce qu'il a *très faim*. Quand l'histoire est terminée, m'man met les bras autour de moi et me berce en chantonnant tout bas, la peau de ses bras est douce mais sa façon de me tenir ne l'est pas.

Le matin de son départ je me réveille tôt, il n'est que six heures et demie. J'aime savoir dire l'heure, je l'ai appris au printemps dernier à l'école maternelle. P'pa a une blague qui dit : "Pourquoi le petit imbécile a lancé le réveil par la fenêtre ? – Parce qu'il voulait voir le temps s'envoler." C'est pas mal comme blague, mais en même temps je m'inquiète pour de vrai de voir le temps s'envoler. M'man dit que plus on vieillit, plus ça va vite et j'ai peur que si je ne fais pas gaffe, toute ma vie va passer devant mes yeux en un éclair et je me réveillerai dans mon cercueil ; ce sera fini sans que j'aie eu le temps de l'apprécier. Je sais que les morts ne se rendent pas vraiment *compte* qu'ils sont dans leur cercueil sous la terre mais quand même, c'est effrayant de se dire qu'on les y a mis, comme papie quand on est allé à ses obsèques à Long Island. Je trouvais insupportable que le père de mon père soit vraiment dans cette boîte, alors que tout le monde avait l'air de trouver ça normal. Les fossoyeurs ont posé le cercueil sur des cordes, ils ont noué les cordes autour, puis ils l'ont porté au-dessus du trou et fait descendre jusqu'au fond, après quoi ils ont défait les nœuds et enlevé les cordes. Autrement dit, ça ne les dérangeait pas de laisser toute une personne humaine dans le trou mais ils n'avaient pas envie de perdre deux bonnes cordes ! C'était clair qu'ils avaient l'habitude de le faire, ils le faisaient tous les jours et pour eux ce n'était que de la routine, alors que pour moi la personne qu'ils mettaient en terre était mon seul et unique grand-père (étant donné que m'man n'a jamais connu son père), je n'allais plus jamais le revoir, et c'est alors que j'ai vraiment compris le sens du mot *jamais*.

Jetant un coup d'œil sur le réveil, je vois que trois minutes se sont écoulées pendant que je réfléchissais à la mort.

Après la mort de papie, mamie a dû vendre leur maison à Long Island. C'était un de mes lieux préférés au monde, avec plein de coins et de recoins et de placards et de garde-manger, mais ma-mie a dit qu'elle n'arriverait jamais à s'en occuper toute seule alors elle est allée vivre dans une maison avec d'autres vieilles personnes. Maintenant on n'a nulle part où se retrouver avec mes cousins, on ne peut pas jouer à cache-cache dans les appartements de Manhattan comme on le faisait chez nos grands-parents. Une fois je me suis caché dans leur cave au fond d'une énorme boîte en carton et quand mes cousins sont descendus je les ai entendus m'appeler – "Randall ! Randall !" – mais ma cachette était tellement bonne qu'ils ne m'ont pas trouvé et pour finir ils ont renoncé et sont sortis jouer au frisbee dans le jardin en m'oubliant complètement. Pendant ce temps j'étais encore dans la boîte, j'attendais, j'attendais, et quand je suis sorti enfin j'étais frigorifié et ankylosé et, en me voyant, mes cousins n'ont même pas dit "Où étais-tu ? On t'a cherché *partout* !" J'étais blessé de ne pas leur avoir manqué et je me suis dit que la mort devait être comme ça : la vie continue tranquillement sans toi.

Maintenant il est sept heures et j'entends sonner le réveil de m'man donc j'ai le droit d'aller dans leur chambre si j'en ai envie, ce qui est le cas. J'entre en m'aplatissant contre le sol comme un serpent et je viens me coller contre le pied de leur lit où ils ne peuvent pas me voir. Leur couverture est tombée par terre, il y a juste un drap qui les recouvre et leurs quatre pieds dépassent en bas. Les pieds de p'pa sont énormes et un peu sales parce qu'il aime marcher pieds nus dans l'appartement et ce qui me fascine le plus, c'est l'épaisse peau jaune sur le bord de ses talons, quand on la touche c'est plus comme du bois que de la peau. Les pieds de m'man sont plus propres, mais elle a une bosse osseuse à la base de ses gros orteils, ce qui n'est pas très joli non plus. De façon générale je trouve que les pieds des adultes sont moches et c'est une des raisons pour lesquelles je ne suis pas pressé de grandir, je n'aime pas l'idée de voir mes pieds devenir de plus en plus laids avec chaque année qui passe.

De l'ongle de mon petit doigt je chatouille l'épaisse peau jaune sur le talon gauche de p'pa – si délicatement qu'il ne sent rien au début. Ensuite je m'avance doucement vers le cou-de-pied – ça y est, il réagit ! Mais comme il ne sait toujours pas que je suis là, il pense qu'une mouche a dû se poser là par hasard alors il secoue le pied pour la chasser. Ensuite je le chatouille pour de bon et il se redresse en beuglant. "Hé ! dit m'man. Qu'est-ce que tu *fous* ?" parce qu'en se redressant p'pa a arraché le drap de son corps et maintenant elle me voit et elle a la poitrine dénudée avec ses seins qui pendent alors elle se retourne violemment dans le lit et attrape sa chemise de nuit.

Quand j'étais petit je prenais souvent le bain avec m'man et elle n'était pas du tout cachottière avec ses seins, j'avais même le droit de jouer avec, mais il y a quelques mois elle a décidé qu'ils m'étaient interdits et maintenant il n'y a que p'pa qui a le droit de les voir, à part m'man elle-même bien sûr. (Je me demande s'il y a eu *un jour* où je suis devenu trop grand pour les voir, et comment elle a fait pour décider *lequel*...) C'est bizarre, les seins des femmes : au début de la vie on y a le nez fourré en permanence, et puis petit à petit ça se retire, et vient le jour où on n'a même plus le droit de les voir. Mais à la télé et dans les films les femmes montrent leurs seins devant tout le monde, tout sauf le mamelon, comme si le mamelon contenait un secret sacré ce qui n'est pas le cas, en général ils n'ont même pas de lait. Quant à ce qu'elles ont entre les jambes, m'man a toujours gardé sa petite culotte en prenant le bain avec moi alors je n'ai jamais vu cette partie du corps d'une femme, à part sur les statues dans les parcs où elles n'ont rien du tout, alors j'ai posé la question à p'pa et il m'a dit qu'elles avaient plein de choses passionnantes à cet endroit, c'est juste que ça ne dépasse pas comme chez nous.

M'man part faire du café à la cuisine et avec p'pa on va pisser ensemble à la salle de bains. On se tient côte à côte devant la cuvette et nos deux arcs jaunes se rencontrent et se mélangent dans l'eau claire, c'est intéressant comme au début on voit encore la séparation entre le jaune et le clair mais au bout de quelques secondes c'est la même couleur partout, jaune clair. Je vise bien maintenant, alors que quand j'étais petit il y avait quelques gouttes de pipi par terre presque à chaque fois et m'man m'obligeait à les essuyer avec une éponge et à rincer l'éponge ensuite sous le robinet, ce qui me donnait la nausée de penser que je touchais vraiment mon propre pipi avec mes mains.

L'avion de m'man ne décolle qu'à sept heures du soir mais je sais que toute la journée sera colorée par l'idée de son départ. En buvant son café elle a les yeux encombrés de valises et de passeports et de visas et de cartes géographiques et je vois qu'il n'y a aucune place pour moi là-dedans.

"Ce n'est pas incroyable, Aron ? Dans moins de vingt-quatre heures je serai en Allemagne. C'est *fou* ! Bon, bon, voyons. Une liste, voilà ce que je devrais faire, une liste. Rappelle-toi, Randall : chaque fois qu'on se sent débordé, il faut faire une liste. On regarde ses obligations en face et on les inscrit sur la page en ordre d'importance décroissante. Il faut commencer par la corvée la plus rebutante, celle qu'on a le *moins* envie de faire. C'est ce qu'on appelle prendre le taureau par les cornes.

— Moi je ne dépasse jamais ce stade-là, dit papa, parce qu'à chaque fois le taureau me transperce de ses cornes et la foule saute sur ses pieds en hurlant de joie et je reste là dans la poussière à perdre tout mon sang.

— Aron !

— Non, non, sérieusement, Ran, ta mère a raison. Ne fais jamais aujourd'hui ce que tu peux remettre à demain.

— C'est l'inverse ! je dis en riant. Ne remets jamais à demain…

— Ah bon ? Ah oui, pardon… Je me trompe toujours avec ce proverbe, va savoir pourquoi. Alors c'est quoi ton taureau, Sadie ?

— Hein ?

— Celui que tu vas prendre par les cornes aujourd'hui ?

— Ah… faire mes valises. Voilà la priorité numéro un : les bagages."

Pendant que p'pa fait la vaisselle du petit déjeuner, elle va dans leur chambre et se met à prendre des habits dans l'armoire et à les poser sur le lit pour y réfléchir. On l'entend parler toute seule : "Bon, voyons, ça, ça commence à me serrer à la taille, ce pull ne va pas avec ce pantalon, est-ce que j'ai besoin de deux jupes ou de trois, est-ce qu'on vend des collants en Allemagne…" ce qui ne poserait aucun problème sauf qu'au milieu de ces réflexions on entend aussi une *deuxième* voix qui dit : "Alors pourquoi tu l'as achetée, idiote ?" et "La faute à qui, à ton avis ?" et "Tu as peur de monter sur le pèse-personne, hein ?" et "Il te faudra combien de temps pour trouver la réponse ?" Au bout d'un moment p'pa va fermer doucement la porte de leur chambre parce que c'est assez perturbant d'entendre sa propre mère en train de se parler avec deux voix différentes.

D'habitude les voyages de m'man durent deux ou trois jours, une semaine au plus. Cette fois ça va être une *quinzaine* parce que, même si deux fois sept font quatorze, on compte le premier *et* le dernier jour et ça fait quinze. Elle commence déjà à me manquer sous forme de mal au ventre. Je me demande si je lui manque aussi : quand elle se réveille au loin dans une chambre d'hôtel, est-ce qu'elle se demande ce que je suis en train de faire ?

Les jours passent et, malgré l'absence de ma mère, je dirais que je passe un assez bon été.

M'man téléphone en interurbain et c'est moi qui décroche, elle me dit "Salut chéri" et deux ou trois autres trucs, mais je sens qu'elle a hâte de mettre fin à la conversation parce que l'appel coûte cher et qu'elle a surtout envie de parler à p'pa. Ils se parlent assez longtemps, et même si p'pa n'élève pas la voix je sens qu'il n'aime pas ce qu'il entend, ce qui m'envoie droit aux toilettes avec une diarrhée. Après, il me dit que m'man est survoltée à cause de tout ce que lui a dit la sœur de mamie Erra à Munich.

Le lendemain mamie Erra elle-même nous téléphone et je réponds ; même si ce n'est pas moi qui fouine dans son passé, je me sens coupable. Elle est surprise quand je lui dis que m'man est en voyage alors je comprends qu'elle n'est pas au courant pour sa sœur et j'ajoute très vite : "Je crois qu'elle fait une tournée de conférences.

— Au beau milieu de l'été ? dit Erra. C'est impossible, toutes les universités sont fermées.

— Peut-être que c'est dans l'hémisphère sud", je dis, à la fois pour faire étalage de mon savoir et pour rester vraisemblable.

Erra éclate de rire : "Bon ! elle dit. Et si on allait faire un pique-nique tous les quatre, dimanche prochain ?" Quand elle dit *tous les quatre* je comprends que je vais enfin rencontrer son amie, ce qui sera encore un secret à ajouter à la longue liste de secrets dans le "serment de potes" entre p'pa et moi.

En rentrant le samedi soir, p'pa a les bras remplis de sacs du supermarché, et le dimanche il passe la matinée à préparer le pique-nique, mais juste au moment où il commence à tout mettre dans le panier, le ciel s'écroule. Il ne s'agit pas de quelques gouttelettes, ni d'une averse d'été qui laisse le ciel bleu et brillant après, mais d'un vrai déluge. La pluie tombe en trombe de gros nuages gris acier qui n'ont pas l'air pressés de s'évaporer. Je me sens abattu parce qu'il est clair que personne ne va étaler une couverture sur la pelouse de Central Park aujourd'hui, alors que je m'en faisais une fête. P'pa appelle mamie Erra et lui dit : "Le bon Dieu en a décidé autrement…" mais elle dit une chose que je n'entends pas et il répond : "Génial. Dans une heure on sonne à votre porte."

Se tournant vers moi il dit : "On va pique-niquer sur le Bowery."

Nous sommes trempés jusqu'à l'os en arrivant. Mamie Erra et son amie nous sautent dessus avec des serviettes et nous frottent la tête jusqu'à nous faire chavirer. L'orage est devenu comme un élément dramatique de la journée, une espèce de dragon rugissant qui a voulu s'en prendre à notre pique-nique, mais par bonheur on a réussi à s'échapper de ses griffes. Les deux femmes ont étalé une nappe à même le sol dans la partie centrale du loft, maintenant elles y disposent des assiettes en carton et des couverts en plastique. L'amie d'Erra est petite avec les cheveux et les yeux foncés parce qu'elle vient du Mexique, et elle s'appelle Mercedes comme une voiture de luxe. En me serrant la main elle me dit : "Très heureuse, Randall", comme si elle le pensait vraiment.

Mamie Erra qui est plus forte qu'elle n'en a l'air me prend dans ses bras, me soulève et me fait des bisous sur tout le visage, en me regardant avec un sourire entre chaque bisou. Elle a les yeux bleu saphir avec des rides autour qu'on peut voir de près, et ses cheveux sont presque complètement blancs avec juste quelques mèches blondes qui restent. "Ah, mon bonhomme, elle dit. Ça fait trop longtemps, hein ?" et je dis "Oui".

Alors on s'assoit tous en tailleur, chacun d'un côté de la nappe, et je dois dire que pour des vieilles dames au milieu de la quarantaine Erra et Mercedes sont beaucoup plus souples que mon père qui n'en a pas encore quarante ; au bout de quelques minutes il a des crampes et doit aller se chercher un coussin. Non seulement la nourriture est délicieuse mais il y a une ambiance spéciale à cause du ciel dehors, gris sombre comme un vieux château, et à cause de la pluie qui fouette les vitres comme une queue de dragon, c'est un peu comme si on était dans une pièce de théâtre. Mercedes allume deux bougies ce qui fait encore plus théâtral, et quand on a fini de manger mamie Erra se penche sur une des bougies pour allumer son cigare.

"Comme ça, elle dit avec un petit sourire espiègle, ma fille est partie se balader dans l'hémisphère sud ?

— *L'hémisphère sud ?*" dit p'pa, perplexe, et je rougis violemment et le regarde avec urgence pour qu'il endosse mon petit mensonge. "Ah… Randall a dû confondre. Elle est dans le *Sud*, voilà ce qu'il voulait dire. Le Sud de l'Allemagne, en fait. Pour ses recherches.

— Cherche, re-cherche et re-re-cherche, dit Erra en poussant un soupir. Je me demande si elle finira par trouver quelque chose."

Mercedes pouffe de rire, mais elle met tout de suite une main devant sa bouche parce que je suis là et qu'elle ne devrait pas se moquer de ma mère devant moi.

"L'Allemagne ! dit Erra. Ah, là, là… Si j'avais su que ça deviendrait une telle obsession… C'est quand même un drôle de métier, tu ne trouves pas, Aron ? Aller fourrer son nez dans la vie des autres ?

— Bof, je ne sais pas, dit p'pa. Mon métier à moi est encore pire : je *vole* la vie des autres pour créer mes personnages. Oreille affamée n'a point de ventre.

— C'est l'inverse, papa ! je dis, même si je sais qu'il l'a fait exprès.

— Non, ce n'est pas pareil, dit mamie Erra. Toi, tu es un artiste." Plissant les yeux à cause de la spirale de fumée qui monte de son cigare, elle se dirige vers le piano dans un coin du loft.

"Viens là, Randall, elle dit (et j'obéis avec plaisir). Si on faisait un peu de musique ensemble ?

— Je ne sais pas jouer", je dis.

Elle me soulève, me pose sur le tabouret et lisse mes cheveux encore ébouriffés par le séchage.

"Laisse-toi guider par la petite chauve-souris sur ton épaule… J'aurais besoin que tu joues des notes ici, dans les basses… Seulement les touches noires, d'accord ?… et *doucement*, très doucement… Surtout, *écoute* ce que tu joues, écoute-le jusqu'à ce que ça te plaise."

A l'autre bout de la pièce, p'pa et Mercedes se taisent et on pourrait entendre voler une mouche, comme on dit. Me servant de mes dix doigts, j'appuie doucement et lentement sur les touches noires. Debout près de moi, mamie Erra m'écoute en hochant la tête. Au bout d'un moment elle éteint son cigare et j'entends une sorte de bourdonnement qui commence à lui sortir de la poitrine, je continue de jouer et elle répond à chacune de mes notes par une note à elle, tantôt en harmonie tantôt en dissonance, c'est comme si on marchait au ralenti dans la forêt en se cachant derrière les arbres. Mes doigts prennent peu à peu de la vitesse et sa voix aussi mais on continue de respecter la règle du *doucement*, alors ça fait comme un numéro de claquettes dans la neige.

Au bout d'un moment, je sens que le morceau est en train de se terminer, on s'arrête tous les deux à la même seconde et p'pa et Mercedes applaudissent à tout rompre – mais *doucement*, si doucement qu'on n'entend rien, ce qui nous fait rire. Mamie Erra me fait tournoyer sur le tabouret et me prend à nouveau dans ses bras.

"Tu vois ? elle dit. Tu as joué !"

Et elle retraverse la pièce en me portant sur sa hanche, sans effort.

"J'ai cru reconnaître quelques mots là-dedans, Erra, dit p'pa. Au moins une syllabe, par-ci, par-là… Tu ne serais pas en train de t'humaniser, par hasard ?

— J'ai toujours été humaine ! dit mamie Erra avec un grand sourire. Mais c'est vrai que je glisse parfois des mots dans mon chant maintenant, grâce à Mercedes. Mercedes est une magicienne des mots.

— C'est vrai ? je dis à Mercedes, tandis que mamie Erra me pose dans un fauteuil.

— Oh ! dit Mercedes, la magie n'est pas en moi. Elle n'est pas dans les gens, elle est dans ce qui se passe *entre* les gens. Apprendre à s'en servir, c'est surtout une question de concentration.

— C'est mon gros problème, dit p'pa.

— Ch-chut…", fait Mercedes en posant un doigt sur ses lèvres.

Le silence se fait. Elle ajoute alors, d'une voix basse et rauque : "Il suffit parfois de fermer les yeux et d'écouter attentivement, et la magie se produit. Tu es prêt, Randall ?

— Prêt.

— Bon. Alors, écoute. Dans ton cerveau il y a un nuage tout blanc, comme une boule de coton… Tu le vois ?

— Oui.

— Eh bien… il y a une ficelle qui sort de ce nuage, n'est-ce pas ? Et si tu tires doucement sur la ficelle, tu vois plein de petits rubans de couleur, comme sur la queue d'un cerf-volant… Les rubans sont attachés les uns aux autres… Ce sont des mots… Et si tu continues de tirer doucement – oh, regarde ce qu'ils t'apportent, de l'autre côté du nuage !"

J'ouvre les yeux mais Mercedes dit en souriant : "Non, quand je dis «regarde» il s'agit de regarder *à l'intérieur*, et pour ça il faut garder les yeux fermés.

Bon. Alors. Maintenant la magie va se produire. Les images vont glisser de mon cerveau dans le tien. Tout ce que je dis, tu vas le voir."

Elle continue de parler, d'une voix très basse, avec des pauses entre chaque mot : "Voici… un corbeau mort… Voici… une fée aux ailes iridescentes… Voici… un bol de porridge… Tu les vois, Randall ?"

Je fais oui de la tête parce que c'est vraiment vrai. Le silence est long et plein et je peux m'y immerger complètement, je vois le corbeau immobile dont un œil est à moitié ouvert et vitreux, je vois un diadème qui scintille dans les cheveux dorés de la fée, je vois la vapeur qui monte du bol de céréales chaudes que p'pa me fait parfois le matin en hiver, avec du sucre roux, de la crème et même des raisins secs parfois, c'est délicieux.

Quand je rouvre les yeux, les trois adultes me regardent en souriant.

"En fait, dit Mercedes, ça se passe tout le temps. La magie, c'est d'en être conscient.

— Vous êtes poète ? lui demande p'pa, et de la gorge de Mercedes fuse le plus beau rire que j'aie jamais entendu, comme une fontaine éparpillant mille gouttes d'eau étincelantes.

— Non, elle dit, je suis thérapeute. Je fais de la psychothérapie avec des images."

Même si je ne sais pas ce que ça veut dire, je suis sûr que ça doit être très agréable de le faire avec Mercedes.

"Démonstration fascinante, dit p'pa en allumant une cigarette, ce que m'man n'apprécierait pas du tout. Mais le théâtre, c'est une autre paire de manches. On ne peut pas écrire une pièce sur un corbeau mort ou une fée iridescente ou un bol de porridge. Il faut trouver le moyen de les articuler ensemble.

— Et puis, dit mamie Erra, la magie de Mercedes ne marche que si on parle la même langue qu'elle. Si elle avait dit *cuervo muerto* au lieu de *corbeau mort*, Randall n'aurait rien vu. Voilà pourquoi j'aime la voix pure : tout le monde la comprend. Mon chant est parfaitement transparent, n'est-ce pas Randall ?

— Je ne sais pas, je dis avec sincérité. Mais il est parfaitement beau !"

Ils rient parce que j'ai dit "parfaitement" et ce n'est pas un mot d'enfant, même si les grands s'en servent tout le temps devant nous.

"Merci, mon cœur", dit mamie Erra tout bas.

Ensuite ils se lancent dans une conversation de grandes personnes au sujet du président Reagan ("cet acteur de série Z", comme l'appelle p'pa), qui envoie des troupes à Beyrouth en ce moment. Je me love sur un grand coussin par terre et commence à somnoler un peu en pensant que je suis le Loir comme ma mère et qu'ils vont peut-être me verser du thé dessus. A un moment donné je m'assoupis pour de bon, mais ensuite je me réveille parce qu'ils sont tous partis d'un grand éclat de rire mais je n'ai pas entendu la plaisanterie, et soudain mamie Erra déclare d'une voix forte que l'instrument qui a toujours accompagné son chant c'est un luth. P'pa et Mercedes se regardent d'un air perplexe comme pour dire *Qu'est-ce qu'elle raconte ?* et p'pa dit : "Excuse-moi, mais je crois n'avoir jamais vu de luthiste parmi tes musiciens" et Erra dit en souriant : "Il est peut-être invisible mais il est là, c'est le seul à être vraiment là…" Mais je l'ai peut-être rêvé, je ne sais pas si elle a vraiment parlé d'un luth, au bord du sommeil on déforme souvent les paroles des gens.

A la fin de l'après-midi on essaie tous de faire le poirier. P'pa se casse la gueule à chaque fois, Mercedes arrive à mettre les jambes en l'air mais pas à les aligner avec son tronc, moi je fais un peu mieux à chaque fois mais c'est mamie Erra qui réussit le mieux. Je me demande si sa vie est toujours joyeuse comme ça, ou si c'est une occasion spéciale à cause de notre pique-nique par terre.

Dans mon lit ce soir-là, j'essaie de faire la magie de Mercedes avec les mots. Je ferme les yeux en murmurant : *chien… chat… assiette…* et ainsi de suite, mais ça ne marche pas vraiment, c'est mieux quand quelqu'un d'autre dit les mots pour toi parce que ce sont des mots auxquels tu ne t'attends pas. On a du mal à se surprendre soi-même. On a du mal à se chatouiller soi-même aussi, comme me l'a fait remarquer p'pa il y a longtemps. "Je ne peux pas me faire rire en me chatouillant, il m'a dit, mais je peux me faire rire en pensant à des gens qui essayent de se chatouiller et n'y arrivent pas."

M'man nous appelle à nouveau. Au début de la conversation p'pa a l'air content de l'entendre mais ensuite il a l'air de moins en moins content. "Comment ça ?" il dit. Il écoute encore en hochant la tête, même si elle ne peut pas le voir, et puis il dit : "Incroyable. Ukrainienne, hein ?… Ouais, tu as raison. Ils faisaient de petits pogroms par-ci par-là, histoire de s'amuser, mais ce n'est pas un peuple du genre solution finale… Ecoute, Sadie, tout ça est évidemment très palpitant, mais je n'ai pas épousé tes ancêtres, je t'ai épousée, *toi*, et ça me plairait bien de te voir de temps en temps."

Quelques minutes s'écoulent avec m'man qui déblatère à l'autre bout du fil, et enfin p'pa l'interrompt encore : "*Chicago ?* Qu'est-ce qu'il y a à Chicago ?… Non, mais je rêve. Tu es devenue détective ou quoi ?… Ce n'est pas le nombre de jours qui me dérange, c'est ta façon de te remplir la tête avec cette…" Mais il n'arrive pas à terminer sa phrase et au bout d'un moment il dit au revoir et raccroche le téléphone.

"Ta mère va faire un petit détour par Chicago en rentrant, il me dit. Elle revient mercredi prochain."

Entre-temps, avant le retour de m'man, un ami de p'pa qui s'appelle Jacob et qui est dramaturge aussi passe chez nous à l'improviste. J'aime beaucoup Jacob parce qu'il a une longue barbe noire et une grosse voix tonnante pleine de rires. Une de ses pièces vient d'être montée dans un théâtre d'été dans le Vermont et il veut que p'pa vienne la voir avec lui. "Ah ! ça ne serait pas de refus, dit p'pa, mais j'ai le nain sur les bras en ce moment. – Qu'à cela ne

tienne, dit Jacob, on amène le nain !
Plus on est de fous…" Alors pour finir,
sans rien dire à m'man, on quitte New
York le samedi matin dans le vieux
minibus cahotant de Jacob (ce qui lui
donnerait une crise d'épilepsie si elle
le voyait, tellement c'est cradingue et
déglingué), et on se met en route pour
Brattleboro ce qui est une sacrée trotte.
Pour passer le temps, Jacob et p'pa
chantent des airs des comédies musicales de leur jeunesse – mais, comme
ils ont oublié la moitié des paroles, ils
inventent un jeu. L'un commence une
chanson et l'autre poursuit avec un
vers d'une autre chanson et ainsi de
suite en alternance, la seule règle étant
que ça doit être dans la même tonalité
et faire plus ou moins sens.

*If I were a rich man, Ya ha deedle
deedle, bubba bubba deedle deedle dum.
All day long I'd follow the Yellow Brick
Road. Follow the Yellow Brick Road
Wa-doo – Zim bam boodle-oo Hoodle
ah da wa sa Scatty wah. Yeah ! It ain't
necessarily so. To get into Hebben, Don't
snap for a sebben Beneath the Broadway lights ! Oh, moon of Alabama If I
were a biddy biddy rich Yidle-diddle-
didle-didle man New York, New York,
a helluva town, The Bronx is up, but
the Battery's down, The people ride in*

a hole in the groun' Li'l David was small, but oh my ! L'il David was small, but oh my ! You'll find he is a whiz of a Wiz ! If ever a Wiz ! there was. If ever oh ever a Wiz ! there was, the Wizard of Oz is one becoz, Becoz becoz becoz becoz becoz Moses supposes his toeses are Roses, But Moses supposes erroneously. Hooptie doodie doodle Li'l Moses was found in a stream L'il Moses was found in a stream He floated on water Till ol Pharaoh's daughter said show me the way to the next whisky bar Oh, don't ask why, oh, don't ask why... Ils chantent à tue-tête avec les vitres baissées et je dois dire que ça faisait longtemps que je n'avais pas vu mon père aussi exubérant.

Quand on arrive enfin au théâtre, p'pa m'installe sur ses genoux et je dors pendant presque toute la pièce que de toute façon je ne comprends pas. Il y a un dîner après en l'honneur de Jacob et je me demande si p'pa est jaloux de son ami mais il n'en a pas l'air, il plaisante avec tout le monde et demande qui a cuisiné tous ces plats excellents. Ensuite on nous annonce qu'il n'y a plus de chambres libres au *B&B* parce que Jacob nous a embarqués au pied levé, et toutes les autres chambres de la ville sont réservées aux touristes.

Jacob dit qu'à cela ne tienne, il suffit de nous donner des duvets et on dormira à la belle étoile. Alors, même s'il est déjà deux heures du matin, on reprend le minibus et on roule jusqu'à ce qu'on trouve un lieu tranquille, p'pa descend et écarte une barrière et ensuite, enroulés dans nos duvets à même le sol, on regarde les étoiles. C'est magnifique et il n'y a pas trop de moustiques. Avant de m'endormir, j'entends p'pa et Jacob qui se rappellent l'époque hippie de leur jeunesse, quand tout le monde avait les cheveux longs et les seins nus et on voulait retourner le plus possible à la nature et c'était vraiment la belle vie.

Le matin je me réveille le premier, très tôt. Tout est paisible. Je vois qu'on a dormi dans un pré et c'est tellement tôt que l'air est frais et que des gouttes de rosée brillent sur les hautes herbes dans la lumière transparente. On entend meugler quelques vaches dans une ferme voisine. Je me lève et marche pieds nus dans les herbes mouillées et quand j'arrive au bord du champ je me glisse dans un fourré. Les rayons du soleil commencent juste à filtrer à travers les branches. Je m'assois sur une vieille souche en me disant heureusement que m'man n'a pas fait ce voyage avec nous, elle se ferait du mouron parce qu'on risque d'attraper un rhume ou parce qu'on ne s'est pas lavé les dents. Je caresse doucement la chauve-souris sur mon épaule et elle me chuchote à l'oreille que je peux faire la magie maintenant, alors j'essaie. Je pense au mot *rosée…* je pense au mot *aurore…* je pense au mot *été…* et ça marche.

Quelques instants plus tard, dans un hurlement de freins, une voiture s'arrête près du minibus de Jacob, un homme en descend et il est armé d'un fusil. Il va à grands pas vers p'pa et Jacob qui dorment encore par terre, il ne me voit pas en raison du fourré mais moi je le vois et il a l'air furibard.

"Qu'est-ce que vous foutez là ?" il dit en criant.

P'pa et Jacob se redressent à moitié en se frottant les yeux et en rajustant vaguement leurs vêtements.

"Levez-vous, putain !" crie l'homme en les asticotant du bout de son fusil pour leur montrer qu'il ne plaisante pas. Il semble incapable de parler autrement qu'en criant. "Vous avez vu ce panneau, là-bas ? Ça dit PROPRIÉTÉ PRIVÉE. Vous ne savez pas lire ?

— Si, si, dit p'pa. On a bien vu le panneau…

— Bien sûr qu'on a vu le panneau, dit Jacob. On l'a poussé, alors il a bien fallu qu'on le voie. Mais on ne l'a pas volé.

— *Quoi ?*

— On n'a pas volé votre panneau, dit p'pa. Comme c'était marqué PRO-PRIÉTÉ PRIVÉE, on s'est dit que ça devait appartenir à quelqu'un, donc on ne l'a pas pris.

— Alors que ça nous aurait été très utile pour allumer un feu de camp, dit Jacob d'une voix calme, en chaussant ses sandales. La nuit était frisquette.

— Vous faites encore une plaisanterie à la con, crie le fermier, et j'appelle la police.

— Où est ton fils, Aron ? demande Jacob.

— Quoi ? Vous avez des *morpions*, en plus ? *Merde* alors !

— Je suis là, p'pa", je dis en sortant du fourré. Malgré moi, j'ai la voix aiguë et fluette à cause du fusil.

"Vous allez foutre le camp d'ici tout de suite, vous m'entendez ?

— Du calme, du calme, dit Jacob en se penchant pour ramasser les duvets par terre. On y va.

— J'attends ! hurle le monsieur. Je vous surveille ! Je compte jusqu'à dix !"

Pendant que Jacob fait marche arrière avec son minibus pour sortir du champ,

p'pa fait au revoir de la main au monsieur, juste pour prouver qu'il ne se
sent pas humilié. Le visage de l'homme
s'empourpre de rage, il lève encore son
fusil et je frémis, sentant presque l'explosion de notre pare-brise.

Quelques instants plus tard, p'pa se
retourne vers moi et dit, tout doucement : "Ça va, Ran ?

— Oui… T'avais pas besoin de lui
faire signe comme ça.

— Tu as raison. C'était con de ma
part."

Il va sans dire que toute cette expédition fera partie de notre "serment de
potes".

Le mercredi suivant on va chercher
m'man à l'aéroport qui s'appelle JFK
pour John Fitzgerald Kennedy, un président des Etats-Unis qui s'est fait assassiner quand m'man n'avait que sept
ans et elle l'a vu à la télé. Elle se sou-
vient encore de Jacky Kennedy la femme du président, vêtue d'un tailleur
rose, en train de ramper sur leur nouvelle Lincoln blindée pour ramasser les
bouts de sa cervelle, et elle dit que ce
n'était vraiment pas la peine de s'acheter une voiture blindée si c'était pour
aller rouler au milieu des foules avec la
capote baissée (heureusement que ce

fermier du Vermont ne nous a pas tiré dessus, parce que le minibus de Jacob n'était *pas* blindé !).

On passe un bon moment à attendre, en regardant les passagers du vol de Chicago franchir les portes battantes. C'est très bizarre de regarder le visage des gens les uns après les autres, en les écartant comme s'ils n'étaient personne dès qu'on voit qu'ils ne sont pas votre mère, alors que pour les gens qui les attendent ils sont le centre du monde et c'est votre mère qui n'est personne. Enfin – clic – "La voilà !" s'écrie p'pa.

La voilà pour de vrai qui vient vers nous en traînant sa valise, mais son visage ne s'illumine pas en nous voyant comme l'aurait fait celui de mamie Erra, il constate juste notre présence, genre : *Ah bon, vous voilà, rentrons à la maison.* Elle s'accroupit quand même à côté de sa valise pour que je puisse me jeter dans ses bras, mais à la seconde où nos poitrines se touchent elle dit "Merde !" et c'est un peu décevant d'entendre ce mot juste quand on étreint sa mère pour la première fois depuis des semaines, mais c'est parce qu'en s'accroupissant elle a fait sauter un bouton à la taille de son pantalon et elle pense que ça veut dire qu'elle a grossi mais ce n'est pas forcément le cas, tout le monde a des bourrelets quand on s'accroupit. Elle ramasse le bouton, se redresse et commence à s'affairer autour de sa fermeture éclair alors que c'est justement le moment où p'pa avait envie de l'embrasser, donc il se contente de prendre sa valise et on se dirige ensemble vers le parking.

Je tiens la main de m'man, sa main est avec moi à New York mais sa tête sillonne encore la planète : sans même nous demander comment on va, elle se met à parler à toute berzingue. Sa voix ne promet rien de bon alors je laisse les mots se produire là-haut, au niveau de la bouche des grandes personnes, pendant que moi je reste près du sol à étudier les milliers de pieds qui courent dans tous les sens. Je pense à ce qui se passerait si une bombe était lâchée sur JFK et que tous ces gens étaient soudain morts ou démembrés en train de patauger dans des flaques de sang. Ma chauve-souris me dit de monter le son des avions bombardiers le plus possible dans ma tête et de m'immerger dans les hurlements et les gémissements et le fracas de verre cassé, le vrombissement et le sifflement perçant que font les bombes en tombant dans les films, et puis l'explosion, encore et encore.

Dans la voiture, la voix de m'man est complètement survoltée, elle n'arrête pas de parler de ce qu'elle a appris à Chicago de Mlle Mulyk, une vieille dame qui travaillait en Allemagne après la guerre avec une agence pour les personnes déplacées et qui a rencontré Erra à cette époque. P'pa ne fait que hocher la tête en grognant de temps en temps parce qu'il n'arrive pas à en placer une. Je pense à Mercedes et à sa façon de prononcer un mot à la fois, je pense à ses trois exemples en essayant très fort de voir les ailes de la fée, mais les mots de ma mère remplissent l'air de la voiture et brouillent tout. Certains mots reviennent encore et encore : *fontaine de vie... incroyable... nazis... archives détruites... fontaine de vie... incroyable... sang... ma propre mère... fontaine de vie...*

"C'est quoi une fontaine de vie, m'man ?"

Silence sur le siège avant.

"M'man ?

— Sadie, dit p'pa en poussant un soupir, peut-être que cette conversation peut attendre, qu'est-ce que tu en penses ?

— Oui, oui bien sûr", dit m'man abruptement. Elle se tourne sur le siège et me donne la main pour que je puisse la tenir à nouveau, ce que je fais, mais sa nervosité me noue le ventre comme s'il allait se passer quelque chose de terrible. Elle ne dit toujours pas : "Et vous, alors ? Vous avez fait quoi pendant tout ce temps ?" elle se contente de regarder les voitures passer en trombe sur le pont de Manhattan. Au bout d'un moment elle recommence à raconter à p'pa tout ce qu'elle a appris de Greta la sœur d'Erra et surtout de cette Mlle Mulyk. Il semble qu'en fait les parents allemands d'Erra ne sont pas morts dans un bombardement comme Erra le lui avait toujours dit, et même que ce n'étaient pas ses parents du tout, au départ elle était ukrainienne mais d'abord les Allemands l'ont kidnappée et ensuite l'agence l'a retrouvée grâce à sa tache de naissance alors elle a été adoptée au Canada, les parents morts étaient ses vrais parents ukrainiens.

"Attends, dit p'pa, je ne comprends pas. Si ses vrais parents étaient morts, l'agence n'aurait pas eu connaissance de son existence. Comment ils ont fait pour la retrouver ? *Qui* leur a parlé de son grain de beauté ?

— Je ne sais pas encore tout, dit m'man. Mes recherches ne font que commencer. Je suis allée en Allemagne pour trouver des réponses, et je suis revenue avec une flopée de nouvelles questions !"

C'est trop compliqué pour moi, je ne vois pas comment une seule petite fille peut avoir autant de parents, alors je m'endors dans la voiture et je ne sais même pas qui me porte jusqu'à mon lit.

Ce qu'il y a avec les grandes personnes, c'est qu'elles prennent toutes les décisions toutes seules et que les enfants n'y peuvent rien.

Le lendemain au petit déjeuner, m'man dit "Tu sais quoi, Randall ?" et je ne dis même pas "Quoi ?" parce que je n'en ai pas envie ; je sais que je vais me le taper, ce *quoi*, que je le veuille ou non.

Ça y est. Le plafond s'écroule sur ma tête.

Le *quoi* c'est qu'on va déménager. On va quitter New York, je n'arrive pas à le croire. Pour le travail de ma mère il faut que toute la famille déménage, on ne me demande même pas mon avis. Je regarde p'pa mais, au lieu de contredire m'man, il la soutient. J'essaie d'anéantir la situation avec une fabuleuse aura atomique miroitante comme dans le premier épisode de *Spiderman* mais ça ne marche pas, c'est la vérité vraie. On va aller vivre en Israël dans une ville qui s'appelle Haïfa. Cette Mlle Mulyk que m'man a malheureusement rencontrée à Chicago lui a parlé d'un professeur à l'université de Haïfa qui est un des grands spécialistes des fontaines de vie. Même si je ne sais toujours pas ce que c'est, c'est la nouvelle passion de ma mère parce que mamie Erra y aurait séjourné toute petite, entre ses familles ukrainienne et allemande. Peut-être que c'est comme une sorte de fontaine de jouvence, ce qui expliquerait pourquoi Erra a l'air si jeune. Toujours est-il que m'man veut travailler sur ces archives à Haïfa. Tout va si vite que je ne comprends pas les liens entre les choses, je ne sais même pas ce que c'est une archive. Pour moi à Haïfa il y aura une école qui s'appelle Hebrew Reali et je dois passer le reste de l'été à prendre des cours d'hébreu parce que si on ne parle pas l'hébreu, on ne peut pas aller dans cette école.

"Et mes amis ?" j'ai envie de hurler, mais mes parents s'en foutent. On ne devrait pas dire s'en foutre mais je m'en fous. "Ce n'est qu'une petite année", ils disent, mais pour moi c'est une éternité. Dans un an j'aurai SEPT ANS. Quand on reviendra à New York je n'aurai plus d'amis, j'aurai SEPT ANS et je serai exclu. Je n'ai pas la moindre envie de quitter

New York et je suis sûr que p'pa non plus, il fait de son mieux pour plaisanter en disant qu'on va passer de Reagan à Begin, ce qui est tout un poème. Il dit qu'on n'a pas tellement le choix, alors autant voir ça comme une aventure. Il dit que ça ne le dérange pas de trimballer son angoisse de la page blanche de l'autre côté de l'Atlantique, du moment que m'man paie le transport, ah ! ah ! ah ! parce que ça pèse une tonne.

Je suis furieux contre ma mère. Je pourrais la tuer.

Je recommence à dessiner des gens sans tronc, exprès.

Je dessine des femmes à qui on a coupé les seins.

Je dessine de grands poignards qui s'enfoncent dans le dos des femmes mais en faisant très attention que les femmes ne ressemblent pas à ma mère, au cas où elle tomberait dessus.

M'man me trouve un prof d'hébreu et je m'attends à ce que le reste de l'été soit gâché par les cours. "Ne t'inquiète pas, Randall", elle me dit en me voyant assis dans l'entrée à attendre mon tuteur, les bras fermement croisés sur la poitrine. Elle me caresse la tête pour me montrer qu'elle se soucie quand même de mes sentiments, mais je ne réponds pas parce que j'ai envie de bouder et encore plus envie de la culpabiliser. Elle part à l'université chercher encore un peu de Mal, alors quand le tuteur sonne à la porte c'est p'pa qui va ouvrir. Il s'appelle Daniel et il est assez mince et frêle avec une barbe marron clair et une voix douce et des mains incroyablement expressives qui volettent ça et là comme des oiseaux.

On s'installe à la table de la salle à manger et il me tend la main droite en souriant et dit "Shalom", m'man m'a toujours dit que Shalom voulait dire paix mais là je comprends qu'en fait c'est bonjour alors je dis "Shalom" à mon tour en serrant sa main longue et blanche avec la peau très lisse. Il ouvre son porte-documents et je me dis Ah là là ça va vraiment être comme à l'école – mais non, en fait son porte-documents est plein à craquer de jeux et d'images. On commence par un jeu de dames et comme je suis doué en la matière je le bats en cinq minutes et ça lui donne l'occasion de m'apprendre les mots pour vous (atem), moi (ani), ici (kan), là (sham), oui (ken), non (lo), aide (ezra) et merci (toda). A la fin du jeu il a l'air tellement sidéré par mon talent que j'éclate de rire alors il m'apprend le mot pour rire qui est tsahaq. Ensuite on regarde des images, et au lieu de choses débiles comme des fleurs ou des chatons, Daniel a apporté des photos de voitures et de bicyclettes, de blue-jeans et de bottes, de soldats et de billes, toutes choses qui pourront m'être utiles comme vocabulaire. Ses mains bougent tout le temps et j'ai du mal à en détacher les yeux tellement elles sont expressives. Je lui demande quel est le mot pour chauve-souris et il me le dit, comme ça je connais le nom secret de ma tache de naissance en hébreu : atalef.

Le monde n'est pas exactement le même quand chaque objet a deux noms différents ; c'est bizarre de penser à ça.

Au bout de quelques jours je commence à attendre nos leçons avec impatience ; quand je retiens ce qu'il m'a appris, Daniel me couvre d'éloges et de sourires, et il a hâte de me faire passer au stade suivant. Début août, je commence à faire des phrases complètes, genre "Il fait un temps pourri" (Mezeg avir garoua) et "J'ai faim" (Ani raev) et "Si on allait faire une petite balade ?" (Netayel Ktsat ?). J'aime la sensation de cette langue dans ma gorge, surtout les sons *ayin* et *h'et* qui sont comme des raclements rugueux.

J'apprécie Daniel de plus en plus et je commence à lui demander des mots difficiles comme par exemple la mort (mavet) et la solitude (bdidout) ; il sait que ce sont des sujets graves alors il me pose des questions là-dessus. Comme je n'ai pas le droit de me servir de l'anglais, quand je ne connais pas un mot en hébreu je le joue en pantomime, il hoche la tête et me fournit les mots manquants. Je lui raconte les obsèques de papie, le jeu de cache-cache où mes cousins m'ont abandonné, mamie Erra qui fume des cigares et fait le poirier, et même l'histoire de Janek son deuxième mari qui s'est fait sauter la cervelle. Il corrige gentiment mes erreurs, hochant toujours la tête comme pour dire *Oui oui, c'est ça*, et répétant ma phrase ensuite avec la correction pour que je puisse la redire sans faute. Les leçons d'hébreu deviennent mon moment préféré de la journée, et je voudrais que l'été ne se termine jamais parce que je ne pourrai plus voir Daniel.

Un jour, je lui demande comment on dit fontaine de vie en hébreu parce que je n'arrête pas d'en entendre parler. Son sourire s'évapore lentement et ses mains délicates tombent sans bruit sur la table comme des plumes d'oiseau. "Pardon ? Ani lo mevin", il dit, ce qui veut dire "Je ne comprends pas". Alors je pose la question à nouveau en ajoutant, en anglais : "Ma mère pense que mamie Erra a été dans une fontaine de vie en Allemagne, mais je ne sais pas ce que c'est."

Daniel reste silencieux si longtemps que ça me fait peur. Il ne me regarde pas, il regarde ses mains sur la table, immobiles comme des oiseaux morts. Enfin il ramasse tous ses papiers, les tapote sur la table de la salle à manger pour en faire un tas net et les range dans son porte-documents. Puis il longe le couloir et frappe à la porte du bureau de mon père. Quand p'pa ouvre la porte, Daniel lui dit à voix basse : "Je suis venu ici pour donner des cours à un petit garçon juif, non à un rejeton de ss." Il tourne les talons et quitte l'appartement. Son pas est aussi doux et élastique que d'habitude, mais il est clair que je ne le reverrai pas parce qu'il n'a pas dit "Lehitra ot" en partant.

Je me sens navré parce que j'ai perdu un ami et je ne comprends même pas pourquoi, mais ça doit être de ma faute alors j'éclate en sanglots. P'pa me prend dans ses bras et je noue mes jambes autour de sa taille et il me laisse pleurer sur son épaule sans me poser une seule question.

On sort faire le tour du pâté de maisons et on décide qu'il vaut mieux ne pas parler à m'man de la démission de Daniel parce que nous partons pour Israël le dimanche suivant et que les cours allaient s'arrêter de toute façon. En attendant, on fera semblant qu'il continue de venir, et je réviserai l'hébreu qu'il m'a appris ce qui est déjà beaucoup.

En rentrant ce soir-là, m'man est d'excellente humeur parce qu'elle a été efficace, ce qui la rend toujours heureuse. Pendant le repas, sans même remarquer les délicieuses lasagnes que p'pa a cuisinées, elle nous annonce que tout est prêt pour le départ. "Il paraît que Haïfa est une très belle ville, elle dit. Je nous ai trouvé un appartement dans la rue Hatzvi, tout près de l'école de Randall. Moi je peux prendre un bus pour monter jusqu'à l'université, et p'pa aura toute la tranquillité dont il a besoin pour écrire.

— En effet, dit p'pa. Israël est un pays super-tranquille en ce moment, étant donné qu'ils ont envoyé presque tous leurs soldats au Liban.

— Oh ! et tu sais quoi, Randall ? dit m'man. Il y a un *zoo* dans le quartier ! On pourra aller au zoo ensemble. C'est formidable, non ?"

Je ne réponds pas parce qu'il y a un zoo ici aussi, à Central Park, et qu'elle ne m'y a pas amené une seule fois. Sans parler du fait que, d'après p'pa, on ne joue pas beaucoup au base-ball en Israël et qu'on ne peut pas faire de la luge non plus parce qu'il n'y a pas de neige en hiver.

En me mettant au lit ce soir-là, je serre Marvin très fort contre moi. Je vais l'amener avec moi en Israël et j'espère qu'il pourra me protéger avec l'idée qu'il appartenait autrefois à mamie Erra. Si seulement Erra elle-même pouvait nous accompagner ! Mais elle est en tournée à nouveau et je crois même qu'elle ignore la vraie raison de notre séjour en Israël, à savoir que m'man veut vérifier ses connexions avec les fontaines de vie.

Je rêve qu'on est tous ensemble dans un café où une femme a été assassinée. Elle gît sur le sol dans une mare de sang, les jambes coincées parmi les pieds des tables et des clients, mais personne n'a l'air de la remarquer. "P'pa ! je dis. P'pa, regarde ! Il y a une femme morte par terre !" Mais p'pa est trop pris par sa conversation avec m'man et ils ne me prêtent aucune attention alors je me sens de plus en plus anxieux. Juste à ce moment-là arrive un serveur en uniforme blanc, il se penche sur la

morte et commence à poser des tor-
chons blancs à plat dans la flaque écarlate, ils absorbent le sang et le serveur
les essore ensuite dans une bassine.
"Ah bon ! je lui dis. Vous étiez au courant ! – Mais bien sûr, jeune homme, il
me répond. On fait tout ce qui est en
notre pouvoir pour garantir un service
impeccable."

Nous sommes dans l'avion, c'est le
premier vol de ma vie, m'man et p'pa
lisent des livres et moi je suis assis entre
eux, malade de peur, avec Marvin dans
les bras. Enfin p'pa se rend compte que
ça ne va pas, alors il sort son carnet
d'écriture et on se met à jouer ensemble
au pendu et au morpion. Il n'y a presque
pas d'enfants dans l'avion, à part quelques bébés qui passent leur temps à
brailler. P'pa demande à l'hôtesse si elle
ne pourrait pas glisser un peu d'héroïne
dans leur biberon pour qu'ils cessent de
se lamenter. L'hôtesse pouffe de rire,
mais le mot *lamenter* rappelle à m'man
le mur des Lamentations dont elle vient
de lire la description dans le guide, un
endroit où les juifs peuvent aller pour se
rappeler toutes les catastrophes qui leur
sont tombées dessus au long des siècles.
"Suffit, les larmes et les plaintes, dit
p'pa. Deux mille ans, suffit ! Je vais

écrire une pièce qui s'appelle *Le mur des Fous Rires*, voilà. Un lieu saint où les gens peuvent se consoler en racontant des blagues et en se fendant la patate. Une heure par jour de rigolade obligatoire, il dit. Une histoire drôle avant chaque repas. L'Eglise de l'hilarité et de l'allégresse.

— J'avais un chien qui s'appelait Hilare, quand j'étais petite", dit m'man – mais ensuite le repas arrive et à force de nous distribuer les serviettes et les couverts en plastique et de me surveiller pour que je ne renverse rien et de compter les calories dans chaque bouchée qu'elle avale, elle oublie complètement de me raconter l'histoire de son chien.

Après le repas elle me dit d'aller me laver les dents en me servant de mon index comme brosse à dents.

Dans l'aéroport de Tel-Aviv, on avance dans une brume de chaleur et de voix fortes. Deux dames de l'université de Haïfa sont venues nous chercher et elles me parlent en hébreu. "Baroukh haba, elles disent. Ma Schlomkha ?" et quand je réponds d'une voix hésitante "Tov me'od", leur visage s'illumine. Si je tends l'oreille, je peux attraper des bribes de ce qui se dit autour de moi, grâce à Daniel. Il m'a fait entrer dans la tête un nombre impressionnant de mots en hébreu, avant cette journée fatale.

Haïfa est une ville blanche et brillante entourée d'eau bleue. On a l'impression que la mer est d'un côté mais ensuite elle est de l'autre côté aussi parce que la ville est bâtie en pente raide sur un promontoire et qu'on peut voir dans tous les sens. Le soleil tape fort et la rue Hatzvi où les dames nous conduisent en haut de la colline est complètement bordée d'arbres, c'est une rue tranquille avec plein d'oiseaux qui chantent. Je ne m'attendais pas à ça, même si je ne sais pas à quoi je m'attendais ; le soleil filtre à travers les branches des arbres par éclairs, comme le sens à travers la langue. Tout ça miroite, la langue hébraïque et la rue Hatzvi ; en fait c'est très beau ici. Les deux dames nous aident à monter les valises dans notre maison où tout est calme et propre, le moins qu'on puisse dire c'est que ça ne ressemble pas à la 54e Rue est. Un mauvais point : pas de télé.

P'pa commence tout de suite avec la chose la plus importante pour lui, à savoir les courses : il m'amène avec lui dans un supermarché où les allées sont très étroites. En arrivant à la caisse on voit des caddies qui font la queue tout seuls, les gens mettent leur caddie là et vont faire leurs courses très vite, pour ne pas perdre leur place dans la queue. Je trouve ça surprenant mais p'pa dit qu'on aura probablement bien d'autres occasions d'être surpris en vivant ici.

Presque tous les habitants de Haïfa sont juifs à part quelques Arabes, sauf que d'après p'pa on ne doit pas dire Arabes parce que les Arabes peuvent être n'importe quoi, chrétiens ou juifs ou musulmans, mais m'man dit que ça ne les empêche pas d'être arabes. Il n'y a pas de Noirs du tout.

Dans une petite semaine je dois passer mon examen d'entrée pour Hebrew Reali et ça me rend nerveux. Le matin, p'pa m'aide à réviser des listes de mots parce que, comme dit m'man, il vaut mieux prendre le taureau (shor) par les cornes. La prononciation et le vocabulaire de p'pa sont loin d'être aussi bons que les miens, et il dit que c'est parce qu'en vieillissant les cellules du cerveau sont tellement habituées à leur routine qu'on a du mal à leur apprendre de nouveaux tours. Ensuite, avant la chaleur de la mi-journée, on sort se balader dans le quartier en essayant de se rappeler les mots pour tout ce qu'on voit, on note le score et c'est moi qui gagne, haut la main. Assis sur un banc dans le parc rue Panorama, on voit toute la ville étalée à nos pieds avec la mer Méditerranée qui l'entoure. "Regarde, me dit p'pa. Là, droit devant nous… Tu vois ce bout de terre tout blanc qui dépasse là-bas, à gauche ? Ça, c'est le Liban. Une guerre y fait rage en ce moment. Reagan et Begin ont envoyé des troupes pour se joindre à la mêlée. Ça s'appelle des forces de maintien de la paix, parce qu'il faut garder son sens de l'humour."

On reste un long moment sur le banc, à contempler la mer et les bateaux dans le port et les collines vertes qui ondulent au loin, tout a l'air tellement calme qu'on a du mal à croire à cette histoire de guerre.

C'est aujourd'hui. On n'a même pas parlé de ce qui se passerait si j'échouais à l'épreuve, mais sans doute qu'on m'enverrait dans une espèce d'école maternelle avec des bébés et je me sentirais comme un cornichon pour le reste de l'année, alors c'est vraiment important. M'man m'accompagne à l'école qui est à deux pas de chez nous dans la rue Ha'Yam, sauf qu'elle n'est pas dans la rue elle-même mais au fond d'un ravin et qu'on doit descendre un long escalier en bois pour y aller. En haut de l'escalier, m'man me serre la main si fort et avance le menton d'un air si résolu que ça me donne mal au ventre, alors je décide de compter les marches à voix basse. Vers la moitié de la descente j'arrive au nombre quarante-quatre, ce qui me fait penser à mamie Erra à cause de son âge, et soudain je me rappelle la promesse que je lui ai faite de ne jamais perdre contact avec ma chauve-souris, alors je me mets à caresser ma tache en disant atalef, atalef et en essayant de me calmer. Je vois que l'escalier est entouré de grands eucalyptus à l'odeur sucrée et aux minces feuilles vert foncé qui pendent. Dans ma tête je pense à Mercedes, alors je prononce très lentement, en anglais et en hébreu, le nom de tous les arbres que je reconnais : palmier (tamar), oranger (tapouz), olivier (zayit), figuier (teena), eucalyptus (ekaliptous) – et je me sens mieux. En bas, la cour de l'école est comme striée de couleurs, des enfants qui courent et sautent, des chats qui filent dans les coins, des pots où sont plantées de hautes fleurs roses, j'entends le cri d'un coq au loin et m'man me dit que ça doit venir du zoo, qui est juste de l'autre côté de la vallée.

Je n'ai plus peur. Je sais que je vais réussir cette épreuve, et je ne me trompe pas.

Tout d'un coup je me sens comme quelqu'un d'autre. Fort et sûr de moi, comme si le monde m'appartenait. P'pa m'amène acheter l'uniforme de l'école qui est très chic avec un pantalon et une chemise kaki et un pull bleu en laine, sur le pull et la chemise il y a l'emblème de l'école à savoir un triangle bleu foncé sur la poitrine gauche avec la devise "Vehatznea Lechet" qui veut dire "Sois modeste dans tes manières". Chaque jour la langue hébraïque s'ouvre un peu plus et sa musique transforme le monde autour de moi. La maîtresse et les autres enfants s'intéressent à moi parce que je suis américain et que l'Amérique est un ami spécial d'Israël, ce que j'ignorais avant de venir. Ils rivalisent pour être gentils avec moi, m'expliquer les choses, m'avoir dans leur équipe de basket et me poser des questions sur les Etats-Unis. Jamais je n'ai eu un tel traitement princier.

Je commence à adorer Hebrew Reali. Au bout de quelques jours, m'man me dit que je peux faire le trajet tout seul si je promets d'attendre le feu vert avant de traverser la rue Ha'Yam, alors je promets et après je me sens comme une grande personne. Pendant la première semaine on apprend l'alphabet ; à la maison je passe des heures à dessiner les lettres magnifiques et à dire leurs noms tout bas sur un ton magique comme Mercedes. (Je les apprends aussi à Marvin.)

M'man monte à l'université tous les jours pour travailler sur son archive importante avec son professeur important et elle se sent sur le point de faire une découverte importante. Dès qu'elle pense que je ne suis pas à portée de voix, elle commence à bassiner les oreilles de p'pa avec ses fontaines de vie, mais c'est difficile de ne pas être à portée d'une voix comme celle de ma mère. "Ils étaient *incroyables*, ces endroits, Aron, elle dit. C'est sans précédent dans l'histoire humaine. De vrais palais de fertilité ! Le pays était bombardé, la population affamée, terrorisée, malade… Jour après jour, hagards, les gens regardaient des camions apporter des denrées précieuses à ces putains. Pour *elles*, il y avait de tout : café, fruits et légumes frais, flocons d'avoine, viande, huile de foie de morue, bonbons, biscuits, beurre, œufs et chocolat – pendant que, tout autour, les gens crevaient de faim. En attendant la naissance de leur enfant, ces dames se prélassaient comme des princesses, se bronzaient et se tournaient les pouces. Pas de mariage, pas de baptême, rien qu'une cérémonie d'accueil dans le Grand Reich. En 1940, les détenus d'un camp de concentration ont sculpté *dix mille candélabres en bois* pour les fêtes d'anniversaire dans ces centres, tu te rends compte ?"

M'man est toujours enchantée quand elle peut déblatérer contre le Mal.

P'pa, par contre, n'a pas l'air de bien s'adapter à la vie à Haïfa. D'après ce que je peux voir, il passe son temps à fumer en lisant les journaux, et en plus on dirait qu'il perd son sens de l'humour. Il ne raconte plus d'histoires drôles, il ne veut plus jouer aux dames avec moi, et son dos commence à s'arrondir comme s'il était découragé. Il dit qu'il n'aime pas ce qui se passe là-haut au Liban, et qu'il ne peut pas écrire des comédies dans un pays en guerre. M'man dit que ce sont les Arabes qui ont tout commencé en faisant des incursions terroristes dans le Nord d'Israël, il fallait rester les bras croisés ? P'pa dit que si on veut jouer à ce petit jeu-là on peut remonter loin : à Hitler, au traité de Versailles, à l'assassin de l'archiduc Ferdinand, à la *mère* de cet assassin, tiens ! pourquoi pas ? C'est sa faute à *elle* si les gens s'entretuent au Liban en ce moment ! M'man dit qu'il ne devrait pas se tourmenter avec le Liban, il devrait plutôt penser à la fête de Roch ha-Chanah qui approche, et à ce qu'on va faire pour la célébrer. P'pa dit qu'il s'en contrefout de Roch ha-Chanah et m'man dit qu'il devrait avoir honte de parler comme ça devant son fils. J'essaie d'imaginer comment on fait pour s'en contrefoutre mais je n'y arrive pas.

Chaque jour je quitte la maison un peu plus tôt pour échapper aux disputes de mes parents, qui sont pires que d'habitude parce qu'elles tournent autour de la politique. Dès que le ton monte entre m'man et p'pa, je passe à l'hébreu dans ma tête et ça recouvre leurs paroles. Je pense maintenant en phrases complètes.

L'air du matin est délicieux. Je suis en avance pour l'école, tellement en avance que l'escalier est vide alors je me lance à toute vitesse dans la descente, sautant et bondissant, dévalant les marches quatre à quatre – mais au milieu de la dernière volée j'atterris sur une olive desséchée ou un caillou qui roule sous mon pied gauche, je perds l'équilibre et fais une mauvaise chute sur les pavés de la cour. Choc brutal. Fin de l'exultation. Souffle coupé, oreilles qui sonnent. Me retournant lentement pour m'asseoir, je vois que mon genou droit est en sang et que mes paumes sont rouge vif, tout incrustées de cailloux. Les oiseaux gazouillent dans les arbres comme si de rien n'était et j'entends braire un âne du zoo. J'ai la tête qui tourne, mon genou me fait si mal que je ne peux même pas me remettre debout et j'ai peur de m'évanouir de douleur, là tout seul...

Soudain je sens une présence derrière moi, on me touche à l'épaule.

"Tu avais envie de voler, Randall ?" dit une voix douce en anglais. Tournant la tête, je vois, agenouillée près de moi, comme si je rêvais, la plus belle fille du monde. Elle doit avoir dans les neuf ans, elle a les cheveux noirs tressés en une longue natte, des yeux énormes pleins de douceur, la peau brun-or. Sur elle, la chemise et la jupe bleu clair de l'uniforme de l'école ont l'air de sortir tout droit de Saks Fifth Avenue. Elle est si belle que j'en oublie complètement la douleur dans mon genou.

"Tu connais mon nom ? je lui dis.

— Qui ne le connaît pas ? Tu es le super-héros américain qui nous arrive tout frais, tout fringant de New York."

Ce disant, elle tire un mouchoir de la poche de son uniforme, le trempe dans un arrosoir près des pots de fleurs, et enlève soigneusement les cailloux et le sang de mon genou. A suivre des yeux les mouvements à la fois fermes et doux de ses mains, je tombe éperdument amoureux de cette fille, même si elle est plus âgée que moi.

Je lui demande comment elle s'appelle.

"Nouzha, elle dit, en me prenant par la main pour m'aider à me relever.

— Une chance pour moi que tu sois arrivée en avance pour l'école.

— C'est parce que mon père me dépose en allant à son travail. Je suis presque toujours la première, mais ce matin tu m'as battue.

— Pourquoi tu parles si bien l'anglais ?

— J'ai habité à Boston quand j'étais petite, mon père faisait des études là-bas pour devenir docteur.

— Ma mère aussi va devenir docteur, je dis, essentiellement pour avoir quelque chose en commun avec elle.

— Ah bon. C'est bien alors. Elle pourra s'occuper de ton genou.

— Non, non, pas ce genre de docteur… Un docteur du Mal.

— Pour chasser les mauvais esprits, tu veux dire ?

— Oui, je crois… Un truc comme ça.

— Ah bon."

Nouzha hoche gravement la tête et je voudrais que notre conversation ne s'arrête jamais mais, pendant ce temps, la cour a commencé à se remplir. Soudain la cloche se met à sonner et on doit aller chacun rejoindre sa classe. Elle est en quatrième année.

A midi je l'aperçois de loin à la cafétéria et elle me sourit, jamais je n'ai reçu un sourire pareil et il me fait fondre l'estomac. Que faire pour que cette fille s'intéresse à moi ? Je ferais n'importe quoi. Je mourrais. Je mangerais mes chaussures. Je l'épouserais.

Nouzha. Nouzha. Nouzha. Quel nom extraordinaire.

A la fin de l'école, je la vois qui se dirige vers l'escalier. Tant pis si mes amis se gaussent de moi parce que je parle avec une fille plus grande – je la rattrape et dis la première chose qui me passe par la tête.

"Euh… Tu peux me donner un coup de main ? J'ai encore vraiment très mal au genou."

Elle me prend poliment par le coude et je me mets à sauter d'une marche à l'autre, aussi lentement et laborieusement que possible, en m'appuyant sur son bras et en lui lançant de grands sourires reconnaissants.

"Ça me fait plaisir de trouver quelqu'un qui parle bien l'anglais, je lui dis. C'est dur, l'hébreu, quand ce n'est pas ta langue maternelle.

— Ce n'est pas la mienne non plus.

— Ah bon !?

— Eh ! non. Ma langue c'est l'arabe.

— Ah ! Alors on est tous les deux des étrangers ! je dis, heureux de nous avoir enfin trouvé une ressemblance.

— Pas du tout. Je parie que tu ne sais même pas dans quel pays tu te trouves. Le vrai nom de ce pays, c'est la Palestine. Moi je suis une Arabe de Palestine, c'est mon pays. Les étrangers ici, ce sont les juifs.

— Je croyais… que c'était…

— Les juifs l'ont envahi. Tu es juif et tu ne connais même pas l'histoire de ton propre peuple ?

— Oh, je ne suis pas si juif que ça", je dis, en remarquant avec angoisse qu'on entame déjà la dernière volée de marches.

Nouzha rigole. "Ça veut dire quoi, pas si juif que ça ?

— Eh bien, ma mère n'est pas juive de naissance et dans la famille on ne respecte pas vraiment les fêtes juives. Au fond je suis américain, voilà.

— De toute façon, l'Amérique est du côté des juifs.

— Eh ben moi, je ne suis du côté de personne – à part *toi*, ce qui tombe bien parce que sans ça je n'arriverais jamais à monter cet escalier."

Je suis assez fier de cette réplique mais là, malheureusement, nous sommes arrivés en haut de l'escalier. Je suis trempé de sueur à force de sautiller comme un malade et Nouzha me regarde en souriant. En fait elle n'est pas *tellement* plus grande que moi. En me hissant sur la pointe des pieds, je pourrais l'embrasser sans problème.

"J'attendrai ton père avec toi, si ça ne te dérange pas. Comme tu es ma première Arabe, ça m'intéresse beaucoup de discuter avec toi.

— Tu ne peux pas attendre avec moi. Mon père ne veut pas que je fréquente des juifs en dehors de l'école.

— Ah bon ? Alors… excuse-moi, mais pourquoi il t'envoie à Hebrew Reali ?

— Parce que c'est la meilleure école du quartier, c'est tout. Il veut que ses enfants aient des diplômes et qu'ils se battent pour récupérer notre pays. Vous ne savez rien, vous autres Américains.

— Apprends-moi ! Je te jure, Nouzha, j'ai vraiment envie d'apprendre.
Donne-moi un cours d'histoire.

— Demain on peut se retrouver à la
récré si tu veux… sous l'hibiscus en
bas de la colline, tu vois ? Mais file,
maintenant – c'est la voiture de mon
père, là-bas au feu."

Nouzha.
Le regard de Nouzha.
Le sourire de Nouzha.
La main de Nouzha sur mon coude.
Je suis amoureux, je dis à Marvin.

Les branches feuillues de l'hibiscus
se penchent en courbe vers le sol et ça
fait comme une niche vide au-dessous,
une cachette parfumée où personne ne
peut nous voir. On se tient côte à côte,
les genoux remontés sous le menton,
le regard tourné vers le fond de la vallée.

"Bon, maintenant je vais te raconter
la vraie histoire de Haïfa", dit Nouzha,
et je sens qu'elle va me sortir tout un
long discours qu'on l'a obligée d'apprendre par cœur mais ça ne fait rien,
parce que sa voix est tiède et dorée
comme du sirop d'érable. "Il y a très,
très longtemps, elle dit, au siècle dernier,
toutes sortes de gens habitaient cette

ville ensemble. D'abord les Palestiniens, comme les familles de mes deux parents depuis toujours – et ensuite, à cause du port en eau profonde, sont arrivés plein de druzes du Liban, puis des juifs de Turquie et d'Afrique du Nord, ensuite quelques Allemands cinglés qui ont fondé une colonie de templiers ici et c'est devenu le quartier allemand, et aussi des Bahaïs qui ont construit leur temple avec son jardin au beau milieu de la colline pour qu'on ne puisse pas les rater. Mais ensuite le sionisme est arrivé. Ça, c'est quand les juifs ont décidé de revenir en Palestine où ils habitaient avant, en oubliant un petit détail à savoir que deux mille ans avaient passé et que plusieurs millions de Palestiniens vivaient là avec leurs coutumes et leurs traditions. Ils ont décidé d'accaparer le pays. Parfois ils entraient dans les villages arabes et assassinaient tout le monde, comme à Deir Yassine. Mon père avait huit ans en avril 1948, quand des voitures juives ont sillonné Haïfa en criant : «Deir Yassine ! Deir Yassine !» et dans leurs haut-parleurs on entendait les hurlements des gens de Deir Yassine pendant qu'on les tuait. Alors les Palestiniens de Haïfa ont paniqué, ils ont quitté la ville par milliers et les juifs s'y sont installés. La famille de mon père a été séparée, la plupart de ses tantes et oncles et cousins ont fui jusqu'au Liban mais ses parents ont atterri près de Naplouse, en Cisjordanie... Ma grand-mère y habite encore.

— Ma grand-mère à moi est une chanteuse célèbre", je dis, pour que Nouzha s'intéresse aussi à mon histoire. Mais elle me regarde sans expression alors j'ajoute : "Elle s'appelle Erra. Tu dois connaître ?"

Elle fait non de la tête. Pour de vrai, elle n'a jamais même *entendu le nom* d'Erra ! Ça me laisse sans voix ; j'étais sûr qu'elle était célèbre dans le monde entier. Comment poursuivre à partir de là ? C'est difficile.

"Elle fait de la magie avec sa voix, je dis. Et... euh... elle pense que moi aussi, je peux faire de la magie.

— Comment ça ?

— Ben, c'est un peu un secret. Mais je peux te le dire, si tu ne me trouves pas trop juif pour être ton ami."

Elle hésite, puis fait oui de la tête.

Ecartant le col de ma chemise, je lui montre la tache parfaitement ronde sur mon épaule.

Nouzha l'étudie avec attention. "Tu t'en sers dans des cérémonies ?

— Euh... non, pas exactement, je dis en caressant mon atalef. Mais pour moi c'est presque vivant, c'est comme une petite chauve-souris qui me parle et me dit ce que je dois faire.

— On dirait un mandal, elle murmure tout bas.

— Pardon ?

— Un cercle dessiné sur le sol, où on fait des rituels magiques. Moi aussi j'ai un signe, un zahry."

Elle tend vers moi sa main droite, paume vers le haut, et je vois en son centre, juste au-dessus de la ligne de vie, une petite tache violette.

"Le mois dernier, elle dit, en entourant à nouveau ses genoux de ses bras, mes parents m'ont amenée voir ma grand-mère dans son village près de Naplouse. C'est seulement à quelques heures de Haïfa mais c'est un autre monde… Quand ma grand-mère a vu que ma main était zahry, elle a poussé un cri de joie. J'aime *tellement* ma grand-mère… Toi aussi, n'est-ce pas ?

— Ben oui.

— Elle m'a dit que j'étais un nazir, ça veut dire que je peux voir le malak, l'ange qui donne des ordres et pose des questions. Il paraît que c'est seulement les jeunes enfants qui peuvent être un médium pour le malak. Et tu vois, ma grand-mère veut connaître le sort de son frère Salim. Elle n'a aucune nouvelle de lui depuis des années, elle ne sait pas s'il se cache ou si les juifs l'ont déjà tué. Alors elle m'a amenée voir le cheik, il a regardé ma main de près en hochant la tête d'un air grave, et il a dit qu'à ma prochaine visite on ferait un mandal."

Je me sens un peu déboussolé par tous ces mots nouveaux mais peu importe, du moment qu'elle pense qu'on se ressemble, alors je l'interroge encore.

"Comment il va faire pour te mettre en contact avec cet… ange ?

— D'abord lui-même doit se préparer avec beaucoup de prières et de chants. Et puis, le jour dit, il brûlera de l'encens et mettra une goutte d'encre dans ma paume, comme ça, et quand l'encre a séché, une goutte d'huile."

Nouzha fait une pause. Elle se frotte le nez. J'adore quand elle se frotte le nez.

"Oui ? je dis, un peu dubitatif.

— Ensuite ma grand-mère lui posera la question au sujet de son frère, et si je regarde très fort la goutte d'huile dans ma paume, je pourrai y voir le malak et il répondra par ma voix à toutes ses questions.

— C'est assez incroyable, je dis.

— Oui, mais c'est vrai, dit Nouzha d'une voix ferme. Et tu es sûrement un élu toi aussi, à cause du mandal sur ton épaule."

La sonnerie retentit, signalant la fin de la récré ; séparément, en silence, on s'éloigne de notre cachette miroitante.

"C'est vrai que les juifs ont envahi Israël ? je demande ce soir-là pendant le dîner, d'une voix presque inaudible, et le rire de m'man ressemble à un aboiement.

— Qui t'a mis cette idée dans la tête ? elle dit, et je me sens devenir tout rouge.

— Oh, je l'ai entendu quelque part, je ne sais plus où.

— Eh bien, la réponse est non. Les juifs n'ont pas *envahi* Israël, ils se sont *réfugiés* en Israël.

— En Palestine, dit p'pa.

— Palestine, ça s'appelait à l'époque, dit m'man. Ils en avaient assez d'être harcelés et assassinés partout en Europe depuis des siècles, alors ils ont décidé qu'il leur fallait un pays à eux.

— Malheureusement, dit p'pa, le pays en question était déjà peuplé.

— Aron, on ne va pas recommencer là-dessus, dit m'man d'une voix qui monte comme une sirène et me fait peur. Après six millions de morts en six ans, ils auraient dû aller où ? Ils auraient dû faire quoi ? Rester là tranquillement assis et dire «Allez-y, je vous en prie, amusez-vous, tuez-nous tous» ?"

Elle crie maintenant, et comme p'pa se lève sans répondre pour débarrasser la table, ses derniers mots *tuez-nous tous* restent suspendus dans l'air. P'pa se met à laver la vaisselle et soudain m'man est gênée à cause de son éclat de voix alors elle me dit d'aller me coucher, même s'il n'est que sept heures du soir.

J'aimerais tellement que Nouzha ait raison quand elle dit que je suis un élu mais je n'ai aucune idée de qui m'a élu ni pour quoi faire et je me sens encore plus déchiré que d'habitude, non seulement entre m'man et p'pa mais entre Hebrew Reali et Nouzha et maintenant entre m'man et Nouzha aussi – alors que je les aime tous ! Ça me perturbe et je ne comprends pas pourquoi les gens ne peuvent pas juste se calmer et essayer de s'entendre.

M'asseyant sur mon lit, je m'empare de Marvin et le secoue très fort.

"Tu es juif, Marvin ?" je lui demande et il fait non de la tête. "Tu es allemand ?" Non. "Arabe, alors ?" Toujours non. Je le secoue de plus en plus fort. "Allez, Marvin, je dis en le bourrant de coups de poing dans le ventre, c'est trop facile de rester là sur un lit à regarder le plafond du matin au soir. Il faut prendre parti, il faut croire en quelque chose et te battre pour le défendre, sinon tu meurs."

Juste à ce moment-là, p'pa frappe à ma porte et je sursaute et lâche mon nounours.

"Prêt à te coucher, bonhomme ?

— Je me mets en pyjama", je dis, tout en arrachant ma chemise pour que ce soit vrai.

P'pa entre dans ma chambre et vient s'asseoir sur le bord de mon lit en poussant un grand soupir.

"Tu sais quel est le problème avec les êtres humains ? il me demande.

— Non, p'pa.

— Ils ont des tripes à la place du cerveau, c'est ça le problème. Partout où on regarde, c'est ça le problème. Tu veux une fessée pour rire ?

— Non, merci. Je suis un peu fatigué ce soir.

— D'accord, mon grand. Dors bien. Et ne fais pas trop attention à tes fous de parents, OK ?

— OK, p'pa.

— OK ?

— Ouais, OK."

Nouzha est devenue très gentille avec moi depuis que je lui ai montré ma tache de naissance, et même si j'ai un peu l'impression que sa gentillesse est due à un malentendu, je profite complètement de la joie d'être à ses côtés.

Elle habite dans la rue Abbas à mi-pente de la ville, ce n'est pas vraiment très loin, mais comme on ne peut pas s'inviter l'un chez l'autre, faut pas rêver, on se contente de se voir sous l'hibiscus chaque jour à la récré.

"Tu crois à toutes ces choses ? elle me demande.

— Euh… oui. Enfin, je crois que je crois.

— Et le mauvais œil, tu connais ?

— …

— Il suffit de regarder quelqu'un en pensant à mal, et il lui arrivera malheur. Ça s'appelle daraba bil-'ayn, frapper avec l'œil. Tu sais le faire ?"

Je balance un instant : devrais-je lui dire, oui ou non, que chez moi on envoie les gens au diable avec le doigt au lieu de l'œil ? Je décide que non.

"Non, je ne crois pas.

— Je suis *sûre* que tu as les mêmes pouvoirs, Randall, grâce à ton mandal. D'ailleurs ça rime, t'as remarqué ? Randall, mandal ! Tu devrais essayer en commençant par de petites choses ; tu seras étonné de voir comme c'est puissant.

— Mais si quelqu'un m'envoie le mauvais œil en retour ?

— Alors tu peux l'annuler tout de suite en disant Ma sa'ha Allah wa kân : «Tout ce qui arrive est la volonté de Dieu.» Ça fera dévier la flèche du mauvais œil, et elle ne pourra plus te faire mal. Ma sa'ha Allah wa kân. Répète.

— Ma sa'ha Allah wa kân, je dis, sauf que pour moi ça veut dire : *Nouzha tu as les plus beaux yeux du monde et je suis fou amoureux de to*i. Ma sa'ha Allah wa kân.

— Très bien, elle dit. Tu apprends vite."

M'man a l'air triomphante quand elle rentre à la maison ce soir-là. Ses yeux lancent des éclairs.

"Je l'ai trouvée ! elle dit. Je l'ai trouvée, je n'en reviens pas ! Il y a une entrée au sujet d'une petite fille «d'un an environ», qui a passé deux mois et demi au centre Steinhöring pendant l'hiver 39-40. Elle avait un grain de beauté à l'intérieur du bras gauche, Aron !"

P'pa ne lève même pas la tête de son journal. Il dit, d'un ton lugubre : "Les dernières troupes françaises et italiennes viennent de quitter Beyrouth, suivant l'exemple des Américains.

— Elle était originaire de la ville d'Ouj-horod en Ruthénie, la région la plus à l'ouest de l'Ukraine, que l'Allemagne avait envahie quelques mois plus tôt. Himmler en personne a mesuré son grain de beauté – d'un diamètre de dix-huit millimètres à l'époque – et en a consigné l'existence dans son dossier. Et *pourquoi* il a décidé de l'épargner, malgré cette tare ?

— Habib a trahi. Weinberger a trahi. Ils avaient promis de rester là après le départ d'Arafat pour protéger les réfugiés.

— En raison de ses cheveux blonds et de ses yeux bleus. Parce qu'elle était si jolie, si parfaitement aryenne. Tu m'écoutes, Aron ?

— Reagan et Begin ont mis leur Gemayel en place.

— Alors il l'a refilée à un de ses potes, un gros bonnet de ss que sa fille tannait pour avoir une petite sœur. Sa femme ne pouvait plus avoir d'enfants.

— Les tanks de Tsahal sont stationnés autour de Beyrouth-Ouest.

— Ce n'est pas incroyable, Aron ? De la Ruthénie à l'Allemagne, et après la guerre, vlan, on l'expédie au Canada ! Ce n'est pas incroyable ?

— *Opération Paix en Galilée*, ça s'appelle.

— Tous les morceaux du puzzle tombent en place…

— Putain, ça va barder.

— Randall, va dans ta chambre."

Je ne suis que trop content d'aller dans ma chambre et de me plonger dans mes devoirs au sujet des différentes parties du corps. Rosh c'est la tête, beten le ventre, gav le dos, regel le pied, berekh le genou, kaf yad la main, etsba le doigt, peh la bouche, Nouzha une merveille, moi un paquet de nerfs, mon père furibard, ma mère folle, ce sera bientôt Roch ha-Chanah et putain ça va barder.

Le lendemain, Gemayel se fait assassiner comme JFK sauf qu'il venait juste d'être élu trois jours plus tôt, ce qui est franchement court comme mandat présidentiel. A l'école pendant la récré les maîtres ne parlent que de ça, mais leur hébreu va trop vite pour moi et je n'arrive pas à comprendre ce qui se passe. Nouzha me dit qu'ils sont dans tous leurs états parce que Gemayel était le pion mis en place par Israël et les Etats-Unis. Je connais le mot *pion* grâce au jeu de dames mais je ne sais pas ce qu'il vient faire là. En longeant le corridor on passe devant un groupe de grands garçons en kippa, l'un d'eux dit quelque chose d'une voix forte et je vois Nouzha pâlir.

"Qu'est-ce qu'il a dit ? je lui demande.

— Il a dit : «Ces salopards d'Arabes, on devrait les faire disparaître de la surface de la Terre.»"

Je me sens de plus en plus tendu. Marvin ne m'aide pas, mon atalef reste muré dans son silence, et mamie Erra est tellement loin qu'elle pourrait être sur une autre planète.

Je fais un cauchemar et me réveille en hurlant. M'man se précipite dans ma chambre en chemise de nuit en disant "Randall, qu'est-ce qu'il y a ? Qu'est-ce qu'il y a ?" mais je n'arrive pas à attraper le souvenir du cauchemar avec des mots, il se brise en petits fragments qui se décolorent rapidement puis s'évaporent tout à fait. Je me sens coupable parce que j'ai tiré ma mère du lit au milieu de la nuit et maintenant je ne me rappelle même plus pourquoi j'avais si peur, j'essaie de trouver *quelque chose* pour justifier le dérangement mais, plus je cherche une histoire à raconter, plus mon esprit se vide et tout ce que je peux dire c'est "Pardon, m'man. Pardon, m'man. Pardon."

Quand je me lève le lendemain p'pa a déjà allumé la radio et il fume une cigarette à sept heures du matin avec m'man encore à la maison, ce qui est très mauvais signe.
M'man entre dans la cuisine, la tête hérissée de bigoudis, et dit : "Aron ?"

Il ne l'écoute pas, il écoute la radio, alors elle parle plus fort.

"Aron… Je veux que tu saches que je te suis vraiment reconnaissante d'être venu à Haïfa avec moi. Je sais que ce n'est pas facile pour toi d'être entouré par une langue étrangère. Je sais que d'habitude tu tires ton inspiration des conversations que tu entends dans les rues et les parcs et les cafés de Manhattan, je sais que New York te manque. Crois-moi, ça ne me laisse pas du tout indifférente. Je me rends compte de l'énorme sacrifice que tu as fait pour moi, et je veux que tu saches à quel point je l'apprécie."

Elle a l'air un peu bizarre, à faire ce discours formel avec des bigoudis dans les cheveux et le visage sans maquillage, je me demande si elle l'a préparé devant la glace comme elle prépare ses conférences. Quant à moi, il me reste un toast à finir mais je l'engloutis à toute vitesse parce que p'pa écoute encore la radio et que le visage de m'man commence à rougir avec l'effort de ne pas perdre patience.

"Aron, elle dit. C'est la veille de Roch ha-Chanah et j'ai vraiment envie qu'on prenne un nouveau départ. Ecoute-moi, *je t'en prie*. Roch ha-Chanah, c'est simplement une façon de dire : voyons, ce serait bien de s'arrêter un instant, faire le bilan, se délester de nos péchés et prendre de bonnes résolutions pour l'avenir."

Mais p'pa ne tient aucun compte de sa présence, il a toujours l'oreille collée à la radio alors au bout d'un moment elle cesse d'être patiente, traverse la cuisine à grands pas dans son peignoir et éteint la radio.

P'pa la rallume.

Elle l'éteint.

Il la rallume.

Je n'ai pas très envie d'assister à la suite de cette dispute, alors je décide qu'il est temps de filer dans ma chambre me préparer pour l'école. Juste au moment où je sors de la cuisine, j'entends m'man qui dit : "Sérieusement, Aron, tu ne crois pas qu'on aurait intérêt à prendre quelques résolutions, tous les deux ?"

Mais p'pa ne répond pas, ne fait pas la moindre plaisanterie, ne me souhaite même pas une bonne journée ; il quitte la maison en claquant la porte et je sais qu'il va descendre au kiosque de la rue HaNasi pour acheter tous les journaux en anglais qu'il peut trouver.

Je n'arrive pas à l'expliquer mais à l'école aussi l'atmosphère est lourde ce jour-là, comme si un orage terrible allait éclater alors que le ciel est sans nuages et que le soleil tape sans merci. "Fais gaffe, Randall, me dit mon atalef. Fais gaffe", mais je ne sais pas à quoi je dois faire gaffe. A midi, Nouzha me susurre : "Sharon vient d'envahir Beyrouth-Ouest, tu te rends compte ?" et je fais oui de la tête mais je ne sais pas qui est Sharon et je donnerais n'importe quoi pour être à Central Park en train de jouer au base-ball.

En rentrant de l'école, je vais droit dans ma chambre il fait vraiment très chaud je ne supporte pas qu'il fasse si chaud j'ai envie d'exploser j'ai envie que tout explose je me mets à tournoyer dans ma chambre comme un avion qui tombe en vrillant et je dis "ROCH, ROCH, ROCH HA-CHANAH" et dans cette acti-vité Roch veut dire la tête et ha-Cha-nah veut dire exploser parce que je sens que ma tête va exploser, je suis dépassé par les événements et ça me perturbe énormément.

Le repas du soir se déroule en silence.

Je retourne dans ma chambre et me mets à dessiner des gens sans tronc des gens sans tête des gens sans bras des gens sans jambes, je mets leurs jambes à leur cou et leurs bras à leur ventre, je dessine des seins qui volent dans l'air et mon atalef me dit "Eh ben dis donc, Randall ! Fais gaffe !" mais il ne me dit pas à quoi je dois faire gaffe et je ne sais pas où donner de la tête.

Je rêve que p'pa s'en va en claquant la porte pour toujours. Dans mon rêve la porte claque encore et encore et ensuite je me rends compte que personne ne peut claquer une porte aussi souvent et que ça doit être des coups de feu. Des tanks. Des bombes.

En me réveillant le lendemain matin, j'entre dans la cuisine pieds nus et vois une chose que je n'ai encore jamais vue, mon père qui pleure. Le *Herald Tribune* est ouvert devant lui sur la table et il le lit en sanglotant très fort. Je n'ose même pas lui demander ce qui ne va pas, mais quand je viens près de lui il me saisit et se cramponne à moi comme s'il avait besoin que je le protège alors que normalement ce sont les parents qui protègent les enfants, donc je ne sais pas quoi faire. Il est à peine reconnaissable tellement il a le visage congestionné et les yeux rouges, ça doit faire un bon moment qu'il pleure. Je n'arrive pas à déchiffrer les titres des journaux qui le dérangent à ce point, mais je me mets à sangloter moi aussi en disant "Qu'est-ce qu'il y a, p'pa ? Qu'est-ce qu'il y a ?" d'une petite voix suraiguë. Au lieu de me répondre, il me serre plus fort encore et ça commence à m'étouffer alors je suis assez soulagé quand m'man entre enfin dans la cuisine.

"Joyeux Roch ha-Chanah ! elle s'exclame parce que c'est ce qu'elle a prévu de s'exclamer et, le temps de se rendre compte de la situation, les mots sortent tout seuls de sa bouche sans qu'elle puisse les ravaler.

— Sadie, dit mon père, on va quitter ce putain de pays."

La phrase frappe ma mère de plein fouet et elle s'arrête net au milieu de la cuisine, le sourire de Roch ha-Chanah flottant encore sur ses lèvres.

"Regarde, dit p'pa en lui montrant le *Herald Tribune*, regarde — regarde", et mon cœur se met à cogner contre ma poitrine pendant que m'man, complètement blême, s'assoit et parcourt la une du journal. Entre-temps, la tête sur les bras, p'pa s'est remis à sangloter ce qui est complètement insupportable. Au bout d'à peu près trente secondes m'man commence à dire "Oh mon Dieu oh mon Dieu oh mon…" et puis elle ajoute : "Mais c'est *affreux*." Peu à peu je comprends que mes dessins sont devenus réalité : on est en train de déchiqueter les corps des gens là-haut au

Liban, il y a des bras et des jambes et des têtes qui volent dans l'air, des centaines de corps morts des milliers de corps morts des enfants morts des chevaux morts des vieillards morts des monceaux de familles qui empestent. "Et ça continue, dit mon père. Ça se passe en ce moment même ! Ils massacrent tous les réfugiés de Sabra et Chatila ! Regarde ce qu'il est en train de faire, ce putain de pays !

— Mais Aron, dit m'man, qui a heureusement cessé de parler de nouveaux départs et de bonnes résolutions, ce n'est pas Israël qui fait ça, tu ne sais pas lire ou quoi ? Ce sont les phalangistes, les chrétiens du Liban. Tout ça fait partie de la guerre civile au Liban.

— Ne me dis pas que ce n'est pas Israël ! crie p'pa et je crois que c'est la première fois de ma vie que je l'entends élever la voix. Ils ont viré Arafat et l'OLP. Pour avoir les mains libres, ils ont convaincu les forces de maintien de la paix de partir. Ce qui arrive en ce moment, ils ont aidé à le préparer. Ils l'ont encouragé. Soutenu. Protégé. Observé. Ils l'observent encore, depuis le toit de l'ambassade du Koweït, tranquillement, à l'aide de jumelles et de télescopes. Il paraît que de là-haut on a une vue imprenable sur Chatila.

— *Arrête de blâmer Israël pour tout !"* hurle m'man alors, si fort qu'elle doit avoir mal à la gorge tout de suite après.

Les cris et disputes de mes parents se poursuivent pendant tout le week-end, ponctués par des moments de silence où ils écoutent la radio et lisent les journaux, suivis de nouveaux désaccords sur qui est à blâmer pour les corps boursouflés qui s'entassent au Liban, dégageant une odeur infecte en raison de la chaleur, et que des bulldozers poussent en vrac dans des fosses. Je me noie dans la détresse et la confusion parce que l'ambiance dans notre maison n'a jamais été aussi mauvaise et malgré tout l'amour que je porte à l'hébreu et à Nouzha je commence à regretter qu'on soit venu à Haïfa.

Dimanche arrive enfin et c'est un soulagement de retourner à l'école. La chaleur est déjà intense à sept heures du matin. Juste au moment où je m'apprête à traverser la rue Ha'Yam, je vois le père de Nouzha qui la dépose en haut de l'escalier et mon cœur saute de joie : Nouzha est mon seul espoir, elle pourra tout m'expliquer. Je cours à sa poursuite en criant : "Nouzha !" pour qu'elle m'attende, mais elle ne s'arrête pas alors je cours encore plus vite et la

rattrape dans la troisième volée de marches : "Hé ! Nouzha ! Qu'est-ce qui se
passe ?" Elle se retourne et me regarde
avec une flèche empoisonnée dans les
yeux et j'oublie la formule magique
pour la faire dévier, je sais que c'est
Allah quelque chose mais je suis trop
choqué par son regard pour me rappeler le reste.

Quand on arrive au troisième palier,
elle s'arrête enfin et dit, sans me regarder, avec son beau profil figé et dur
comme de la pierre : "Je suis venue
chercher mes affaires. Mon père m'attend là-haut. Hebrew Reali, c'est fini.
Les juifs sont finis. Même toi, tu es fini.
Oui, Randall. Ta mère est finie, ton père
est fini, tous vous êtes coupables et
serez à jamais mes ennemis. Dix-neuf
membres de ma famille habitaient à
Chatila."

Son visage se ferme et c'est le dernier mot qu'elle m'adresse : "Chatila".
Elle descend les dernières marches à
toute vitesse pour ne plus être avec
moi et je m'accroche à la rampe parce
que j'ai le vertige.

Je passe le reste de la journée dans un
état second, longeant les couloirs comme
un zombie et n'enregistrant rien tellement ma tête bourdonne avec tout ce
que je ne comprends pas, et le moins

qu'on puisse dire c'est que je ne suis pas pressé de rentrer chez moi.

Personne n'est là quand je reviens, alors je vais dans ma chambre.

Il fait tellement chaud. "On a trop chaud, n'est-ce pas, Marvin ?" Marvin fait oui de la tête. "Tu dois avoir encore plus chaud que moi dans ton manteau de fourrure, non ?" Oui. "Allez, je vais voir si je peux te soulager un peu." Je vais dans la chambre de mes parents et je prends une paire de ciseaux dans le tiroir du bureau de m'man. Quand je reviens, je regarde Marvin un long moment, les ciseaux à la main. Son œil voilé et aveugle lui donne un air triste mais doux, il penche la tête sur le côté et je lui plante les ciseaux dans le ventre, perçant complètement son manteau de fourrure. "Allez, on va juste essayer de te l'enlever, ce truc, d'accord ?" Il fait oui de la tête. Alors je le coupe. Les ciseaux sont aiguisés et les entrailles de Marvin commencent à sortir. Elles sont faites avec une espèce d'ouate qui s'est désagrégée en petites boules jaunâtres. Je coupe, je fends, je lui tranche la gorge. "Tu te sens mieux maintenant, Marvin ?" je demande, et il fait oui de la tête. Je tranche ses petites oreilles et sa petite queue et je déchire l'arrière de sa tête pour voir à quoi ressemble son cerveau mais il est pareil à ses entrailles. C'est vraiment un vieil ours. Plus vieux que moi, même plus vieux que m'man et p'pa. Je ramasse tous les morceaux et les mets dans un sac en plastique que j'apporte à la cuisine. Ensuite je sors des glaçons du frigidaire et les glisse dans le sac aussi, en disant : "Tu as moins chaud maintenant, Marvin ?" et il dit que oui. Alors je noue le sac en serrant bien le nœud, je l'enfonce tout au fond de la poubelle et le recouvre avec les autres ordures en disant : "Amuse-toi au paradis, Marvin", après quoi je me lave les mains et me sens un peu mieux.

P'pa revient un peu plus tard. A son visage, je vois tout de suite qu'il a décidé de se comporter à nouveau comme un père, ce qui me soulage beaucoup. Il me serre dans ses bras sans m'étouffer et dit : "Si on allait au zoo tous les deux ?" En marchant dans la rue Ha-Tishbi, il me demande de tester encore son hébreu et je suis content de voir que les choses reviennent à la normale. Hakol beseder, je me dis à voix basse : tout va bien.

Il devient vite clair que cette visite au zoo est surtout un prétexte pour permettre à p'pa de me dire une chose délicate. C'est plus facile de dire des choses délicates en regardant des singes et des tigres plutôt que la personne à qui on parle. "Ecoute, Ran… il me dit, je voulais que tu saches qu'on s'est réconcilié ce matin, ta mère et moi. Ce qui se passe au Liban est si terrible… on n'a pas envie d'avoir une guerre sur le front domestique en plus, n'est-ce pas ?

— Oui.

— Alors on a décidé que le mieux c'est d'éviter les sujets politiques, essayer de profiter le plus possible de notre séjour à Haïfa, et s'estimer heureux que notre famille à nous soit indemne. On a une famille formidable, n'est-ce pas ?

— Oui.

— Et le plus important c'est que *toi*, tu ne t'inquiètes pas. Parfois avec m'man on se met dans tous nos états, mais on va s'en sortir, on va tenir le coup et rester ensemble et *toi* tu ne dois pas t'inquiéter. C'est une crise, OK, mais les crises font partie de la vie. D'accord ?

— D'accord", je dis en pensant à Marvin dans la poubelle au milieu de ses glaçons fondus.

A partir de là une nouvelle ambiance s'installe à la maison, avec m'man et p'pa qui font des efforts pour se parler gentiment et s'intéresser aux activités l'un de l'autre en évitant le sujet de la guerre. P'pa a pris une résolution de Nouvel An de tenir un régime de travail plus strict, il s'enferme dans son bureau tous les jours de huit à douze et de une à cinq, même s'il semble rarement satisfait du résultat. M'man en a marre du long trajet en bus jusqu'à l'université, alors elle décide de louer une voiture. P'pa trouve que c'est une dépense inutile, mais m'man dit : "Ce n'est vraiment pas ton argent que je dépense, Aron. Je ne sais même plus quand tu as ramené un chèque à la maison pour la dernière fois", ce qui est un coup bas pour lui rappeler qu'il n'a pas encore eu de grand succès comme dramaturge mais, ravalant son orgueil, p'pa lui demande à quelle marque de voiture elle songe et la conversation se poursuit à partir de là.

En fait la voiture est un plus pour tout le monde parce que le week-end on peut aller à la magnifique réserve naturelle Carmel en haut de la montagne, se balader parmi les arbres et les oiseaux et les buissons en fleurs et avoir l'air d'une famille normale et heureuse. Le seul problème c'est que m'man n'est pas exactement un as du volant et elle dit que les Israéliens conduisent comme des fous furieux alors elle a tendance à s'affoler en se demandant si elle a le temps de doubler, ou à s'indigner parce qu'on n'a pas respecté sa priorité. Parfois elle se met à gauche et on voit en face un énorme camion nous foncer dessus à toute vitesse, p'pa s'agrippe involontairement à sa portière et m'man, renonçant à doubler, fait une embardée pour revenir dans la voie de droite, furieuse que p'pa ose douter de ses capacités de conductrice alors que lui-même n'a jamais obtenu son permis. Tout ça crée une ambiance un peu stressante dans la voiture, mais ça vaut le coup à cause de la réserve.

A l'école je me jette dans le basket et les autres activités sportives pour ne pas penser à l'absence de Nouzha, tous les matins je caresse mon atalef pour me sentir un peu en contact avec son zahry, la tache violette au creux de sa paume. Et qui sait, peut-être qu'on se retrouvera comme amis un jour, malgré tous les conflits qui déchirent le monde, parce que je l'aime pour de vrai.

Septembre se termine, octobre s'écoule cahin-caha, et puis arrive le jour de Halloween. Je pense aux arbres dans Central Park qui doivent être flamboyants en ce moment, et je me demande si je serai encore moi-même en rentrant à New York, et si je pourrai encore être ami avec mes vieux amis comme Barry.

Je retourne tout ça dans ma tête en rentrant de l'école. Dès que je franchis le seuil de la maison je vois que la porte du bureau de p'pa est grande ouverte, ce qui est rare à cette heure-ci étant donné son nouveau régime. Je vais le chercher au salon quand soudain j'entends derrière moi un énorme *bang !* qui me fait sauter au plafond. C'est p'pa qui s'est grimé en clown avec un grand sourire idiot sur le visage et il vient de faire claquer un ballon. Il a acheté plein de bonbons et de ballons pour Halloween et aussi un kit de maquillage, ce qui est extrêmement gentil de sa part comme surprise. Juste au moment où il commence à m'enduire le nez de maquillage vert, le téléphone sonne et ça m'embête, vu que ça va peut-être gâcher nos efforts pour nous amuser.

P'pa part répondre au téléphone à la cuisine et son "Allô ?" est la seule chose que j'entends de la conversation.

Le coup de fil ne dure pas longtemps mais ensuite je l'entends qui compose un autre numéro alors j'entre dans la cuisine en disant d'une voix geignarde : "Qu'est-ce que tu *fais* ?" Quand il me répond qu'il appelle un taxi, je m'énerve pour de vrai. "Et notre jeu ?" je dis, mais le regard qu'il me lance met fin à ma plainte et m'envoie à travers le corps une décharge de pure terreur.

Il est clair qu'il a tout oublié à part les mots qu'il vient d'entendre au téléphone et maintenant, alors qu'il me prend dans ses bras et se dirige à grands pas vers la porte pour attendre le taxi, ces mots ressortent par à-coups de ses lèvres rose bonbon. Sa voix est plus basse à chaque phrase.

"M'man a eu un accident. Elle a traversé le garde-fou sur le boulevard Stella-Maris. Elle est à l'hôpital. Randall, ça a l'air grave."

Le chauffeur de taxi lève les sourcils en voyant mon père, et p'pa se rend compte qu'il a toujours son maquillage de clown alors que ce n'est plus du tout approprié, donc une fois dans le taxi il sort un mouchoir de sa poche et commence à s'essuyer la figure. Au début ça ne fait que mélanger les couleurs mais il finit par enlever presque tout, il lui reste juste un peu de violet autour des oreilles mais je ne dis rien parce que je sais qu'il pense à des choses plus importantes.

En principe les enfants ne sont pas admis dans la salle de réanimation mais p'pa, qui est doué comme comédien, décide de jouer l'Américain bruyant et bagarreur qui connaît ses droits et est prêt à taper du poing sur le comptoir à l'accueil jusqu'à ce qu'on les lui accorde, alors à la fin on me laisse l'accompagner. En arrivant devant la porte de la chambre où ils ont mis m'man, il me serre la main très fort. Je me sens tout petit et effaré quand je la vois parce qu'elle est accrochée à des machines et je n'ai jamais vu ça sauf à la télé, je peux à peine respirer tellement j'ai peur, ma propre mère va peut-être mourir. Elle est endormie et je regarde son visage en lui disant tout bas "Pardon m'man pardon m'man pardon, reste vivante je t'en supplie". P'pa va dans un coin de la pièce avec le docteur et ils discutent ensemble à voix basse et je suis obsédé par l'idée que p'pa a encore du maquillage violet autour des oreilles et est-ce que le docteur va le remarquer ? Je me rappelle une photo dans un des journaux arabes qu'il a achetés au moment de Sabra et Chatila, on voyait la tête d'un bébé et un de ses bras posés sur le corps d'un petit garçon de mon âge à peu près, sept ou huit ans, qui devait être son frère. Leur mère était couchée derrière eux parmi les gravats de leur maison mais tout ce qu'on voyait d'elle c'était son énorme derrière dans une robe fleurie. On aurait dit que, même morte, elle voulait être un mur pour protéger ses enfants morts.

P'pa a l'air sonné en revenant de sa conversation avec le médecin et je comprends qu'il y aura, comme on dit, un avant et un après le 31 octobre 1982. Il s'installe près de m'man et lui prend la main sans la bouger parce qu'elle a plein de tubes qui lui sortent du bras. Il se penche et lui embrasse les doigts en murmurant "Sexy Sadie" encore et encore, ce que je ne l'avais pas entendu dire depuis longtemps. Juste à ce moment-là, les paupières de m'man s'ouvrent et elle dit nos noms en chuchotant : "Aron… Randall… Aron… Randall… oh mon Dieu…", donc au moins elle n'a pas le cerveau cassé. Je lui fais mon sourire le plus sincère et aimant pour qu'elle ait envie de revivre et je pense comme je serai sage maintenant, pourvu qu'elle ne meure pas.

Quand on rentre à la maison, p'pa se met à faire sérieusement la cuisine. Il prépare un plat que j'adore qui est la soupe au poulet avec du yaourt. Je l'aide à éplucher les carottes et les oignons, il découpe le foie et le gésier en petits morceaux et me montre comment on épaissit une soupe avec un jaune d'œuf : au lieu de verser le jaune dans la soupe bouillante, ce qui ferait des grumeaux, on ajoute la soupe au jaune quelques gouttes à la fois en remuant avec un fouet. Il me demande aussi de mettre la table et je le fais avec soin, ça me semble important parce que c'est une occasion solennelle. On lève notre verre à la santé de m'man et pendant un moment on boit notre soupe en silence. L'idée avec cette soupe, c'est que d'abord on boit le bouillon, ensuite on mange la viande et les légumes.

"M'man a eu quelques vertèbres fracassées dans l'accident", dit p'pa, juste au moment où j'allais mordre dans le cou du poulet. D'habitude c'est la partie de cette soupe que je préfère, mais tout d'un coup ça ressemble à des vertèbres alors je le repose dans mon assiette.

"Ce n'était pas de sa faute. Elle remontait la colline près du monastère des carmélites, dans le virage il y a un connard qui est arrivé en face, complètement à gauche, et ça l'a envoyée valdinguer à travers le garde-fou. C'est un miracle qu'elle soit en vie, Ran. Un putain de miracle. C'est le genre de moment où on aurait envie de croire en Dieu, rien que pour pouvoir remercier quelqu'un.

— Mais elle va guérir ?

— Hm, dit p'pa, en poivrant longuement ses carottes pour gagner du temps. Oui, elle va guérir. Mais jamais complètement."

A nouveau, je pense au derrière fleuri de la mère morte, et à la tête du bébé posée sur le ventre de son grand frère. J'ai du mal à poursuivre mon repas.

"Elle aura besoin d'une chaise roulante pour se déplacer.

— Tu veux dire qu'elle sera handicapée ?"

Posant sa cuiller à soupe, p'pa tend la main droite et me tapote très doucement sur la main gauche.

"Oui, Ran. Elle ne pourra plus marcher. Malheureusement, les vertèbres en question sont celles qui contrôlent les jambes. C'est un sacré coup. Moi-même j'en ai la tête qui tourne. Mais on va être fort, d'accord ? De toute façon, ta mère a toujours préféré remuer sa langue plutôt que ses guibolles. Hein ? Elle pourra encore blablater tout son saoul… faire ses recherches… et voyager… De nos jours, ils ont d'excellents…"

Il ne termine pas cette phrase, à cause des larmes salées qui lui coulent lentement sur les joues et gouttent dans son assiette, mais au moins il ne s'effondre pas en sanglotant comme le jour de Sabra et Chatila…

Pourquoi je pense sans arrêt à Sabra et Chatila ?

Soudain je comprends. Le choc est tellement violent que j'en tombe presque de ma chaise.

Nouzha. Le mauvais œil de Nouzha, ce jour-là dans l'escalier. Nouzha m'a frappé avec son œil – daraba bil-'ayn – en souhaitant qu'il m'arrive un malheur terrible. *C'est elle qui a causé l'accident de ma mère*, j'en suis sûr. Sa propre famille a été taillée en pièces à Chatila, elle a décidé de se venger sur les juifs, et j'étais son meilleur ami juif. J'étais si troublé que j'en ai oublié la formule pour faire dévier le mauvais œil. Ça me revient maintenant – Ma sa'ha Allah wa kân – mais c'est trop tard. Tout ce qui arrive est la volonté de Dieu.

III

SADIE, 1962

"**T**U AS FAIT ton lit, Sadie ?
— Oui", j'ai fait mon lit Sadie (et mérite donc de prendre mon petit déjeuner).

Grand-maman se penche et effleure mes cheveux de ses lèvres. Elle est encore en peignoir mais s'est déjà maquillée et ne veut pas ruiner son rouge à lèvres en me donnant un vrai baiser, dont je me demande d'ailleurs si elle sait ce que c'est. Ses cheveux sont brossés, peignés et coiffés, marron foncé ces jours-ci alors que la vérité au sujet de ses cheveux c'est qu'ils sont entièrement gris et qu'elle les teint en marron pour que les gens ne sachent pas qu'elle est vieille. Une question intéressante est de savoir laquelle est la *vraie* grand-maman : quand elle met ses lunettes ou quand elle les enlève, quand elle se teint les cheveux ou quand elle les laisse repousser en gris, quand elle est totalement nue dans sa baignoire ou quand elle est sapée des pieds à la tête. Que veut dire le mot *vrai* dans ce cas, c'est une question intéressante je trouve.

Elle sort de la pocheuse un œuf poché parfait, le pose sur mon assiette à côté de la tartine grillée parfaite et me verse un verre de lait parfait.

"Sadie, combien de fois dois-je te dire de ne pas venir à la cuisine pieds nus ? Il fait moins vingt dehors.

— Mais il fait vingt dedans !

— Ne fais pas ta maligne, mademoiselle. Je veux que tu prennes une résolution du Nouvel An de mettre tes pantoufles sans que j'aie à te le dire, d'accord ? Allez ouste, je te garderai l'œuf au chaud – vite, vite !"

Elle ne veut pas se tromper cette fois-ci, grand-papa et elle ont tout raté avec ma mère, ils pensent qu'ils ont été trop laxistes et ils ne veulent pas commettre les mêmes erreurs avec moi alors j'ai droit à la discipline. J'ai horreur de ces grosses pantoufles fourrées, cadeau de Noël de ma mère, un *présent* qui comme d'habitude me parle de son *absence* : elle avait un concert le jour de Noël. (*Elle* n'avait pas envie de vivre avec ses parents, alors pourquoi *moi* je dois le faire ?) Je me regarde dans la glace de l'armoire et laisse apparaître le vrai moi, louchant et montrant mes dents dans une grimace de fureur et de folie (grand-maman dit qu'il ne faut pas loucher parce qu'un jour mes yeux pourraient rester coincés dans cette position), mais en descendant l'escalier je remets mon masque de petite-fille-sage parce que si je suis gentille et obéissante et comme-il-faut, maman me prendra avec elle en disant : "Ce n'était qu'un jeu, ma chérie, je voulais éprouver ta force de caractère, maintenant tu as réussi brillamment l'épreuve et enfin nous pouvons vivre ensemble !"

L'œuf m'attend bien au chaud, une mince pellicule blanche recouvre le jaune comme il se doit, le blanc est bien cuit et quand je perce le jaune avec ma fourchette il se répand comme de l'or liquide sur l'assiette en porcelaine et je peux le saucer avec mon pain beurré – attention de ne pas laisser tomber une seule goutte de jaune sur la table, grand-maman me surveille, l'Ennemi aussi, comme toujours, la fourchette en argent pèse lourd dans ma main, si on me coupait la main pour la mettre dans une balance, pèserait-elle plus ou moins lourd que la fourchette en argent ? Les fourmis portent des charges cinq fois plus lourdes qu'elles. Grand-maman se pèse tous les matins (*après* avoir fait pipi et *avant* de prendre son petit déjeuner, elle dit que c'est le moment de la journée où on pèse le moins parce qu'on n'a rien mangé depuis des heures), elle m'apprend toutes sortes de choses sur la santé et la cuisine et l'équilibre du régime pour que je devienne un jour une femme d'intérieur impeccable comme elle et pas comme ma mère qui habite à Yorkville dans une espèce de taudis grouillant de cafards et d'amis et ne fait le ménage que quand le désordre menace de la submerger tout à fait.

"Maintenant remonte dans ta chambre et prépare-toi pour l'école – allez, vite, vite !"

Tiens, si elle ne me l'aurait pas dit je n'y aurais pas pensé. Je dis *si elle ne l'aurait pas* exprès parce que je sais que c'est une faute mais je le pense seulement à voix basse, je ne le dis pas tout haut, dans mon for intérieur je dis toutes sortes de choses interdites y compris des gros mots comme merde et putain et bon Dieu, les petits amis de ma mère parlent souvent comme ça devant moi (ce que j'apprécie), ils disent des gros mots et critiquent le gouvernement et fument des cigarettes et appellent maman Krissy au lieu de Kristina et ça ne les dérange pas le moins du monde qu'elle ait une petite bâtarde de six ans du nom de Sadie.

"Je ne pourrais pas avoir un autre morceau de pain ? je dis de ma voix la plus sirupeuse et suppliante et pleine d'espoir.

— Bon, bon, d'accord, dit grand-maman en se dirigeant vers le grille-pain argenté reluisant qu'elle frotte et astique chaque matin dès que le petit déjeuner est terminé, mais c'est plus poli de dire une tranche qu'un morceau."

A ce moment grand-papa émerge de son bureau au sous-sol qui a une entrée indépendante donnant directement sur la rue Markham avec une plaque qui dit *Dr Kriswaty, Consultations psychiatriques* pour que ses patients puissent entrer et sortir sans passer par la maison parce qu'ils ne veulent pas qu'on les voie parce qu'ils ont honte parce qu'ils sont fous. Je n'aurais jamais cru qu'il puisse y avoir autant de fous dans la ville de Toronto mais il y en a, un flot ininterrompu de fous qui, du matin au soir, entrent dans le cabinet de grand-papa et en ressortent (autrefois je les guettais à la fenêtre parce que je voulais voir de quoi ils avaient l'air mais ensuite j'ai arrêté parce qu'ils avaient le même air que tout le monde), et non seulement dans son cabinet à lui mais dans ceux de beaucoup d'autres psychiatres, des centaines, des milliers peut-être, je ne sais pas comment on fait pour former exactement le bon nombre de psychiatres par rapport au nombre de fous mais apparemment ça marche, bon, peut-être qu'il y a *quelques* psychiatres qui ne trouvent pas de patients et passent leur temps à se tourner les pouces en attendant que le téléphone sonne, ou alors *quelques* fous qui appellent désespérément tous les psychiatres dans l'annuaire et entendent toujours la même réponse – "Eh non ! Désolé, je n'ai plus de place !" – mais on dirait que non, on dirait que l'équilibre entre les deux populations est parfait. Et s'il y a une guerre ou une autre catastrophe et que beaucoup de gens deviennent fous en même temps, est-ce qu'on se met tout de suite à former de nouveaux psychiatres à l'université ?

Il ne faut pas dire *fous*, il faut dire *patients*. *Tranche* et pas *morceau*. *Si elle ne me l'avait pas* et pas *Si elle ne me l'aurait pas*.

Comme d'habitude, grand-papa entre dans la cuisine en disant "Eh bien, comment allons-nous ce matin ?" et s'installe

à la table avec un air de fatigue exa-
géré et grand-maman lui sert son café
de la cafetière électrique et le lui tend
sans un mot, c'est leur rituel de huit
heures et demie, ça se déroule de la
même façon depuis bien avant ma naissance sauf que parfois au lieu de "Comment allons-nous ce matin ?" grand-papa
dit "Ah, pourquoi ai-je choisi un métier
pareil ? C'est à s'arracher les cheveux !"
ce qui est une blague parce qu'il est
chauve, grand-papa, il n'a qu'une frange
de cheveux courts qui fait le tour de
son crâne d'une oreille à l'autre. Son
premier fou arrive à six heures et demie,
alors à huit heures et demie il en a
déjà vu deux et après sa pause café il
travaille de neuf à douze et encore de
deux à cinq ce qui fait huit fous par
jour tous les jours de la semaine y
compris le samedi ce qui fait quarante-
huit fous par semaine sauf que certains
viennent le voir deux ou trois fois par
semaine alors c'est difficile de calculer
le nombre avec précision. Je ne sais
pas comment fonctionne le traitement,
est-ce qu'il leur donne de petites doses
de bonheur à chaque séance, juste assez
pour les faire tenir jusqu'à la séance
suivante ? Et est-ce que peu à peu ils
accumulent suffisamment de bonheur
pour pouvoir se passer de la thérapie ?

Mais ce qu'il y a c'est que grand-papa lui-même n'est vraiment pas du genre jovial, il se tait la plupart du temps et quand il parle c'est presque toujours pour faire une mauvaise blague et même si j'ai vécu toute ma vie avec lui je le connais à peine. Maintenant par exemple, au lieu de me parler pendant qu'il boit son café et que moi je mange mon toast, il lit le journal que grand-maman vient de lui apporter du perron.

"Sadie, tu seras en retard."

Je traîne les pieds en montant l'escalier, je déteste m'habiller mais on ne peut pas aller à l'école en chemise de nuit. Je sens toujours comme je suis mauvaise quand je m'habille, surtout en hiver parce qu'il y a tant de couches de vêtements à mettre, la mauvaiseté est cachée tout au fond de moi mais il y en a un signe extérieur à savoir un horrible grain de beauté marron de la taille d'une pièce de cinq sous sur ma fesse gauche. Presque tout le monde en ignore l'existence mais moi je ne peux jamais l'oublier, c'est une tare et puisque c'est à gauche je n'ai pas le droit de dormir sur le côté gauche ni de tenir un verre de lait de la main gauche ni de marcher sur une fente du trottoir avec le pied gauche, et si je le fais par mégarde je dois demander pardon à voix basse très vite cinq fois de suite, sans quoi... Maman a un grain de beauté au creux de son bras gauche et elle n'en a pas honte parce que ce n'est pas un endroit honteux mais pour moi, le fait de l'avoir sur ma fesse est comme une *preuve* de ma souillure, on dirait que je me suis mal essuyée en allant aux toilettes et que j'y ai laissé un bout de caca par erreur, c'est la marque de l'Ennemi qui a présidé à ma naissance, comme s'il avait trempé son pouce dans le caca avant de l'appuyer sur ma fesse en disant de sa voix funeste : *Celle-ci est à moi et je ne la laisserai jamais s'échapper, elle sera toujours sale et différente.* C'est peut-être pour ça que mon père est parti : dès qu'il m'a vue il s'est dit "Berk, c'est écœurant, ce n'est pas ma fille à moi, ça" et, tournant les talons, il est sorti à jamais de la vie de ma mère. Je n'ai aucun souvenir de lui, je sais seulement qu'il s'appelait Mortimer et que son surnom était Mort, qu'il avait une barbe noire et une guitare, et que grand-maman et grand-papa l'ont toujours désapprouvé. Maman n'avait que dix-sept ans quand elle a commencé à fréquenter Mort et sa bande de beatniks qui étaient beaucoup plus vieux qu'elle, dans la vingtaine, et passaient leur temps à jouer de la musique et à boire du vin et à fumer du kerouac, elle a laissé tomber le lycée à cause de Mort et je crois qu'ils ont pris de la morphine ensemble dans une fête et ma mère est tombée enceinte sans le faire exprès. Grand-maman m'a dit un jour qu'ils étaient *très* contrariés quand ils l'ont su parce que Mort était incapable d'entretenir une famille, il était irresponsable et n'arrivait même pas à s'entretenir lui-même, ce qui était une tragédie. "Tu veux dire que je ne devrais pas être là ? je lui ai demandé. Tu veux dire qu'ils ne voulaient pas de moi ?" mais toutes mes questions à ce sujet se sont heurtées à un mur.

Un temps, maman a eu un autre petit ami du nom de Jack qui était un instituteur sans barbe, je lui serai toujours reconnaissante parce qu'il m'a appris à lire quand je n'avais que cinq ans, même avant de commencer l'école, mais ensuite maman et lui se sont disputés. Jack voulait que maman arrête de chanter en public et à la fin elle a fait acte d'autorité (comme elle me l'a expliqué plus tard) en disant "Jack, il y a certaines choses dont je peux me passer. Le chant n'en fait pas partie. Toi, si." Et le tour était joué.

Il faut mettre le porte-jarretelles sous la petite culotte parce que si on le met par-dessus on ne peut plus baisser sa petite culotte pour faire pipi, c'est logique, alors la première chose à mettre c'est le porte-jarretelles qui a de minuscules agrafes qu'on doit attacher devant et ensuite on fait tourner le tout pour qu'elles soient derrière, les jarretelles pendouillent alors on met les bas en laine avant la petite culotte aussi, sans quoi les jarretelles se prendraient dans la culotte. Malheureusement je mets le deuxième bas à l'envers et dois tout recommencer, quand je me tiens sur le pied gauche pour glisser le pied droit dans le bas je perds l'équilibre et dois m'asseoir sur le lit mais ensuite le pied se coince au milieu parce que le bas est tordu et maintenant je suis tout énervée et en sueur parce que l'horloge fait tic-tac sur la cheminée et l'Ennemi me souffle dans la nuque en tapant du pied et en disant *Tu es en retard, dépêche-toi, tu es en retard*. Je ne peux jamais faire ce qu'il faut parce que si je le faisais, si j'étais *vraiment* une petite fille sage au lieu de seulement faire semblant, j'habiterais avec ma mère et mon père comme tout le monde.

Ma petite culotte recouvre enfin le grain de beauté mais je ne peux jamais oublier qu'il est là.

Après la culotte vient le chemisier blanc, il faut vérifier que les boutons

sont alignés avec les bonnes bouton-
nières mais même si je fais très attention je me trompe souvent et en arrivant
au dernier bouton je m'aperçois qu'il y
a un bout de tissu qui pend et je dois
tout défaire. Ensuite vient le kilt avec
les boutons dans le dos mais comme je
ne sais pas les boutonner sans regarder je dois d'abord mettre le kilt à l'envers et ensuite le faire tourner mais ce
n'est pas facile parce qu'il me serre à la
taille et la blouse s'entortille dedans et
ça me rend dingue. Grand-maman dit
toujours qu'elle m'achètera un nouveau
kilt d'une taille plus grande mais elle
n'arrête pas de remettre ça à plus tard
parce qu'elle est occupée avec son jardinage et ses clubs de bridge et ses
déjeuners de dames et comme les kilts
sont confectionnés exprès pour mon
école il n'y a qu'un seul magasin de la
ville qui les vend et c'est loin de chez
nous.

Après le kilt vient le blazer, ce qui
est facile (il n'a que deux boutons) mais
il faut penser à tenir les manchettes du
chemisier quand on glisse les bras dans
les bras du blazer et j'oublie alors les
manches du chemisier s'emmêlent et je
dois ôter le blazer et recommencer et
il me reste encore à me coiffer et à me
laver les dents et il est neuf heures

moins le quart, on doit quitter la maison dans cinq minutes et je devrais cirer mes chaussures aussi mais je n'ai pas le temps (dans mon rêve cette nuit toutes mes chaussures étaient sales, il n'y avait pas une seule paire de propre et j'avais honte, je n'avais rien à me mettre aux pieds), juste au moment où je traverse la pièce pour prendre mes chaussures une écharde du parquet entre profondément dans mon talon, je n'aurais pas dû *glisser* sur le sol, j'aurais dû lever mes pieds et les poser précautionneusement.

La vérité au sujet du monde c'est que la douleur me guette partout et s'il y a la moindre possibilité de me faire mal, dit grand-maman, j'ai le don de la trouver (moi je dis plutôt qu'*elle* a le don de *me* trouver). Grand-maman n'a aucune patience pour ma souffrance, si je pleure elle dit que je fais mon intéressante. L'été dernier elle m'a envoyée acheter un litre de lait à l'épicerie du coin en disant "Vite, vite !" comme d'habitude alors j'ai pris mes jambes à mon cou, je galopais comme une folle et juste avant d'arriver au magasin j'ai trébuché sur un pavé et *bang*, le trottoir est venu frapper ma poitrine et ça m'a coupé le souffle. Deux dames qui passaient là par hasard se sont baissées en disant

"Oh mon Dieu, la pauvre petite, tu t'es fait mal ?" et je me suis relevée, assommée, haletante, au bord des larmes, mais, sachant que grand-maman voudrait que je me montre courageuse en public, j'ai essuyé mes habits en disant "Tout va bien" avec un petit rire nonchalant pour les rassurer. Mon genou et mon coude étaient tellement éraflés qu'on pouvait voir le sang à travers la peau mais je suis entrée dans l'épicerie quand même en ravalant mes larmes, j'ai réussi à demander stoïquement un litre de lait et à le payer et à rentrer clopin-clopant à la maison, ravalant toujours mes larmes, et quand enfin j'ai eu passé la porte après avoir gravi le perron en boitant, les larmes ont jailli d'un seul coup, j'ai pleuré gémi sangloté de douleur et quand grand-maman est venue dans le couloir pour voir ce qui se passait je lui ai montré les éraflures en sanglotant et j'ai dit : "Je me suis retenue le plus longtemps possible, grand-maman, je n'ai pas pleuré dans le magasin ni sur le chemin du retour" et elle m'a dit, en prenant le litre de lait et en retournant à la cuisine : "Si tu pouvais te retenir au magasin, tu peux très bien te retenir ici aussi" et elle s'est remise à faire le gâteau pour son déjeuner de dames sans me consoler le moins du monde. Maman m'aurait consolée si elle avait su à quel point j'avais mal, mais quand je l'ai vue la fois suivante les éraflures avaient disparu et je ne pouvais même pas les lui montrer.

Partout où je vais les dangers me guettent : un éclat de verre une guêpe furieuse un grille-pain brûlant, quand je passe par là ils me sautent dessus et mon corps réagit tout seul, la peau bleuit, la chair enfle et se remplit de pus, la peau s'ouvre en lâchant un geyser de sang, en ce moment l'écharde déclenche des battements de douleur dans mon talon gauche mais je n'ai pas le temps d'ôter mon bas pour la retirer.

Je descends l'escalier en sautant sur un pied et en haïssant la vie. Grand-maman a déjà sorti la voiture du garage, elle chauffe le moteur en m'attendant et quand je sors sur le perron en boitillant et en essayant de boutonner mon manteau et de mettre mon écharpe en même temps, elle me fait signe de me dépêcher et elle a l'air exaspérée. Son souffle est visible dans l'air glacial de même que les vapeurs du pot d'échappement, elle porte des gants de cuir et quand elle s'arrête aux feux rouges ses doigts tapotent impatiemment sur le volant mais malgré tout nous arrivons à l'école à l'heure, comme toujours.

On chante *O Canada* à neuf heures et *Dieu garde la reine* à quatre heures et toute la journée entre les deux chansons je souffre, tantôt de honte aiguë et tantôt d'ennui mortel.

A la récré du matin je décide que je ne peux plus supporter la douleur de l'écharde alors je m'enferme dans une cabine de toilettes mais comme les portes ne descendent pas jusqu'en bas les autres filles voient que j'ai ôté une chaussure et un bas et elles se mettent à glousser : "Qu'est-ce qui se passe là-dedans ? Elle espionne pour les Russes ou quoi ? Elle a un téléphone dans sa chaussure ?"

Les autres filles ne me choisissent jamais comme partenaire pour la corde à sauter parce que je me prends les pieds dans la corde et les fais perdre. Chaque fois que je dessine quelque chose en classe de dessin elles disent "C'est censé être quoi ?" comme si ça ne ressemblait à rien. Quand on joue aux chaises musicales je suis toujours la première éliminée parce que la musique m'absorbe tellement que j'oublie de me précipiter sur une chaise quand elle s'arrête. Pendant les alertes à la bombe nucléaire quand on doit se cacher sous nos pupitres, je n'arrive pas à rester accroupie pendant plus de deux minutes alors que si de vraies bombes atomiques nous tombaient dessus il faudrait rester là des heures sinon des jours. Toutes les autres filles sont sûres d'elles et compétentes et agiles : elles découpent calmement leurs flocons de neige en papier pendant que je transpire et me tracasse parce que mes ciseaux sont émoussés ; elles se mettent lestement en tenue de gym pendant que je me débats avec mes habits en rougissant ; leurs vêtements sont soignés et coopératifs, les miens se rebellent – il y a toujours un bouton qui saute, une tache qui éclôt, un ourlet qui, subrepticement, se découd.

Comme on est vendredi j'ai ma leçon de piano mais à cause de l'écharde j'ai oublié de prendre mes partitions ce matin et grand-maman fulmine en me ramenant à la maison à toute vitesse à quatre heures, faisant couiner les roues de la voiture sur la glace. "On sera en retard, elle dit. Oh, Sadie, tu ne peux pas t'occuper de tes propres affaires ?"

"Montre-moi ce que tu as appris depuis la semaine dernière", dit Mlle Kelly qui se dresse au-dessus de moi de manière imposante. Elle pose les mains sur mes épaules et les tire en arrière pour me faire redresser le dos, puis elle met un pouce sous mon menton pour m'obliger à le lever, puis elle corrige l'angle entre mes poignets et mes mains sur le clavier et me rappelle de toujours garder les doigts recourbés comme si je tenais une mandarine. Je n'arrive même pas à commencer, elle interrompt le morceau au bout de trois mesures et m'oblige à faire des exercices à la place. "Garde le majeur appuyé et joue des accords, d'abord avec l'index et l'annulaire, ensuite avec le pouce et l'auriculaire. Garde l'index sur le *sol* et balance ton pouce entre le *do* de dessous et celui de dessus – mais *sans lever le poignet*, Sadie !" Elle me tape sur le poignet avec une règle, frappant la bosse de l'os sur le côté, ce qui me fait *vraiment mal* alors je dis "Aïe !" et des larmes jaillissent de mes yeux. "Sadie, quel âge as-tu ?" dit Mlle Kelly et je dis "Six ans" et elle dit "Alors cesse de te comporter comme un bébé. Allez, recommence." Nous passons presque toute l'heure à faire ces exercices débiles et il ne reste plus que cinq minutes pour les morceaux, je commence à jouer *Edelweiss* mais je suis tellement nerveuse que mes mains se mettent à trembler et elle dit que je l'ai mieux joué la semaine dernière et pendant que je joue elle griffonne dans mon cahier avec son bic violet, en soulignant ses conseils du genre "Doigts arrondis !" et "Poignets souples !" et "Attention aux doigtés !" D'ici la semaine prochaine je dois dessiner cinquante clefs de *sol* et cinquante clefs de *fa* et apprendre à jouer les gammes de *sol* majeur et de *sol* mineur – "Sans une seule faute !" écrit Mlle Kelly, soulignant les mots avec tant de brutalité que son stylo déchire la page.

"Alors ?" dit grand-maman, tout en tendant discrètement à la prof une enveloppe contenant l'argent pour ma leçon (ils ont dépensé tant d'argent pour mon éducation et ma nourriture et mes habits alors que je ne suis même pas leur fille, est-ce que je me rends compte ? est-ce que je me rends compte ?). "A-t-elle fait des progrès ?

— Elle doit s'appliquer davantage, dit Mlle Kelly d'un air menaçant.

— Mais elle n'a pas manqué un seul jour, dit grand-maman. Je la surveille…

— Il ne suffit pas de s'asseoir au piano, dit Mlle Kelly en la coupant. Elle n'a pas encore appris à vraiment *travailler*, à *se concentrer*. Personne ne peut acquérir les bonnes habitudes à sa place. Ce n'est pas parce qu'il y a du talent musical dans la famille qu'elle peut se dispenser de *travailler, travailler, travailler*."

J'ai encore le poignet tout rouge à l'endroit où elle m'a frappée avec la règle et on n'a pas le droit de crier contre les adultes mais je bouillonne intérieurement avec un sentiment d'injustice alors je décide de dénoncer Mlle Kelly à ma mère la prochaine fois que je la vois. La dénoncer à grand-maman ne servirait à rien, elle dirait simplement "Tu as dû faire quelque chose pour le mériter" mais maman ne pourra pas *supporter* l'idée d'une inconnue en train de martyriser sa petite fille avec une règle, elle dira à grand-maman qu'il faut me trouver un nouveau professeur tout de suite et si grand-maman dit "Ça ne court pas les rues, les bons professeurs de piano, Mlle Kelly a une excellente réputation, elle prépare des élèves pour l'examen d'entrée au Conservatoire", maman répondra "Conservatoire, Conschmervatoire !" – j'adore quand elle parle comme ça – "je veux que ma fille soit heureuse et si tu ne trouves que des professeurs sadiques il faudra qu'elle se passe du piano, tant pis". Ces mots résonneront comme de la musique à mes oreilles, je n'aurai plus jamais besoin de travailler mon piano et je pourrai lire tout mon saoul. Grand-maman dit que je m'abîme les yeux à force de lire et que j'aurai bientôt besoin de lunettes (c'est-à-dire qu'ils devront *m'acheter* des lunettes), mais au moins quand on lit les gens ne viennent pas vous frapper avec une règle, on peut se perdre dans la page et peu à peu le monde s'efface.

Un sadique c'est quelqu'un qui aime faire mal aux autres et je ne sais pas pourquoi maman m'a donné un nom comme ça, une fois je lui ai posé la question mais elle m'a juste dit qu'elle trouvait ça joli. Sadie contient aussi le mot *sad*, triste, et même si elle ne l'a pas fait exprès, ce qu'elle a sur les bras (ou plutôt *loin* des bras, la plupart du temps) est une petite fille bien triste.

Chaque jour a son parfum de tristesse bien à lui, je le reconnais dès que je me réveille le matin, lundi parce que c'est le premier jour de la semaine et qu'il me reste cinq journées d'école à tirer, mardi à cause de mon cours de danse classique, mercredi à cause du cours de gym à l'école, jeudi à cause des jeannettes, vendredi à cause de mon cours de piano, samedi parce que je dois changer mes draps, dimanche à cause de l'église.

Aux jeannettes il faut apprendre à faire toutes sortes de nœuds débiles qui ne servent à rien parce qu'aucune d'entre nous ne se propose de devenir marin. Il faut apprendre à regarder pendant trente secondes une vingtaine d'objets différents, puis se retourner et essayer de se les rappeler tous ; moi je cale au bout de quatre. Il faut porter un uniforme marron qui est encore plus moche que l'uniforme de l'école, et *être toujours prête* même si on ne nous dit jamais prête à quoi, et la blague sur la jeannette qui a oublié d'être prête et s'est retrouvée enceinte n'est pas drôle. Si on est la meilleure en ceci ou en cela, on gagne de petits rubans et de petites médailles qu'on accroche à sa poitrine mais je suis la meilleure en rien du tout et ma poitrine reste vide.

Pour la danse classique il faut être mince et gracieuse mais j'ai le ventre rebondi et mes pointes me font si mal aux pieds que je peux à peine me tenir debout, sans parler de danser.

Toutes ces activités sont pour mon bien, leur but est de faire de moi une femme au foyer brillante douée bien coordonnée et bonne citoyenne mais rien n'y fait, je me sentirai toujours boulotte et bête, étrange et exclue, maladroite et de guingois – *insuffisante* en un mot. Personne ne peut changer ma nature profonde qui n'est presque pas humaine du tout. Mes professeurs et mes grands-parents pensent que je "traverse une phase", alors ils persistent à me tailler le cerveau et le corps pour me rendre présentable et je fais de mon mieux pour les contenter, souriant et hochant la tête, me hissant sur la pointe des pieds, tournoyant dans mon tutu et m'acharnant sur les différents types de nœuds, la plupart du temps j'arrive à les flouer mais il est impossible de donner le change à l'Ennemi, lui sait que je suis mauvaise en profondeur. Quand la pression monte, tout ce que je peux faire c'est me frapper la tête contre le mur dans le noir, encore et encore.

"Sadie, dit grand-maman tous les soirs à cinq heures et quart, c'est l'heure de travailler ton piano." A la même heure exactement, grand-papa émerge de son cabinet après son dernier fou et va chercher la laisse du chien pour qu'il puisse sortir crotter.

Grand-maman et grand-papa ont fait exprès d'acheter un chien à poils courts pour qu'il ne perde pas ses poils dans la maison, en d'autres termes la chose la plus importante pour eux au moment d'acheter un chien était la longueur de ses poils, ils ne se sont pas préoccupés de son caractère, qui s'est avéré très mauvais. Il s'appelle Hilare ce qui d'après le dictionnaire veut dire "qui montre une joie béate, un grand contentement", mais c'est tout le contraire de la personnalité de ce chien, il est minuscule et remuant et nerveux et quand j'essaie de le caresser il recule en glapissant comme si je voulais l'étrangler.

"Où est mon chien de meute ?" dit grand-papa ce soir comme tous les soirs, et quand Hilare s'élance vers lui en jappant et en remuant tout son arrière-train d'excitation il dit : "Hé ! du calme, ou je n'aurai d'autre choix que de vous museler" et toute la scène est totalement ridicule mais en attendant c'est pendant leur promenade que je dois faire mon piano.

L'instrument se tient dans un coin du salon, noir et immobile, il n'a pas l'air de vouloir exprimer quoi que ce soit, il a l'air d'un meuble muet parmi les autres. J'allume les lampes – deux seulement parce qu'il ne faut pas gaspiller l'électricité, la lampe du piano pour pouvoir lire mes partitions et la lampe à pied pour ne pas travailler dans un rond de lumière parce que ça abîme les yeux. Le dessus du piano est couvert de napperons parce que sans ça son bois serait égratigné par les petites sculptures en verre taillé et les cadres contenant des photos de maman quand elle était petite et de grand-maman et grand-papa quand ils se sont mariés et de grand-papa quand il a obtenu son diplôme de médecine à l'université, vêtu d'une longue robe noire et d'un chapeau totalement plat comme si un livre lui était tombé sur la tête. Le diplôme lui-même est encadré et accroché au mur du salon parmi des reproductions de tableaux de bouquets de fleurs. Parfois au printemps grand-maman cueille quelques vraies fleurs dans son jardin et les met dans un vase sur la table basse mais je n'ai pas le droit de m'en approcher parce que je pourrais renverser le vase et répandre de l'eau sur le tapis et on serait dans de beaux draps ! (Grand-maman redoute toujours que l'ordre de sa maison soit bouleversé, par contre sa petite-fille est souvent bouleversée et ça lui est égal.) Elle épousette ces bibelots tous les jours et quand j'ouvre le couvercle du piano je dois aussi ôter le chemin brodé qui sert à protéger le clavier de la poussière et ne pas oublier de le remettre en place quand j'ai fini de travailler, même si je ne vois vraiment pas comment un seul grain de poussière pourrait s'insinuer à l'intérieur du piano quand le couvercle est fermé.

Je plie soigneusement le chemin et le pose près de la photo de maman quand elle avait à peu près mon âge, son sourire est un vrai sourire, pas un masque comme le mien, elle porte une robe bleu vif et ses yeux bleus étincellent. La fille dans la photo m'écoute travailler mon piano et j'essaie d'être à la hauteur mais plus je joue, plus elle a l'air déçue, et au bout d'un moment je ne peux même plus la regarder tellement je me sens accablée. Je commence par les gammes, c'est comme réciter l'alphabet parce que ça ne veut rien dire, je me contente de les répéter encore et encore en essayant de passer le pouce au-dessous sans lever le poignet et de garder les doigts bien arrondis et le ton égal, ensuite vient l'heure des arpèges qui sont vraiment difficiles pour des mains aussi petites que les miennes, et quand enfin j'ouvre le livre qui contient mes morceaux je me sens découragée parce que les pages sont totalement salies par l'encre violette de Mlle Kelly. Elle a dessiné des arcs pour le phrasé et entouré les doigtés et souligné *pp* pour *pianissimo* parce que je l'ai joué trop fort la semaine dernière, du coup je ne vois plus que mes erreurs et ma médiocrité, les choses que je n'arrête pas de gâcher, semaine après semaine.

Au début, quand grand-maman m'a acheté ce livre et que j'ai tourné ses

pages propres et neuves et vu l'illustration du morceau *Edelweiss* (une fillette qui se penche pour humer ces
fleurs dans les Alpes), j'avais des sentiments de pureté, rehaussés par la blan-
cheur de la neige sur la montagne et
les petites fleurs en forme d'étoile dans
leur nid de feuilles vertes. La fillette
dans l'image était tout ce que je suis censée être : mignonne avec sa large jupe
froncée et son corsage blanc et ses cheveux lisses et ses chaussettes et bottines
impeccables. Je trouvais les paroles de
la chanson très belles aussi :

> *Edelweiss, edelweiss*
> *Sois toujours notre emblème.*
> *Fleur si blanche, tu te penches*
> *Pour saluer ceux qui t'aiment !*

Mais peu à peu le morceau a été
gâché par mes erreurs nombreuses et
persistantes, incitant Mlle Kelly à griffon-
ner ses commentaires à l'encre violette
sur toute la page y compris l'illustration – alors maintenant quand j'essaie
de le jouer il se désintègre entre mes
doigts. Chaque mesure est un obstacle
à surmonter. J'ai tellement peur de me
planter que je fixe la mesure, les yeux
exorbités, et quand j'ai fini de la jouer
mes yeux sautent vers la mesure suivante mais il est trop tard, je me suis

déjà plantée et la voix de grand-maman me parvient depuis la cuisine : "*Fa dièse*, Sadie ! C'est à la clef !" (Grand-maman jouait du piano autrefois alors elle a le droit de me corriger même si je ne l'ai jamais entendue jouer une seule note.) Je recommence mais cette fois ma main gauche oublie qu'il faut tenir le *sol* jusqu'à la deuxième mesure parce qu'il y a une liaison, je m'interromps et ma main droite frappe violemment la gauche et celle-ci s'excuse en disant "Pardon pardon pardon je ne recommencerai pas" mais la main droite est folle de rage, elle dit "J'en ai par-dessus la tête de ta mauvaise conduite et je ne la supporterai pas une minute de plus, tu m'entends ?" et la gauche rampe et recule et retourne au clavier en marmonnant "Je fais de mon mieux. – Qu'est-ce que tu as dit ?" demande la main droite d'une voix furieuse et perçante. "J'ai dit que je faisais de mon mieux", dit la gauche d'une voix un peu plus forte parce qu'elle est sur la défensive et après tout elle n'a pas commis de meurtre, seulement lâché la touche de *sol* un peu trop tôt – "Eh bien il va falloir faire *mieux* que ton mieux, hurle la main droite, parce que ton mieux n'est pas suffisant !" Tout cela se passe en une fraction de seconde, grand-maman ne se rend compte de rien, je me remets à jouer. Quand la main droite se plante, la gauche n'a pas le droit de l'engueuler ; elle se contente de constater l'erreur et de marmonner contre la main droite mais sans l'attaquer frontalement ; toute la moitié gauche de mon corps est inférieure parce que mon grain de beauté se trouve de ce côté-là.

(Maman a un piano dans son appartement à Yorkville et non seulement elle ne ferme jamais le couvercle, elle ne se sert même pas de partitions ; elle se contente de jouer les accords dont elle a besoin pour chanter et quand elle n'est pas en train de chanter elle est en train de fumer ce qui, d'après grand-maman, est une habitude répugnante.)

Enfin il est six heures et je peux cesser de jouer du piano et commencer à mettre la table dans la salle à manger. D'abord les trois sets, qui intercepteront toute miette errante qui pourrait tomber en flottant de nos doigts malhabiles et se coincer dans la nappe en dentelle, d'où nous aurions beaucoup de mal à l'extirper. Ensuite les grandes assiettes blanches bordées d'un cercle d'or et les assiettes à pain assorties, qu'il faut poser en haut à gauche. Ensuite l'argenterie lourde qui se trouve dans une boîte tapissée de velours dans le premier tiroir du buffet. La fourchette va à gauche de l'assiette et le couteau à droite avec le côté coupant vers l'intérieur, sans quoi on pourrait se couper en le prenant (même si on n'est pas censé prendre le couteau par la lame de toute façon), la cuiller à soupe à droite du couteau parce que le repas commence avec la soupe (et grand-maman dit que lors des dîners formels quand il y a beaucoup d'argenterie près de votre assiette il ne faut pas se poser de questions, la règle d'étiquette est toujours de commencer à l'extérieur et de progresser vers l'intérieur), la cuiller à dessert, retournée, au-dessus de l'assiette, son manche pointant vers la droite pour qu'on puisse l'attraper plus facilement avec la main droite (tant pis pour les gauchers !), le verre à eau juste au-dessus et un peu à droite du couteau. Pendant ce temps grand-papa est rentré de sa promenade avec le chien, il prend Hilare dans ses bras et lui essuie les pattes avec un torchon pour qu'il ne laisse pas partout des traces de boue et de neige fondue, après quoi il allume la télévision pour regarder le journal du soir. Là nous apprenons que Diefenbaker et Pearson ont trouvé un nouveau sujet de discorde et que le mur de Berlin est complètement achevé et que le président Kennedy veut punir Cuba d'avoir capturé tous les cochons qu'il a envoyés là-bas l'année dernière. Des conflits éclatent sans cesse, un peu partout dans le monde, je n'arrive pas à les comprendre mais chaque fois que maman est là ils déclenchent une dispute, par exemple elle s'indigne que l'Amérique dépense une fortune pour envoyer des fusées dans l'espace alors que des millions de ses propres citoyens sont pauvres et chômeurs et noirs, j'aurais tendance à être d'accord avec elle mais ses parents ne le sont pas, ils lui demandent si elle ne serait pas par hasard en train de devenir une racaille communiste. Grand-maman et grand-papa ne se disputent jamais, c'est à peine s'ils se parlent. Je crois que grand-papa n'a pas le droit de dire aux autres ce que lui racontent ses fous sur le divan du matin au soir, et la seule autre chose qui l'intéresse c'est le hockey (où Gordie Howe est son héros), mais le hockey laisse grand-maman de glace. Quant à grand-maman, elle aurait du mal à transformer ses propres activités quotidiennes en palpitants récits d'aventures, alors en général pendant le repas on se contente de manger et de dire "Pourrais-je avoir le beurre s'il vous plaît ?" et "Encore un peu de potage ?" et des trucs comme ça.

Les jours sont longs, même en hiver quand ils sont censés être courts ; les semaines sont plus longues encore et les mois sont sans fin, je les compte à mesure qu'ils passent mais je ne sais pas vers quoi je compte, la vie est interminable.

Un après-midi de dimanche vers la fin janvier je crois mourir d'ennui alors je demande à grand-maman la permission de faire un bonhomme de neige dans le jardin. Elle dit qu'il fait trop froid mais je la supplie jusqu'à ce qu'elle cède en poussant un grand soupir et m'aide à mettre ma combinaison matelassée et mes bottes de neige et mon chapeau en laine et mes mitaines avec une ficelle qui les relie derrière mon dos en passant par les manches de mon manteau pour que je ne les perde pas – et, juste au moment où elle est en train de nouer mon écharpe, je me rends compte que j'ai besoin de faire pipi. "Pardon, grand-maman, je dis d'une petite voix timide, mais j'ai envie." Elle se met en colère. Elle ôte rageusement mes habits de neige en disant "Tu fais exprès de m'exaspérer, n'est-ce pas Sadie ?" et je dis "Non, grand-maman, non, je te jure que je n'avais pas envie avant !" et elle dit "Eh bien, que cela te serve de leçon. Peut-être que tu seras plus attentive aux signaux la prochaine fois" et j'ai beau l'implorer et la supplier, elle refuse de me laisser sortir après mon passage aux toilettes.

En février il se passe une chose inattendue, à savoir que Lisa (une des filles de ma classe) m'invite à sa fête d'anniversaire. Je sais qu'elle ne m'invite pas *moi* personnellement, elle invite *toutes* les filles de la classe – "sans doute pour crâner, dit grand-maman, ce n'est pas tout le monde qui peut donner une fête pour trente personnes" – et ce serait trop voyant si elle n'omettait *que* moi. Toujours est-il que là aussi, à la fête de Lisa, mon besoin de faire pipi me conduit droit au désastre. La maman de Lisa a fait des *Sloppy Joes*, qui sont des hamburgers ouverts servis sur du pain grillé et noyés dans une sauce épaisse, jamais je n'ai goûté une chose aussi délicieuse et je me pâme de plaisir. Comme il se doit dans une fête d'anniversaire tous les enfants parlent en même temps en riant aux éclats et moi je fais mine de m'associer à la gaieté générale quand soudain la limonade que j'ai bue commence à se faire sentir en bas et je rougis, redoutant de faire pipi dans ma culotte ce qui serait l'humiliation ultime, alors je me lève et demande à voix basse à la mère de Lisa où se trouvent les toilettes. Elle m'accompagne dans le couloir, sans me gronder comme l'aurait fait grand-maman, comme si c'était la chose la plus naturelle du monde de faire pipi au beau milieu d'un repas, ce que j'apprécie beaucoup. Je verrouille la porte et fais pipi tout mon saoul, mais ensuite je n'arrive pas à débloquer la serrure. C'est comme un cauchemar, c'est vraiment comme un cauchemar, je me débats avec la serrure et elle refuse de se débloquer, je commence à paniquer en me disant que je vais peut-être passer le reste de ma vie dans ces toilettes alors je cogne sur la porte en appelant à l'aide. J'entends la voix des filles qui s'élancent dans le couloir : "Qu'est-ce qui se passe, Sadie ?" et moi, d'une petite voix haut perchée que je ne reconnais même pas : "Je n'arrive pas à ouvrir la porte !" Pour finir le père de Lisa vient s'agenouiller de l'autre côté de la porte et me dit très gentiment de me calmer et me donne des instructions précises pour débloquer la serrure et ça marche. Quand je reviens enfin à la table, Lisa dit : "Alors Sadie, comment va la vie aux toilettes ?" et tout le monde éclate de rire et je crois mourir de honte et la fête est totalement gâchée.

C'est bientôt le printemps. Comme chaque année, maman viendra nous rejoindre pour le grand repas de Pâques qui n'est pas le soir mais le midi, alors je décide de faire un compte à rebours jusqu'au dimanche de Pâques. Les jours se suivent en traînant les pieds, glissant lentement de 42 jusqu'à 1, ce qui veut dire que c'est demain, et enfin c'est aujourd'hui. Maman ne viendra pas avec nous à l'église Saint-Josaphat, grand-maman dit qu'elle a cessé d'aller à l'église quand elle a rencontré sa bande de beatniks et grand-papa dit "Eh ! oui, des jeunes gens sans Dieu, promis à la damnation", mais je crois que c'est une blague. (Je ne sais pas si grand-maman et grand-papa croient *vraiment* aux miracles et à la résurrection et au paradis et à la damnation ou si ce sont des façons de parler, en tout cas ils n'ont pas l'air de s'attendre qu'un miracle vienne transformer leur vie à eux.)

On rentre vite à la maison parce que maman vient à midi et demi et on veut que le repas soit prêt. Le jambon était au four pendant ce temps et, tout en chantant des cantiques sur la résurrection de Jésus, grand-maman s'inquiétait de savoir si son jambon allait cramer mais non, il ne l'a pas fait. Maintenant Jésus est ressuscité d'entre les morts jusqu'à Noël prochain quand il naîtra à nouveau et le jambon est cuit et la table est mise et l'horloge fait tic-tac, il est une heure et maman est en retard comme d'habitude. "Elle ne peut pas se soucier de vétilles comme la ponctualité", dit grand-papa avec ironie. Les casseroles restent au chaud sur la cuisinière mais le pain commence à se rassir, de même que le sourire de bienvenue que grand-maman s'est collé sur le visage à midi et demi sonnant. Sentant qu'il y a un problème, Hilare fait l'aller-retour entre grand-maman et grand-papa en gémissant et en frappant le parquet de sa queue, grand-papa le gratte derrière les oreilles et dit : "Toi, tu ne ferais jamais attendre tes parents comme ça, hein, Hilare ?" Entendant son nom, Hilare pense c'est l'heure de la promenade alors il aboie et grand-papa fait semblant de croire que ça veut dire "Non" alors il répond "Bien sûr que non !"

Voulant avoir l'air jolie et sage-comme-une-image pour l'arrivée de maman, je me suis coiffée avant de partir à l'église en attachant mes cheveux sur le haut du crâne avec un élastique entouré d'un ruban jaune mais plus le temps passe, plus l'élastique me tire le cuir chevelu et ça me démange alors je me gratte et quelques cheveux sortent de l'élastique mais ça me tire encore alors pour finir j'arrache le ruban et l'élastique en même temps, ce qui arrache quelques cheveux aussi et me fait venir des larmes aux yeux. "Sadie, mais qu'est-ce que tu *fais*? dit grand-maman. Tu veux que tout le monde mange tes cheveux, c'est ça? Monte te débarrasser de ça et lave-toi les mains – vite vite!" et pendant que je suis dans la salle de bains, en train de constater que j'ai l'air aussi boulotte et banale que d'habitude et que j'ai enduré toute cette souffrance pour rien, maman arrive enfin.

Je vole littéralement dans l'escalier et me jette dans ses bras. Elle m'attrape en s'exclamant "Oh ma grande fille, ma fille adorée", me hisse sur ses genoux et me couvre le visage de baisers. "Est-ce qu'on peut se mettre à table, Kristina? dit grand-maman. Il est une heure trente-cinq. Si on attend encore, le jambon sera complètement desséché" et maman plonge ses yeux dans les miens et dit "Comment va ma douce Sadie?" et je dis "Bien" et grand-maman m'enlève un peu brusquement des genoux de maman et me flanque sur ma chaise et grand-papa, en branchant le couteau à découper électrique, fait sa plaisanterie habituelle sur Jack l'Eventreur.

Ce qu'il y a avec maman, ce n'est pas qu'elle soit la plus belle femme du monde, c'est qu'elle *irradie de charme*. Son ami Jack a dit cette phrase devant moi un jour et elle m'est restée dans la tête parce qu'elle est tellement vraie. Aujourd'hui elle est habillée tout en noir (ce que grand-maman voit sans doute comme un choix inapproprié pour Pâques), elle a un pantalon noir moulant et un pull noir et un foulard rose vif et des anneaux en argent dans les oreilles et c'est tout, pas de maquillage, pas de coiffure sophistiquée, mais voilà, en raison de son sourire, de ses yeux bleus et de son air alerte et ardent, maman est toujours totalement là où elle est, et du coup je me rends compte qu'en général les gens ne sont *pas* là où ils sont, qu'ils pensent à mille autres choses, *pas* à vous, *pas* aux possibilités innombrables de l'instant.

(Il va sans dire que l'intensité de la présence de ma mère rend d'autant plus insupportable sa rareté dans ma vie.)

"Alors, Kristina, dit grand-papa, une fois que tout le monde a pris du jambon et des tranches d'ananas et des patates douces et des haricots verts mange-tout. Je vois que tu as de la concurrence en ce moment."

Maman lui lance un regard qui dit *Qu'est-ce que tu racontes ?*

"Paul Anka est à nouveau dans le hit-parade, et en plus on fait un film sur sa vie…"

Maman éclate de rire. "On ne travaille pas dans le même univers, Paul Anka et moi, elle dit.

— C'est immoral de passer à la radio des chansons pareilles, dit grand-maman. *Kissing on the phone.* Non, mais !

— Moi j'aime bien cette chanson, je dis tout bas.

— Bravo, Sadie, dit maman.

— Eh bien, fait grand-papa en soupirant, tout ce que je peux dire c'est que l'humanité me semble en pleine régression. Quand on pense qu'en l'espace de deux petits siècles nous sommes passés des sublimes opéras de Mozart à… *Ahuh-ahuh.* C'est censé être du langage humain, ça ? Qu'en penses-tu, Hilare ?"

Il rit de sa propre blague et glisse un morceau de gras à Hilare sous la table.

"Richard ! dit grand-maman. Tu sais très bien qu'il ne faut pas donner du gras à ce chien ! Il a du cholestérol !

— J'adorais le gras quand j'étais petite, dit maman d'un air rêveur. Je voulais devenir la Grosse Dame du cirque.

— Ah bon ?" dit grand-papa. (Comment peut-il ne pas le savoir ? Il l'a oublié ?) "Encore un rêve d'enfance qui mord la poussière.

— Il me semble que tu as plutôt *perdu* encore du poids depuis la dernière fois qu'on t'a vue, dit grand-maman.

— Je me porte très bien", dit maman.

Je cesse d'écouter et me plonge dans une espèce de transe, j'attends cette journée depuis si longtemps et maintenant qu'elle est là je ne sais pas quoi en faire, je ne peux que dévorer des yeux ma mère assise de l'autre côté de la table, le soleil entrant à flots par la fenêtre lui fait comme un halo doré, *elle est là elle est là elle est vraiment là*, je reste immobile, transie, à écouter la musique de sa voix et à regarder les mouvements gracieux de ses mains et soudain je l'entends dire "Sadie, ça te dirait de venir dormir chez moi le week-end prochain ?" et je n'en crois pas mes oreilles. Le week-end prochain ? Dans seulement *six jours* ? Grand-maman et grand-papa échangent un regard qui veut dire *Oh-oh, cette femme ne risque-t-elle pas d'avoir une mauvaise influence sur notre petite Sadie ?* mais ensuite ils se rappellent que cette femme n'est autre que la *mère* de leur petite Sadie et que, même si elle la leur a confiée dès sa naissance parce qu'à dix-huit ans elle n'avait pas les moyens de s'en occuper, elle en a vingt-quatre maintenant et rien ne peut l'empêcher de la reprendre si elle le désire et qui sait, peut-être que si je me tiens bien pendant cette visite chez elle, elle décidera de me garder. Mon cœur bat la chamade.

"Disons samedi après le déjeuner. On viendra la chercher en voiture, Peter et moi, et on la ramènera dimanche en fin de journée. Ça vous va ?"

Silence.

"Toi, Sadie, ça te va ?" me demande maman. Je m'apprête à répondre que ça m'enchante, mais grand-papa intervient.

"Qui est Peter ? il demande.

— Peter Silbermann. Mon nouvel impresario."

Silence. Grand-maman et grand-papa se regardent à nouveau.

"Peter… Silbermann ? dit grand-maman, comme si ce nom posait un problème.

— C'est quoi un impresario ? je demande, en imaginant dans ma tête une espèce de Prince Charmant aux cheveux ondulés qui pose sa cape rouge sur les flaques par terre pour que maman ne se mouille pas les pieds.

— C'est le monsieur qui s'occupe de me rendre célèbre ! Il gère ma carrière, organise mes concerts.

— Tu as des concerts en vue, autres que dans des tavernes et des bouges enfumés ? dit grand-papa.

— Oui, à vrai dire, dit maman avec un sourire charmant. Je vous envoie des billets ?

— Tu sais bien que je ne comprends rien à ta musique, Kristina, dit grand-maman en hochant la tête. Je ne voudrais pas être désobligeante, mais personne n'a jamais fait une carrière digne de ce nom avec des chansons sans paroles.

— Je serai la première ! dit maman. Pourquoi faire ce qui a déjà été fait ?"

Grand-maman pince les lèvres et transperce de sa fourchette un morceau de jambon comme pour dire : *quand* ma fille apprendra-t-elle à regarder la réalité en face ?

"Sadie a de l'appétit, elle se contente de dire. Je pourrais vous faire des macaronis au gratin pour le repas du soir…

— Macaronis, schmacaronis ! dit maman en riant. Sadie peut tenir un week-end sur le régime maternel de pain sec et de whisky… n'est-ce pas, mon cœur ?

— Et comment !" Je cherche désespérément un truc drôle à ajouter mais je ne trouve rien, trop excitée à l'idée de passer une nuit dans l'appartement de ma mère.

"Bon, d'accord, dit grand-maman en soupirant. Je lui préparerai une petite valise… Tu as un lit d'appoint ?

— On pourrait attacher le lit de camp sur le toit de la voiture de Peter, suggère grand-papa.

— Pas question ! dit maman. Elle peut dormir sur le canapé… n'est-ce pas, mon cœur ?

— Et comment !" J'ai peur que maman me trouve bête, à dire la même chose deux fois de suite, mais elle me lance un regard chaleureux et plein d'amour.

"Bon, voilà qui est réglé, elle dit. Et maintenant, merci pour ce repas délicieux mais il faut que je me sauve, j'ai une répétition.

— Une *répétition* ? dit grand-maman. Le *dimanche de Pâques* ?

— Tu crois que Jésus m'en tiendra rigueur ? Je suis sûre qu'il a des choses plus importantes à faire…

— Kristina ! s'exclame grand-maman, partagée entre le désir de la réprimander pour son blasphème et celui de la retenir entre ses griffes. Tu ne veux pas de dessert ? J'ai fait un gâteau au chocolat hier, exprès pour toi.

— Tu oublies toujours, je n'aime pas le chocolat."

Et, après une brève tempête de bisous, d'étreintes et d'aboiements, elle s'éclipse. Je me poste à la fenêtre et la regarde s'éloigner sur le trottoir bordé d'arbres, marchant d'un pas rythmé et vif, dansant presque, son foulard rose flottant dans l'air derrière elle, jusqu'à ce qu'elle tourne enfin le coin et que grand-maman me dise "Sadie, viens m'aider à débarrasser la table".

Je serai sage je serai parfaite je ne commettrai pas une seule faute pendant les six jours qui viennent, je marcherai sur les fentes avec mon pied droit exclusivement je le jure, oh, maman maman maman maman maman… mon amour pour ma mère enfle et gonfle à m'en faire éclater la poitrine, si seulement je pouvais me *fondre* en elle, être la *même personne* qu'elle, ou alors la voix incroyable qui jaillit de sa gorge quand elle chante.

C'est vrai. Maman est réellement en train d'ouvrir sa porte avec sa clef, Peter son imprécation porte ma valise, on franchit le seuil ensemble, on est à l'intérieur, je fais enfin partie de la vie de ma mère. C'est un appartement en sous-sol, pas vraiment un appartement puisqu'il n'y a qu'une seule grande pièce, sombre et mystérieuse comme une grotte, avec de minuscules fenêtres donnant sur le trottoir où on peut voir passer les chaussures et les bottes des gens. Il flotte dans l'air une odeur artistique de fumée et d'encens et de café, les recoins sont pleins de livres et de ténèbres.

"Mets-toi à l'aise, mon cœur. On va travailler un peu, Peter et moi, ça ne te dérange pas ?

— Pas du tout !"

Je me sens très timide, comme si maman était une inconnue sur qui je devais m'efforcer de faire bonne impression, alors que pour de vrai elle est ma mère. Je me roule en boule sur le canapé. Peter (grand et dégingandé, longs cheveux noirs, lunettes) s'installe au piano, maman va se mettre près de lui et je vois que pour eux cet instrument est tout sauf un adversaire : c'est un ami, un vrai pote. Quand Peter passe les mains sur le clavier, les notes ruissellent dans l'air comme une rivière au moment de la fonte.

"Tu veux bien être le public-test pour notre nouveau morceau, Sadie ?

— Super !"

Tout en caressant le grain de beauté au creux de son bras gauche, maman se réchauffe la voix avec des gammes et des arpèges – mais pour elle ce n'est pas comme réciter l'alphabet, c'est plutôt

comme la joie, comme de courir pieds
nus sur une longue plage de sable.
Elle fait signe à Peter qu'elle est prête.
Après plusieurs notes courtes, accen-
tuées, en staccato, il tombe sur un
accord, la voix de maman vient se glisser parmi ses notes, s'empare de l'une
d'elles et rebondit jusqu'au ciel : c'est
parti. Sur un rythme saccadé, elle descend depuis les notes aiguës, chantées
avec une douceur déchirante, jusqu'aux
eaux profondes et sombres des notes
basses, où elle gémit comme si la vie
la quittait goutte à goutte. Parfois elle
fait un bruit avec les lèvres comme un
bouchon qui saute, d'autres fois elle se
frappe la poitrine du plat de la main
pour ponctuer la musique qui coule de
sa gorge. On dirait que sa voix raconte
une histoire – non seulement l'histoire
de sa vie mais celle de toute l'humanité avec ses guerres et ses famines,
ses combats et ses épreuves, ses triom-
phes et ses défaites, tantôt elle se déverse en vagues menaçantes comme
l'océan gonflé d'une tempête, tantôt
elle est comme une chute d'eau, dé-
gringolant la falaise et rebondissant sur
les rochers pour se précipiter dans un
chaos d'écume vers la sombre vallée
luxuriante au-dessous. Elle dessine autour de ma tête des cercles d'or comme

les anneaux de Saturne, se balance follement de haut en bas comme la danse du french cancan, se lamente et frémit, s'insinuant autour d'un *fa* grave comme le lierre autour d'un tronc d'arbre, pour se plonger enfin dans les eaux bleu cristal de l'accord de *sol* majeur que répète la main gauche de Peter… Je suis transportée. Maman a raison : personne n'a jamais utilisé sa voix comme ça. Elle est unique, ma mère : un inventeur, un génie, une déesse du chant à l'état pur. Si Mlle Kelly pouvait l'entendre elle aurait une crise d'apoplexie et mourrait sur-le-champ, forcée de reconnaître l'inutilité de sa musique à elle.

Quand le morceau prend fin, maman est trempée de sueur (il ne faut pas dire *sueur*, c'est presque un gros mot, grand-papa a un proverbe qui dit "Les chevaux suent, les hommes transpirent, les femmes ne font que luire", il en a un autre au sujet des femmes et des chevaux : "On peut conduire le cheval au bal mais non le faire danser, on peut conduire une femme aux livres mais non la faire penser") et son t-shirt lui colle à la peau. Sautant sur ses pieds, Peter l'attrape dans ses bras et la fait tourner en disant : "C'était fabuleux, Krissy !" et maman laisse tomber sa tête

en arrière, s'abandonnant au mouvement comme une poupée de chiffon.

"Qu'en dis-tu, mon cœur ? elle me
demande quand il la repose par terre.

— Super !" (Je n'arrive toujours pas
à prononcer une seule phrase intelli-
gente.)

"Ça te plaît ?

— Et comment !

— Tu crois que je peux aller quelque
part avec ça ?

— *Oui !*

— Oh, mon amour, dit maman en
me soufflant un baiser, on va s'envoler
jusqu'au ciel, tu te rends compte ?

— Mon tour pour un bisou", dit Peter. Il tourne ma mère vers lui et l'embrasse carrément sur la bouche ouverte
comme dans les films à la télé, sauf que
grand-maman éteint toujours au début
du baiser alors qu'ici je peux l'observer
d'un bout à l'autre. Quand c'est fini,
Peter n'a pas l'air de penser que c'est
fini, il a l'air de penser que ça continue.
Ses lèvres sont mouillées et ramollies, il
farfouille dans sa poche, retire une poignée de petite monnaie et dit : "Il me
semble que Sadie a envie d'aller s'acheter des bonbons à l'épicerie du coin,
non ?" et maman, se tournant vers moi,
dit "Bonne idée ! Ça te plairait Sadie ?"
– mais même si j'adore les bonbons et

même si je n'ai presque jamais le droit d'en manger sauf un peu à Halloween et à Noël parce que ça pourrit les dents, ça ne me tente pas le moins du monde d'errer dans ce quartier inconnu à la recherche d'une épicerie inconnue. "Non, non, ça va", je dis, mais Peter vient me fourrer l'argent dans la main en disant "Je suis sûr que tout au fond d'elle-même, cette petite fille meurt d'envie d'aller s'acheter des bonbons" et maman dit en m'apportant mon manteau : "Ecoute, mon cœur, c'est à quatre rues d'ici, tout droit, on finira de répéter pendant ce temps et comme ça tu ne t'ennuieras plus à nous écouter. – Mais je ne m'ennuie pas du tout !" je proteste, mais elle m'accompagne à la porte : "Allez, ouste, mon cœur. On jouera tous au rami ensemble à ton retour."

Les rues sont longues et j'ai peur de me perdre ou d'être déchiquetée par des chiens ou kidnappée par une bande de truands, mais je veux prouver à maman que je suis une grande fille et ne serais pas un fardeau pour elle si nous vivions ensemble, alors chaque fois que la peur me monte à la gorge et me donne envie de pleurer je la ravale, mes jambes me semblent lointaines et comme détachées de mon corps, elles ont envie de courir mais je les oblige à marcher gauche droite gauche droite avec le pied droit sur les fentes chaque fois que c'est possible. Le quartier de maman est plus délabré que le nôtre, des mauvaises herbes poussent dans les fentes du trottoir et la peinture s'écaille sur les maisons et les gens sont assis sur leur perron à boire de la bière et à bavarder parce que c'est la première journée un peu chaude de l'année et quand j'arrive enfin à l'épicerie j'ai l'impression d'avoir marché pendant des heures.

Je pousse la porte, ce qui fait sonner une cloche juste au-dessus de ma tête, ce qui me fait sauter au plafond et lâcher les pièces de monnaie de Peter, qui s'éparpillent sur le sol. La grosse dame à la caisse dit : "Houp là !" d'une façon gentille. Heureusement qu'il n'y a personne d'autre dans le magasin pour se moquer de ma maladresse alors je m'accroupis et commence à ramasser les pièces une à une, elles ont roulé dans tous les sens, certaines sous les étagères, ça prend une éternité ça aussi et quand je me relève enfin je tremble d'angoisse en me disant que la grosse dame en aura marre de m'attendre mais non, elle ne me regarde même pas, elle tourne paresseusement les pages d'un magazine en bâillant. On dirait qu'elle va dans une fête ce soir parce qu'elle a les cheveux en bigoudis, et porte une robe en lamé vert ce qui détonne avec les bigoudis mais bien sûr une fois qu'elle sera toute coiffée elle n'aura pas envie de passer sa robe, je peux comprendre ça.

"Je voudrais des bonbons, s'il vous plaît", je dis, aussi poliment que possible mais je le dis trop bas et elle ne m'entend pas alors je répète la phrase d'une voix plus forte et la dame se relève lourdement. Elle va en se dandinant jusqu'aux boîtes à bonbons et commence à prendre de ses mains potelées des caramels durs et des dragées et des fraises sucrées et de longues ficelles de réglisse noir et rouge, les glissant dans un sac en papier brun et me disant le prix au fur et à mesure. Je pose les sous sur le comptoir en espérant qu'elle ne verra pas comme mes mains sont noires et poisseuses à force de racler le sol mais ensuite, juste au moment où je m'apprête à lui dire merci et au revoir, elle me dit : "Tu veux bien remonter ma fermeture éclair, ma chouette ?" et se retourne. Je vois que la fermeture éclair de sa robe n'est remontée qu'à moitié et qu'elle a le dos blanc et charnu comme du blanc de

baleine, mes doigts luttent avec la fermeture, pour la remonter je dois écraser la chair en plis épais sous le tissu
vert brillant et j'ai peur de ne pas y arriver, je rougis violemment et la dame
remue les épaules pour me faciliter la
tâche mais on ne peut pas rentrer le
dos comme si c'était un ventre et quand
enfin la fermeture arrive en haut elle
dit "Eh ben dis donc, j'ai intérêt à ne
pas *respirer* ce soir !" Ensuite elle dit :
"Merci, ma chouette" et me tend deux
bébés nègres en guise de paiement et
je suis tellement nerveuse qu'ils m'échappent presque des mains mais pas tout
à fait.

Quand je rentre enfin chez maman,
n'ayant pas été mise en pièces par des
chiens-loups sur le chemin du retour,
elle est en train de refaire le lit et ses
cheveux sont en désordre et son visage
est différent et Peter a disparu.

"Où est Peter ?

— Il a dû partir.

— Mais tu as dit qu'on allait jouer au
rami !

— Oui je sais, mon cœur, mais il a
reçu un coup de fil, une urgence quel-
conque… Il m'a dit de te faire un gros
bisou."

Je ne dis rien mais je me sens déçue
et un peu flouée.

Maman allume une cigarette et en expire énergiquement la fumée par ses deux narines (ce que j'adore). "Tu l'aimes bien, Peter ?

— Il est pas mal.

— Lui il t'aime beaucoup.

— Il ne me connaît même pas.

— Tu sais ce qu'il m'a dit de toi ?

— Non.

— Il a dit : «Il s'en passe des choses, dans cette caboche.»

— C'est quoi une caboche ?"

Maman rit. "C'est ta tête, mon ange !"

Alors, pour en avoir le cœur net, je demande : "Tu vas l'épouser ?

— Comment l'as-tu deviné ?"

Ça déclenche comme une onde de choc dans mon cerveau.

"Tu vas l'épouser ? je répète d'une voix minuscule et comme essoufflée.

— Viens sur mes genoux, mon cœur."

Assise sur le bord de son lit, maman me tend les bras pour que je m'y jette.

"Ecoute, pour l'instant c'est vraiment un secret, il ne faut pas en parler à tes grands-parents, d'accord ? Peter est quelqu'un de très bien et il prend ma carrière en main, il m'a organisé une tournée du tonnerre ce printemps, je vais sillonner le pays d'un bout à l'autre, il va me rendre célèbre, Sadie !

— Mais est-ce que tu l'aimes ?

— Oh… si je l'aime…" Elle me regarde longuement avant de poursuivre : "Tu sais, ma grande, je ne suis pas sûre de comprendre grand-chose à l'amour, mais il y a une chose que je sais avec certitude : *Je… t'aime… toi !* D'accord ? Pour le reste… ne te fais pas de souci, d'accord ? Je m'en occupe.

— Et puis, peut-être que si vous êtes mariés je peux venir vivre avec vous parce que ça ne sera plus aussi honteux ?

— Honteux ? Oh mon bébé ! Il s'en passe de drôles de choses dans cette caboche, dis-moi ! Ça n'a jamais été une question de honte, ça a été une question d'argent. Et au rythme où vont les choses, il me semble que la réponse à ta question est un immense… *oui* ! Mais ça aussi, motus pour l'instant, d'accord ? Promis ?"

Elle se lève et fait le tour de la pièce en allumant des lampes parce que le soleil se couche et qu'on ne voit presque plus rien. Je la suis jusqu'au coin cuisine et, m'attrapant sous les bras, elle me hisse sur un des hauts tabourets au bar pour que je puisse la regarder cuisiner.

"Je vais nous faire des hamburgers, d'accord ?"

Je me demande si je devrais lui parler des *Sloppy Joes*, ces hamburgers ouverts

dont j'avais raffolé à la fête d'anniversaire de Lisa, mais je décide que non
parce qu'elle pourrait penser que je suis
ingrate ou que je critique sa cuisine à
elle, alors je me contente de dire "Super !" Elle sort la viande du frigidaire, la
coupe en morceaux et la fait passer par
le hachoir, ce qui lui fait penser à une
chanson – tout lui fait penser à une chanson – alors, tout en hachant la viande,
elle me chante l'histoire d'un jeune Hollandais du nom de Johnny Burbeck qui,
un beau jour, a inventé une machine à
saucisses. Ses voisins avaient peur de
voir tous leurs chiens et chats réduits en
chair à saucisse, ce qui me fait rire tout
haut. Dans la dernière strophe, la machine tombe en panne et Johnny Burbeck rampe à l'intérieur pour essayer de
la réparer mais sa femme est somnambule, elle met la machine en marche sans
faire exprès et c'est désopilant comme
maman le chante :

Elle donne à la manivelle un coup sec
Et réduit en farce Monsieur Burbeck !

Elle me fait signe de la rejoindre pour
le refrain alors je chante avec elle, tout
excitée :

Ah, Johnny, Johnny, Monsieur Burbeck,
T'as vraiment plus bonne mine,
Jamais, jamais tu n'aurais dû
Inventer cette machine !

… et ainsi de suite. J'essaie de chanter fort pour que ma voix soit aussi pleine et riche que celle de ma mère mais il n'y a rien à faire, on dirait du petit-lait comparé à de la crème.

"Tu sais ce que c'est, un Hamburger ?" elle me demande ensuite, tout en moulant de ses mains nues la viande hachée en petites boules.

La réponse évidente ne peut pas être la bonne alors je dis : "Non, c'est quoi ?

— C'est un monsieur qui habite à Hambourg ! Et une Bolognaise ?

— Ben…

— Ah ! ah ! ah ! C'est une dame qui habite à Bologne ! Et un steak ?

— Un petit garçon qui habite à Stakesville ? je dis, pour lui montrer que j'ai pigé le truc.

— Non, bêta, c'est une épaisse tranche de bœuf !" Elle éclate de rire et je suis sûre et certaine qu'aucune fille de ma classe n'a une mère aussi formidable.

Quand elle me tourne le dos pour faire griller les hamburgers, je me rappelle que je voulais lui raconter comme ma prof de piano me frappe – alors, même si c'est un peu cheveu sur la soupe au milieu de la bonne humeur du moment, je le lui dis.

Elle ne dit rien.

"Tu m'as entendue, maman ?

— Hm ?

— Tu m'as entendue dire que Mlle Kelly me frappe les poignets avec une règle, *très fort*, presque à chaque leçon ?

— Oui, j'ai entendu, mon cœur... Ça ne doit pas être bien agréable", elle dit d'une voix absente et je vois qu'elle est partie loin, très loin, je ne sais où, alors j'essaie de revenir à la bonne ambiance d'avant et je dis : "Alors s'il est haché menu, Johnny Burbeck, ce n'est plus un Hollandais, c'est un Hamburger", et maman rit à gorge déployée.

Pour le dessert on mange de la gelée de raisin en plongeant la cuiller directement dans le bocal, ce qu'on n'aurait jamais le droit de faire chez grand-maman, je m'en barbouille les lèvres et elles deviennent toutes violettes et maman tire la langue et elle a la langue violette aussi, ce qui nous fait pouffer de rire et puis elle dit "Tu peux tirer la langue et te toucher le nez ?" alors j'essaie de le faire mais je n'y arrive pas et ensuite elle dit "Regarde, c'est facile !" et, tout en tirant la langue, elle se touche le nez avec le bout de son index. Je me demande si ça m'avancerait à quelque chose de faire ce tour à l'école lundi prochain ou si les filles diraient juste : "Quelle blague idiote !" Je montre à maman comment je fais pour loucher exprès, en gardant les yeux fixés sur le bout de mon index pendant que je l'approche de mon nez ; maman ne me dit *pas* que mes yeux resteront coincés dans cette position, et je voudrais que la soirée ne prenne jamais fin.

On se couche ensemble dans son lit. D'abord son corps est chaud, collé tout contre mien, et je me crois au paradis mais au bout d'un moment elle se lève et va au comptoir de la cuisine se verser un verre de whisky et allumer une cigarette, je la regarde à travers mes cils en faisant semblant de dormir parce que je ne veux pas perdre une seule seconde de la présence de ma mère mais ensuite je m'endors malgré moi. Dans mon rêve je la vois qui glisse un minuscule bébé dans une enveloppe brune, elle écrit le nom du bébé dessus au feutre rouge et met l'enveloppe dans la boîte aux lettres de quelqu'un d'autre, ensuite elle fait la même chose avec un autre bébé et je commence à me sentir très mal à l'aise à l'idée de tous ces petits bébés enfermés dans des paquets, nus comme des vers et sans rien à manger.

Quand je me réveille le matin, maman dort profondément à mes côtés. Elle a le bras gauche recourbé au-dessus de sa tête et je passe un moment à étudier son grain de beauté. Je me demande pourquoi le mien est apparu à un endroit aussi honteux et dès que je pense à ça les idées mauvaises sur le fait d'être souillée et nulle se réveillent dans mon cerveau. Mon pied droit commence à frapper mon pied gauche et j'ai peur de réveiller maman alors je quitte précautionneusement le lit et vais aux toilettes. Ensuite je ne sais pas quoi faire parce qu'elle dort encore alors je mange des bonbons pour le petit déjeuner et l'Ennemi m'asticote en disant *Tu es déjà grosse, fillette, et les bonbons te feront encore grossir.* Cette pensée m'obsède alors je vais voir s'il y a des livres pour enfants dans la bibliothèque de ma mère mais il n'y en a pas alors je mange encore des bonbons et ensuite j'ai mal au cœur à cause de l'odeur du gras dans la poêle à frire d'hier soir alors je retourne aux toilettes pour vomir. Je ne veux pas gâcher le week-end chez ma mère mais je dois dire qu'en ce moment précis je ne m'amuse pas beaucoup, dehors il pleut à verse et j'ai très envie que maman se réveille mais je n'ose pas la réveiller parce qu'elle est peut-être restée debout toute la nuit à réfléchir et à boire comme le font souvent les artistes. La gorge me brûle à cause du vomi alors j'ouvre le frigidaire pour voir s'il y a du lait mais il n'y a rien du tout, juste un demi-pamplemousse et un vieux bout de fromage bleu qui me soulève l'estomac à nouveau alors je referme très vite la porte du frigidaire.

Maman se redresse dans le lit et j'ai peur qu'elle soit fâchée parce que je l'ai réveillée mais non. "Mon Dieu ! elle dit. Quelle heure est-il ? Onze heures… Tu es levée depuis longtemps, mon ange ?" Elle pivote dans le lit pour se lever et le monde redevient vivable parce que ma mère est là, à fumer sa première cigarette de la journée et à se faire du café, à enfiler son pantalon noir et à me serrer dans les bras et à allumer la radio et à me parler. "Quel temps pourri ! elle dit. C'est vraiment dommage, j'avais envie de t'emmener au zoo !"

Peter arrive avec un sac de courses et m'ébouriffe la tête, ce que j'apprécie moyennement parce que je viens juste de me coiffer, ensuite un couple d'amis débarque à l'improviste et le téléphone se met à sonner et d'autres amis débarquent et en moins d'une heure l'appartement de ma mère est rempli de six inconnus en train de fumer et de bavarder et de rire, parmi les hommes il y en a deux qui portent la barbe et je me demande si mon père Mort est toujours barbu lui aussi et si ces gens le connaissent. Peut-être qu'en le revoyant ils lui diront qu'ils ont rencontré sa fille Sadie et qu'il leur posera des questions à mon sujet. Tous prétendent être très heureux de faire ma connaissance mais ce n'est pas mon cas parce qu'ils accaparent ma mère pendant mon seul et unique week-end chez elle. Je remarque qu'en s'adressant à elle ils ont une voix spéciale, pleine de respect, et dès qu'elle ouvre la bouche ils se taisent pour l'écouter, et si elle fait une plaisanterie ils rient plus fort que pour les autres. Au bout d'un moment Peter me prend sur ses genoux et commence à faire *A dada sur mon bidet*, ce qui est malheureusement une chose que les adultes se croient obligés de faire avec les enfants. Je me tortille jusqu'à ce qu'il me libère et soudain une femme dit : "Krissy, tu ne voudrais pas nous chanter quelque chose ?" et maman dit "Pourquoi pas ?" Sans quitter sa chaise, elle ferme les yeux et se croise les bras. Le pouce droit coincé dans le creux de son bras gauche, elle échauffe ses cordes vocales en faisant passer le son dessus très doucement, vers le haut et vers le bas, comme l'archet sur les cordes d'un violon,

Peter s'installe au piano et produit comme un bourdon en jouant *fa* et *la* bémol
en alternance dans les graves. D'abord
la voix de maman emprunte ce chemin
mais ensuite elle se met à voler au-dessus, à remplir toute la pièce, à traverser
les murs et le plafond pour embrasser
le ciel, et nous aussi on est obligé de
fermer les yeux parce que le monde vi-
suel est devenu sans intérêt, il n'y a plus
que la voix de ma mère, aussi belle
et évidente que l'air, que l'eau, que l'a-
mour. Quand enfin elle arrête de chanter on ne sait plus qui on est ni où on a
été, et la femme qui lui a demandé de
chanter est en larmes. Il y a un long silence, avant le tonnerre d'applaudissements.

   "Krissy, dit l'un des hommes, tu es
une magicienne. Non mais vraiment.
Une sorcière.

   — Tu savais que ta maman était une
sorcière, chouquette ?" dit un homme
que je ne connais ni d'Eve ni d'Adam
et je voudrais qu'ils fichent tous le camp,
ils me gâchent mon week-end mais maman n'a pas l'air de s'en rendre compte,
nos heures précieuses s'écoulent les
unes après les autres et vers trois heures
de l'après-midi Peter fait des œufs
brouillés dans la poêle à frire d'hier
soir que maman n'avait pas lavée, il les

sert dans des tasses et des bols parce qu'il n'y a pas assez d'assiettes pour tout le monde. Je commence juste à m'amuser un peu quand quelqu'un me demande – pour faire la conversation, pas parce que ça l'intéresse vraiment – où je vais à école. Je lui réponds et tout le monde se met à faire "Oh" et "Ah" et "C'est d'un *chic*!" et je rougis, alors que ce n'est vraiment pas de ma faute dans quelle école je vais mais plus je rougis, plus je suis gênée parce que les autres peuvent *voir* que je suis gênée alors je rougis encore plus, mais enfin maman dit : "Ecoutez, il faut bien qu'il y ait quelqu'un de respectable dans la famille, non ?", ce qui les fait partir d'un grand éclat de rire et leur permet de changer de sujet.

Du temps passe encore. Tout d'un coup, maman se lève et dit : "Bon, allez, les mecs, déguerpissez. Il est cinq heures, j'ai un concert à sept heures, il me faut du temps pour me préparer. Sadie mon cœur, ça ne te dérange pas de rentrer seule avec Peter ?"

En quelques secondes ma valise est prête et elle me la tend, les amis se dirigent vers la porte en ordre dispersé, je me sens paumée et toute petite au milieu du brouhaha de leur départ mais maman s'accroupit près de moi et me prend le visage dans ses deux mains et me pose sur les lèvres un baiser doux et bref. "Alors, dit-elle. Tu n'oublieras *rien* de ce qu'on s'est dit hier soir, n'est-ce pas ?" et je fais oui de la tête en luttant pour retenir mes larmes, je voudrais tellement savoir quand je la reverrai mais je n'ose pas lui poser la question. Ensuite elle me souffle à l'oreille, pour que personne ne l'entende : "C'est quoi un Hamburger ?" et je lui dis à l'oreille : "C'est un monsieur qui habite à Hambourg", et elle me dit à l'oreille : "Non, bêta, c'est du steak haché servi dans un petit pain rond !" Et, après m'avoir serrée très fort contre sa poitrine, là où vibre le chant, elle me pousse vers la porte.

Peter me laisse monter avec lui sur le siège avant, ce que grand-maman ne fait jamais, et pendant qu'on traverse la ville sous la pluie battante la radio passe une chanson d'Elvis Presley et les essuie-glaces suivent exactement le rythme. Soudain je me rappelle le regard qu'ont échangé grand-maman et grand-papa en entendant le nom de Peter alors je lui demande : "C'est quel genre de nom, Silbermann ?

— C'est un genre de nom juif, il dit. Pourquoi ?

— Et c'est quoi, juif ?

— Eh ben, ça dépend. C'est une très longue histoire, avec beaucoup de rebondissements et pas de happy end.

— Ça veut dire que tu ne vas pas à l'église ?

— Non non, beaucoup de juifs vont dans des églises qui s'appellent des synagogues. Ce n'est pas mon côté *juif* qui ne va pas à l'église, c'est mon côté *athée*.

— C'est quoi, athée ?

— Ça veut dire qu'on ne croit pas aux balivernes comme le diable et le bon Dieu.

— Tu crois en quelque chose, quand même !?

— Ben, bien sûr… je crois en ta maman : ça, c'est clair. Je crois en l'argent, même si je n'ai pas encore vu beaucoup de preuves de son existence. Sans l'ombre d'un doute je crois en ces essuie-glaces, regarde le beau travail qu'ils font ! Euh… je crois beaucoup aux œufs brouillés, de préférence avec des bagels.

— C'est quoi des bagels ?

— Hmmmm… C'est bien, la môme, il te reste plein de choses à découvrir ! A bientôt, hein ?"

C'est dur de reprendre la vie normale avec les souvenirs de ce week-end qui me dansent dans la tête. C'est dur de se réveiller le lundi matin et de se rendre compte qu'il reste encore cinq jours d'école à tirer avant le week-end et de ne pas non plus avoir hâte d'arriver au week-end. Chaque fraction de chaque seconde me fait crisser les nerfs, depuis grand-maman qui me demande si j'ai fait mon lit jusqu'à Hilare qui frappe le parquet de sa queue ; je voudrais décocher des coups de pied à l'une et à l'autre mais ce n'est malheureusement pas possible.

Mes cours de danse me torturent encore plus que d'habitude parce que mes pointes sont devenues trop petites et grand-maman dit que ce n'est pas la peine de m'en acheter de nouvelles parce qu'il ne reste que deux mois avant les vacances d'été et que mes pieds vont grandir pendant l'été et d'ici septembre les nouvelles seraient trop petites aussi, alors je dois patienter.

A l'école je joue avec l'idée de raconter aux filles les blagues de maman sur le Hamburger et la Bolognaise, mais j'ai peur qu'elles se regardent en levant les sourcils et leur silence hautain gâcherait ces blagues à tout jamais. Pendant le cours de dessin je vais tailler mon crayon bleu et quand je le glisse dans le taille-crayon ça me fait penser à maman glissant les morceaux de bœuf dans le hachoir, ce qui me fait penser à Johnny Burbeck – *Elle donne à la manivelle un coup sec* – et soudain je me vois en train de tailler mon propre index à la place du crayon, chaque tour le broie un peu plus, la main droite réduit la main gauche en bouillie, arrachant et déchirant des bouts de chair, craquant et écrasant les os, faisant goutter le sang… "Sadie, qu'est-ce que tu fabriques ?" demande la prof de dessin parce que je suis là debout, paralysée, à fixer le taille-crayon sans rien faire.

Le mois de mai arrive en trébuchant. Je me surveille de près et me donne chaque jour une note sur dix. Dès que je rentre de l'école, je me plante devant la glace dans ma chambre et si je suis décoiffée ou si mes lacets sont défaits ou si l'ourlet de ma jupe pend, je perds des points. D'autres points peuvent m'être enlevés si je rote ou pète ou donne à grand-maman un prétexte pour élever la voix, ou si Mlle Kelly me frappe avec la règle. Je peux penser tout ce que je veux mais si je dis un gros mot tout haut (même en chuchotant) ou fais une faute de grammaire ou tiens mon verre de la main gauche ou ravale ma morve au lieu de me moucher, les points sautent.

Je perds une de mes canines supé-
rieures et passe des heures à sucer le
trou dans mes gencives, à l'agacer avec
ma langue, à boire le minuscule filet
métallique de mon propre sang parce
que je ne veux pas qu'il s'arrête. Je me
mangerais moi-même si je le pouvais,
passant par ma propre gorge pour disparaître dans mon estomac. Je com-
mencerais en me rongeant les ongles
et puis je grignoterais les doigts, les mains,
les coudes et les épaules… Non, il vau-
drait peut-être mieux commencer par
les pieds… Mais comment faire pour
manger ma propre tête ? Ouvrir si grande
la bouche qu'elle se replierait en arrière
et engouffrerait toute la tête en une
bouchée, comme ça il ne resterait plus
de moi qu'un petit estomac tremblo-
tant par terre, enfin rassasié.

J'ai toujours faim. Grand-maman me
dit de mastiquer lentement et conscien-
cieusement ma nourriture au lieu de
l'engloutir mais j'ai beau la mastiquer
lentement je voudrais toujours qu'il y
en ait plus et ce n'est pas poli de se
resservir plus d'une fois. Le seul repas
que grand-maman ne supervise pas c'est
mon goûter parce qu'en général elle
fait son jardinage à ce moment-là alors
pendant qu'elle a le dos tourné je me
fais deux énormes sandwichs avec des

couches épaisses de beurre d'arachide et de gelée de raisin, que j'avale presque sans mastiquer du tout.

Un jour, alors que je m'apprête à dévorer ce régal coupable salé-sucré, un homme entre dans la cuisine d'un pas aussi agile et silencieux qu'un chat. Il a des sourcils broussailleux et le regard vert doré et je devine tout de suite que c'est un des fous de grand-papa : ou bien il s'est égaré en cherchant la sortie vers la rue, ou bien il s'est mis en tête d'explorer la maison de son psy. Me remettant de ma surprise, je dis "Salut !" et il me répond "Salut ! Ça a l'air bon ! – Vous en voulez ?" je dis en lui montrant le sandwich intouché sur l'assiette et il dit "Non, non. Merci quand même. Je m'appelle Jasper – et toi ? – Sadie, je dis. – Je peux m'asseoir ?" il dit, et je réponds "Je vous en prie", avec un petit frisson agréable dans l'estomac parce que ceci est un Evénement dans ma vie si affreusement pauvre en événements, et il dit en regardant les pots sur la table : "Moi aussi, j'adorais ce mélange quand j'étais petit" – mais juste à ce moment-là Hilare qui a capté l'odeur de l'inconnu arrive en trombe dans la cuisine et se jette sur les chevilles de Jasper en glapissant et en claquant les mâchoires, alors je lui décoche le coup de pied dont je rêve depuis des mois et il hurle de douleur comme le chien dans *Tom et Jerry* à la télé, mais l'homme se remet debout d'un air bouleversé : "Non, non, Sadie, il dit, il ne faut pas punir le chien. Les chiens ne peuvent pas être plus intelligents que leurs maîtres. Pauvre petit, pauvre petit…" Il se penche pour flatter Hilare qui couine encore, mais juste à ce moment-là grand-maman remonte quatre à quatre les marches derrière la maison et déboule dans la cuisine en brandissant ses cisailles de jardinage. "Sortez d'ici ! elle crie. Plus vite que ça ! Sortez de ma maison ou j'appelle la police !" Jasper se redresse avec un sourire mélancolique et me dit tout bas "C'était un plaisir de parler avec toi, Sadie", et l'Evénement se termine avant même d'avoir pu commencer.

Un jour au petit déjeuner grand-papa pousse un petit grognement de surprise : son journal du matin contient une photo de maman et un article sur sa tournée.

"Regarde-moi ça", il dit à grand-maman. Elle vient derrière lui, se penche et pousse un petit grognement à son tour car sa propre fille lui fait un grand sourire depuis la page du journal. "Pour l'amour du ciel", elle dit, et grand-papa dit : "Je doute que le ciel ait grand-chose à voir là-dedans. Mais je n'apprécie pas beaucoup de voir mon nom de famille dans le *Globe and Mail*, associé à ces onomatopées inhumaines. Qu'en dis-tu, Hilare ?"

Hilare aboie joyeusement à cette annonce inespérée d'une promenade.

"Pas mal, pas mal ! dit grand-papa, en lui glissant la croûte de son pain grillé. Encore une ou deux semaines d'entraînement et tu pourras rejoindre Kristina sur scène !"

Je ne sais pas pourquoi ils se moquent de maman au lieu d'être fiers de la réussite de sa tournée. Moi je suis fière, très ! Je suis presque célèbre parce que ma mère est dans le journal ! A l'école personne n'a l'air d'être au courant, alors que les mots *Krissy Kriswaty* étaient imprimés en assez grandes lettres et moi je m'appelle Sadie Kriswaty et pour autant que je sache il n'y a pas beaucoup de Kriswaty à Toronto. Je n'ai pas envie d'aborder moi-même le sujet parce qu'ou bien les autres filles ne me croiraient pas (et j'aurais honte), ou alors elles me traiteraient de crâneuse (ce qui serait encore pire).

Je lis l'article de près en rentrant de l'école et, même s'il y a des mots que je ne comprends pas, ça me fait drôle de penser que c'est de ma mère qu'on parle. J'essaie d'imaginer les spectateurs à Regina ou à Vancouver en train d'écarquiller les yeux de stupéfaction quand cette mince femme blonde tout de noir vêtue déboule sur la scène, salue ses musiciens, s'empare du microphone, ouvre la bouche et ensuite, au lieu de chanter *Edelweiss* ou *My Favorite Things* ou d'autres fadaises de ce genre, les emmène faire le tour de l'univers. La musique est son sol et elle danse dessus, sautant les octaves sans effort ; parfois, tout là-haut dans les aigus, elle scinde sa voix en deux et chante avec elle-même en harmonie.

"Krissy Kriswaty est incroyable, dit l'article, et la nouvelle de son talent se répand comme une traînée de poudre." Dans l'interview le journaliste lui demande ce qu'elle a contre les mots et elle répond : "Il me semble que la voix est une langue à part entière." Le journaliste lui demande comment elle envisage l'avenir et elle dit qu'elle "pense se marier dans un avenir proche" (l'heureux élu, serait-ce son manager Peter Silbermann ? se demande le journaliste) "et déménager à New York pour y enregistrer son premier disque".

(l'article ne mentionne pas le fait qu'elle a une fille mais)

Dans le même journal il y a un article sur Marilyn Monroe : la veille au soir, vêtue d'une robe sexy très moulante, elle a chanté *Happy Birthday* pour le président Kennedy mais en retournant dans sa loge elle a été prise de vertige parce que sa robe lui coupait la circulation, je peux sympathiser avec elle parce que certains jours mon kilt me serre tellement que j'ai du mal à respirer, et pour lui sauver la vie on a dû tailler en pièces sa robe qui avait coûté douze mille dollars.

Je lis de mieux en mieux et de plus en plus vite, je lis comme si ma vie en dépendait, lire est mon seul et unique talent, si on me disait que je n'ai plus le droit de lire j'aurais une crise d'apoplexie et j'en mourrais.

Des histoires de chiens qui retrouvent leur maître après avoir parcouru des centaines de kilomètres, franchissant montagnes, forêts et rivières en arrivant pile sur le pas de leur porte.

Des histoires de gens qui marchent dans le désert et deviennent fous de soif, ils ont les lèvres craquelées et la bouche sèche, ils voient une oasis au loin mais en fait c'est un mirage, il n'y a rien du tout ; quand on commence à voir des mirages ça veut dire qu'on va mourir.

Des histoires de gens qui s'égarent dans le Grand Nord et se mettent à errer au hasard dans la neige jusqu'à ce que, épuisés, ils se couchent dans une congère en croyant que c'est leur propre lit, et meurent gelés dans l'illusion d'être enfin rentrés à la maison. Mais aussi *La Légende de Sam McGee* qui est tout le contraire : un homme meurt gelé au cours d'une expédition au pôle Nord et ses copains jettent son cadavre dans la chaudière et un peu plus tard en rouvrant la porte ils le trouvent tranquillement assis à fumer la pipe et à se rôtir les pieds auprès du feu :

Et il me dit en riant, et en s'esclaffant :
"Ferme vite la porte, je t'en prie,
Que le vent glacial n'entre pas ici,
Je n'pense plus à tous mes maux,
Depuis que j'ai quitté le Tennessee
Pour la première fois, j'ai chaud !"

… *Ça*, ça m'a fait rire.

Petit Sambo Noir me fait rire aussi, quand il berne les tigres et qu'au lieu de le manger ils commencent à se pourchasser autour de l'arbre en se mordant la queue, ils courent de plus en plus vite, si vite qu'on ne voit plus leurs pattes, et finissent par se fondre en une grosse flaque de beurre.

J'adore les livres où quelqu'un meurt.

Je rêve que ma mère meurt et que des centaines de gens viennent à ses funérailles, grand-maman et grand-papa se tiennent au bord de sa tombe, l'air affligés, et je leur dis : "Mais pourquoi vous n'étiez pas plus gentils avec elle quand elle était *vivante* ?"

Au mois de mai ma note moyenne est de huit sur dix ce qui n'est pas mal du tout mais ensuite je commets une erreur épouvantable. Ça se passe aux vestiaires, on se rhabille après le cours de gym et quand je baisse mon pantalon de sport ma petite culotte vient avec et dénude mes fesses, ça ne dure que deux secondes mais c'est suffisant : "Qu'est-ce que tu as sur le popotin, Sadie ?" demande Heather en montrant du doigt mon grain de beauté. "Hé ! Regardez, tout le monde !" et avant que je ne puisse remonter ma culotte les autres filles voient la tache, elles se moquent de moi et je suis anéantie. L'Ennemi est fou de rage, je sais qu'il me punira de l'avoir trahi et ça ne manque pas, dès que je rentre de l'école – avant même que j'aie eu le temps de prendre mon goûter ou de vérifier mon apparence dans la glace – il me dit de verrouiller la porte de ma chambre et de me cogner cent fois la tête, très fort, contre le mur. *Tu crois que ta mère va venir te chercher ?* il dit, railleur. *Ha ! Tu ne la mérites pas, tu ne sais même pas t'habiller et te déshabiller comme il faut, alors voilà, tu n'as qu'à rester dans cette maison jusqu'à la fin de ta vie.*

Est-ce que tous mes bons scores ont été annulés par cette seule erreur ?

Le soir je suis groggy à cause des cent coups sur la tête et mon travail au piano s'en ressent, je joue encore plus mal que d'habitude et je touche à peine à mon repas, grand-maman me demande si je suis malade mais je n'ai pas le droit de dire oui, je n'ai le droit de *rien* dire à *personne* de ce qui s'est passé mais juste à ce moment-là le téléphone sonne et je me précipite à la cuisine pour répondre.

"Allô ?

— Sadie, mon cœur ! Je suis revenue !

— *MAMAN !*"

Grand-maman entre à grands pas dans la cuisine et m'arrache le combiné des mains en grommelant : "*Qui* t'a dit de répondre au téléphone ? Va finir ton repas !" Ensuite, parlant dans le combiné, elle dit : "Kristina, tu as oublié que nous sommes à table à six heures et quart ?" mais apparemment maman ne répond pas à cette question parce qu'au bout d'un moment grand-maman dit *"Quoi ?"* et referme la porte de la cuisine, ce qui est un geste assez dramatique. Pendant dix bonnes minutes, grand-papa continue à manger tout seul et moi je reste là à attendre et nous n'échangeons pas un seul mot.

Quand grand-maman vient se rasseoir on voit qu'elle a été prise au dépourvu parce qu'elle garde les yeux sur son assiette. "Non seulement Kristina va épouser ce Peter…, elle dit à grand-papa. Non seulement elle veut que nous venions tous à leur mariage… mais ils vont amener Sadie avec eux à New York."

Une chape de bonheur velouté me tombe dessus, comme un dieu soupirant d'aise.

Ah. Alors mes efforts n'ont pas été vains. Malgré ce malheureux incident dans les vestiaires, mon score a porté ses fruits. Je vais quitter cette maison, et ma vraie vie pourra commencer enfin.

Plus rien ne peut m'atteindre. Mlle Kelly peut m'écrabouiller la tête avec *Les œuvres complètes pour piano* de Ludwig van Beethoven, à l'école les filles peuvent se mettre en rond autour de moi, me montrer du doigt et ricaner tout leur saoul, ma prof de danse peut m'envoyer au coin parce que j'ai raté ma pirouette pour la septième fois de suite, peu importe : je ne fais plus partie de ce monde, je vais à New York !

Début juin, les lèvres plus pincées que jamais, grand-maman se lance dans les préparatifs pour les noces de maman. Elle m'achète une nouvelle robe – un truc en taffetas jaune tout boursouflé avec des pans de dentelle raides et une ceinture en plastique noire. Le matin du grand jour elle m'amène chez le coiffeur, la dame me lave les cheveux avec de l'eau bouillante et me fait une mise en plis en enfonçant des épingles en plastique rose dans les bigoudis à angle aigu contre mon crâne, ça tire si fort que j'ai envie de hurler. Ensuite elle m'installe sous le sèche-cheveux et l'allume et je me mets à dégouliner de sueur sous cette espèce de heaume électrique brûlant et soufflant, les bigoudis me picotent le cuir chevelu et quand c'est enfin terminé et qu'elle ôte les bigoudis je pense qu'au moins je vais être belle mais non, au lieu de me laisser les frisettes qu'elle m'a faites elle les crêpe jusqu'à ce que j'aie l'air d'une folle, puis me construit un casque de Minerve et l'immobilise avec de la laque et je ne me reconnais même pas dans la glace, c'est une coiffure franchement absurde pour une petite fille. Je lutte encore un bon moment avec ma robe, mes bas et mes chaussures, et enfin, reculant pour étudier le résultat, grand-maman hoche la tête : "Ça ira."

L'église est bondée mais, à part mes grands-parents et deux ou trois amis de maman que j'ai rencontrés chez elle ce fameux jour d'avril, je ne reconnais personne. Je m'installe au premier rang entre grand-maman et Peter. Grand-maman regarde droit devant elle, tendue et taciturne, alors en attendant que la cérémonie commence je parle à voix basse avec Peter.

"Si tu ne crois pas à toutes ces balivernes, pourquoi tu te maries à l'église ? je lui demande.

— Ta mère m'a dit que c'était du théâtre, il me répond. On fait un spectacle sur le mariage, tu vois ? Tout le monde a son rôle à jouer. Il est sensass, ton costume, soit dit en passant.

— Merci, je lui dis, reconnaissante de son mensonge. Le tien n'est pas mal non plus.

— Alors tu vois… quand ce sera mon tour, je me lèverai, j'irai mettre une bague au doigt de Krissy, et je dirai «Oui». Et tu sais quoi, Sadie ?

— Non, quoi ?"

Il se penche pour me parler plus bas encore, sur un ton de conspirateur : "J'ai appris mon texte par cœur."

Je pouffe de rire et grand-maman me donne un coup de coude dans les côtes. L'orgue, sifflant et ahanant, se met alors à jouer *La marche nuptiale* et les gens se retournent pour regarder grand-papa avancer lentement dans l'allée centrale en tenant maman par le coude, elle porte une longue robe blanche toute simple et sans manches, ses cheveux blonds sont tressées en de petites nattes ornées de fleurs blanches, il n'y a jamais eu de femme plus belle dans l'histoire de l'univers.

"Regarde, murmure Peter. Ta grand-mère pleure, exactement au bon moment ! Et maintenant c'est à moi d'entrer en scène. J'ai le trac. C'était quoi encore, ma réplique ?

— «Oui.»

— Ah oui, c'est ça. «Oui.» «Oui.» «Oui.»"

Il se dirige vers l'autel à pas lents – et quelques instants plus tard, l'acteur qui joue le prêtre déclare que ma mère et Peter Silbermann sont unis par les liens sacrés du mariage.

A la réception je suis obnubilée par la nourriture. Au lieu de s'asseoir à une seule table, les gens circulent d'une

table à l'autre, il y a d'énormes pla-
teaux de petits fours – payés sans
doute par les parents de Peter qui sont
riches, je suis sûre que mes grands-
parents n'auraient jamais eu l'idée de
tous ces rouleaux farcis et ces boulettes
croustillantes et ces pâtisseries noyées
dans le miel. Profitant de ce que grand-
maman n'osera pas me réprimander
devant tout le monde, je m'empiffre de
mets et d'entremets en me pâmant
de plaisir et en tenant à distance la voix
de l'Ennemi, oui je sais que je mange
trop mais après tout ce n'est pas tous
les jours qu'on assiste au mariage de sa
propre mère.

Il y a quelques bébés et quelques
ados mais je suis la seule enfant de mon
âge et de ma taille, qui est grosso modo
à mi-hauteur des adultes ; en naviguant
à travers la foule je sens beaucoup d'o-
deurs pas ragoûtantes.

Le père de Peter fait tinter son couteau contre une flûte de champagne
pour nous annoncer qu'il va faire un
discours, alors grand-papa fait un discours aussi et ensuite c'est au tour de
Peter. En les écoutant je repense à cette
idée de théâtre et me demande si au
fond les gens ne passent pas leur temps
à jouer des rôles, non seulement lors
des mariages mais tout au long de leur

existence : peut-être qu'en conseillant ses fous grand-papa joue le rôle d'un psychiatre et en me frappant avec la règle Mlle Kelly joue le rôle d'une méchante prof de piano ; peut-être qu'au fond d'eux-mêmes ils sont tous quelqu'un d'autre mais, ayant appris leurs répliques et décroché leurs diplômes, ils traversent la vie en jouant ces rôles et ils s'y habituent tellement qu'ils ne peuvent plus s'arrêter.

Avec maman c'est différent. Pour jouer le rôle d'une chanteuse il faut *être* une chanteuse, on ne peut pas tricher. Ma mère est peut-être la seule personne ici à être vraiment ce qu'elle est.

Après avoir pensé cette pensée jusqu'au bout, je décide d'aller voir quel genre de nourriture on sert dehors dans le jardin et plaf ! je rentre dans une porte en verre que je croyais grande ouverte mais qui était fermée. Non seulement l'impact me coupe le souffle et me fait mal au nez mais la porte se fracasse, faisant voler des éclats de verre dans tous les sens. Les invités me regardent, consternés, les serveurs arrivent en trottinant avec des balais et l'Ennemi me dit *Te voilà punie pour ta gourmandise.*

"Oh, Sadie !" s'écrie grand-maman, excédée, puis elle change de ton et dit "Viens ici – vite vite !" parce que mon nez pisse le sang et qu'elle veut l'étancher avec un kleenex avant qu'il ne puisse tacher ma robe jaune toute neuve.

Heureusement, pour détourner l'attention des gens de l'accident, le père de Peter fait signe à l'orchestre de commencer à jouer. Les jeunes mariés se mettent à tournoyer dans la pièce, l'image même de la grâce amoureuse, et puis maman fait une chose insolite, elle valse avec Peter jusqu'à l'endroit où grand-maman me nettoie le visage, ils m'attrapent dans les bras (coiffure en casque de Minerve, volants de taffetas, ceinture en plastique, nez en sang et tout) et continuent de danser avec moi. Quand le morceau prend fin ils me posent debout sur une table, de sorte que la semelle de mes chaussures est réellement en contact avec la nappe blanche (ils peuvent faire tout ce qu'ils veulent, la journée leur appartient), puis, me prenant chacun par une main, ils se tournent vers la foule et maman lance à la ronde d'une voix très fière : "Voici la nouvelle famille : Peter, Kristina et Sadie !" Les invités applaudissent à tout rompre et je regarde grand-maman et grand-papa pour voir l'effet que ça leur fait mais ils ont la même expression que d'habitude, figée et endolorie, comme s'il n'était ni plus ni moins excitant d'assister au mariage de leur fille que d'aller aux toilettes.

Le reste du mois de juin est une longue liste de dernières fois.

Je change mes draps dans cette maison pour la dernière fois (le drap de dessous au sale, le drap de dessus sur le dessous et un drap propre au-dessus : telle est la règle immuable de grand-maman en matière de changement de draps, alors qu'on pourrait tout aussi bien changer les deux draps tous les quinze jours, ça ferait moins de travail). Le bic violet de Mlle Kelly salit pour la dernière fois mon cahier de musique. Pour la dernière fois, je raccroche mes pointes, mon kilt et mon uniforme de jeannette, range le chemin brodé sur le clavier et referme le couvercle du piano.

Grand-papa s'installe à la table du petit déjeuner en disant "Ah, pourquoi ai-je choisi un métier pareil ? C'est à s'arracher les cheveux !" Ce n'est pas la dernière fois qu'il prononcera cette phrase mais *moi* je n'aurai plus à l'entendre et du coup je la trouve presque touchante. Grand-maman me demande d'essuyer la vaisselle et, dans la certitude de n'avoir plus jamais à le faire, je caresse presque du torchon les tasses et les assiettes cerclées d'or.

Le 2 juillet, grand-maman plie tous mes habits et les entasse soigneusement dans des cartons ; le 3 juillet la voiture de Peter se gare devant la maison et maman en bondit. Deux heures plus tard, ayant franchi la frontière américaine, nous dépassons à vive allure la ville de Rochester, New York.

J'étais tellement excitée à l'idée de notre départ que je n'ai presque pas dormi, alors au bout d'un moment je commence à me sentir lourde et léthargique et je m'assoupis, la tête sur le carton de livres à mes côtés. Quand je me réveille, il fait affreusement chaud, je suis en nage et j'ai mal au crâne et maman et Peter discutent ensemble à voix basse.

"Si tu veux vraiment qu'on soit une famille, dit Peter, il faudrait qu'on porte tous le même nom. Ça simplifierait les choses. M. et Mme Silbermann et leur fille Sadie Silbermann."

Ça me fait un choc parce que le moins qu'on puisse dire c'est que Peter n'est pas mon père, mais le fait est que j'ignore le nom de famille de mon vrai père ; j'ai hérité le nom de Kriswaty de ma mère qui l'a hérité du psychiatre de la rue Markham. Peut-être que si je change *et* de nom *et* de pays, l'Ennemi ne pourra plus me retrouver.

"Alors comme ça, dit maman, tu crois que je vais m'appeler Mme Silbermann ?

— C'est-à-dire, dit Peter (et je sens qu'il allume une cigarette parce qu'il parle à travers ses dents), tu pourrais garder Krissy Kriswaty comme nom de scène. Les initiales doubles sont faciles à retenir : Marilyn Monroe, Brigitte Bardot, Doris Day… Mais le reste du temps – aux réunions de parents d'élèves, par exemple – tu pourrais te cacher derrière «Mme Silbermann»."

Maman pouffe de rire. "Ça m'étonnerait que j'aille souvent dans les réunions de parents d'élèves ! Par contre, j'ai décidé de prendre un autre nom de scène.

— Ah bon ?

— Mm-hmm.

— A savoir ?

— Erra.

— *Quoi ?*

— Erra.

— Ça s'écrit comment ?

— E-R-R-A. Erra.

— C'est pas un nom, ça !

— C'en est un maintenant !"

Elle se met à chanter le nom d'une drôle de voix grave, et je suis sûre qu'elle a le doigt appuyé sur son grain de beauté.

"Tu peux pas faire ça, ma belle, dit Peter. J'ai consacré deux ans de ma vie à faire connaître le nom de Krissy Kriswaty !

— Peter, ce n'est pas parce que tu m'as mis la bague au doigt que tu as soudain le droit de me donner des ordres.

— C'est pas ton mari qui parle, là, c'est ton manager.

— Manager, schmanager ! C'est moi l'artiste et c'est moi qui prends les décisions parce que, sans artiste, les managers sont au chômage. J'ai raison ?"

Peter ne répond pas.

"Au contraire, insiste maman, je trouve que c'est le moment *parfait* pour changer de nom. Krissy Kriswaty était une chanteuse canadienne ; sa célébrité restera au Canada. Erra, elle, sera célèbre dans le monde entier.

— Où est-ce que tu es allée chercher un nom pareil ? dit Peter en hochant la tête.

— Erra", répète maman d'une voix ferme. Pivotant sur son siège, elle voit que je ne dors pas et me demande ce que j'en pense.

"Qu'est-ce que je pense de quoi ? je dis, en me frottant les yeux pour lui faire croire que je viens tout juste de me réveiller.

— L'idée de changer de nom. Ça te dirait, de t'appeler Sadie Silbermann à partir de maintenant ?

— Tu veux dire qu'il va m'adopter, Peter ?

— Je peux pas faire ça, la môme, dit Peter. Ton père est encore en vie.

— Alors on va tous mentir ?

— *Mentir ?* Non, non, bien sûr que non.

— Ça sera plus comme du théâtre, alors ?

— Voilà ! Tu as tout compris. Tu joueras le *rôle* de Sadie Silbermann. Qu'en dis-tu ?

— Sensass !" je dis.

Peter rigole en écrasant son mégot dans le cendrier.

"De toute façon, il dit, Sadie est un bon nom juif. Ça veut dire «princesse» en hébreu.

— Ah bon ? fait maman.

— Tu le savais pas ?

— Alors là, vraiment pas.

— Pourquoi tu l'as appelée Sadie alors ?

— J'aimais bien le nom, c'est tout.

— Eh bien, maintenant elle a une *raison* de s'appeler Sadie. Ah là là, il faut tout vous expliquer, à vous autres les gentils."

Je ne sais pas pourquoi il dit qu'on est gentil mais là, pour la première fois de ma vie, le nom Sadie me plaît parce qu'il me parle d'autre chose que de tristesse et de sadisme. *Princesse !*

"Et moi, dorénavant, ajoute maman à mon intention, chaque fois que je chante, je m'appellerai Erra. Ça te va ?

— Bof, pourquoi pas ? je dis en me redressant sur le siège arrière, le corps ankylosé mais le cœur léger. Tout me va, mais j'ai envie de faire pipi."

Ma première impression de Manhattan n'est pas fameuse, c'est gigantesque et tentaculaire comme Toronto mais en pire, et ça commence mal parce que Peter rate notre sortie de l'autoroute et maman dit "Eh ben bravo !" et pendant un moment il y a un mauvais silence dans la voiture. On finit par trouver notre adresse qui est dans la rue Norfolk, c'est un cinquième sans ascenseur que Peter nous a trouvé pour pas cher parce que l'ami qui nous le prête est mort récemment d'une overdose.

Les murs sont peints tout en noir avec des panneaux jaunes, les rideaux aussi sont noir et jaune et le plafond est rouge foncé. "Dis donc, dit Peter, c'est planant !"

Il y a un piano, sans quoi maman ne serait pas venue ; la première chose qu'elle fait en entrant c'est d'aller vérifier s'il est accordé et il l'est.

On monte tous nos bagages dans l'escalier en soufflant et en ahanant et je m'aperçois que la vie avec mes grands-parents et Hilare est déjà un souvenir vague et lointain. Il y a une seule chambre dans cet appartement et elle est à moi ; maman et papa (j'essaie de m'habituer à appeler Peter *papa*) dormiront sur le canapé-lit au salon. Je passe la tête par la fenêtre de ma chambre pour regarder en bas dans la rue : il y a beaucoup d'enfants qui jouent et, sur le trottoir, une quantité surprenante d'ordures et de crottes de chien. Tout ça baigne dans une drôle d'odeur exotique qui me plaît bien.

Comme il est trop tard pour faire des courses, on dîne au restaurant chinois et Peter essaie de m'apprendre à manger avec des baguettes mais elles m'échappent sans arrêt et tombent par terre, alors pour finir le serveur m'apporte une fourchette. A la fin du repas chacun reçoit un beignet chinois avec son horoscope dedans. Celui de Peter dit "Vous gagnerez bientôt l'argent" ce qui nous fait rire, celui de maman : "La chance est en attente de vous" et le mien : "Profitez de votre nouvelle e̷sistence" ce qui me sidère <u>malgré la faute d'orthographe.</u>

Maman et Peter-*alias*-papa n'ont rien prévu pour m'occuper pendant l'été, et ce rien me va très bien. Eux-mêmes sont occupés du matin au soir au studio d'enregistrement, ce qui les stimule et les met de bonne humeur. Il y a une bibliothèque pas loin de chez nous, maman me rapporte des piles de livres pour enfants et l'été devient une sorte de paradis sans fin où j'ai le droit de manger et de lire et de dormir tout mon saoul et où il n'y a presque pas de règles extérieures. Quant aux règles intérieures, eh bien… même si l'Ennemi surveille encore tous mes faits et gestes d'un œil critique, on dirait qu'il a décidé de garder pour l'instant un profil bas ; il ne m'a ni crié dessus, ni forcée à me faire mal depuis le déménagement. J'arrive même à m'habiller sans trop de tourments – mais bon, c'est vrai que c'est toujours plus facile en été.

Alors voilà, pour la première fois je fais l'expérience de ce qu'on appelle la vie de famille, et j'adore. Chaque matin quand le soleil me réveille en entrant à flots dans ma chambre, je vais au salon chatouiller les pieds nus de Peter et de maman qui dépassent sous le drap, et ils protestent en grommelant et en donnant des coups de pied dans le vide. Ça me fait drôle de voir ma mère toute nue au lit avec un homme tout nu, mais c'est comme ça la vie de famille et je ne demande qu'à m'y habituer.

J'apprends à faire du café, à le mettre sur un plateau avec de la crème et du sucre et à le leur apporter au lit.

Peter est vraiment très gentil avec moi. Il invente un jeu qui s'appelle la galipalette : d'abord il m'attrape par les mains, je fais quelques petits sauts sur place puis un grand saut pour mettre mes jambes autour de sa taille, je me laisse tomber en arrière jusqu'à ce que mes cheveux balayent le sol, j'amène mes jambes sur le devant pour former un V ouvert sur sa poitrine, il me tire vers le haut jusqu'à ce que je puisse nouer les jambes autour de son cou, et ensuite il me laisse basculer douce-ment en arrière et je fais une culbute et retombe sur mes pieds. C'est ça la gali-palette et c'est très amusant à faire, même s'il me taquine sur mon poids et fait mine d'être totalement essoufflé au bout de deux ou trois fois.

En peu de temps un nouveau groupe d'amis se met à graviter autour de ma mère, des copies carbone de ses amis de Toronto pour autant que je puisse en juger : mêmes barbes, mêmes che-veux hirsutes, même révérence transie pour sa voix. Ils passent de longues soirées à boire du vin et à fumer du kerouac en écoutant des disques, quand j'ai sommeil je n'ai qu'à aller dans ma chambre en fermant la porte, et si je suis curieuse je peux toujours regarder ce qui se passe par le trou de la serrure.

Certes c'est souvent le chantier chez nous – mais, comme dit maman, personne n'est parfait ! Quand il n'y a plus de couverts ni de sous-vêtements propres, quand on n'arrive plus à poser le pied tellement il y a du fatras par terre, elle se jette à corps perdu dans le ménage et, tout en frottant et en lavant et en balayant et en repassant et en secouant les tapis par la fenêtre, elle chante les tubes de Paul Anka en les déformant exprès : *Put your shed on my boulder*, des trucs comme ça.

Le 29 juillet ils fêtent mon septième anniversaire en m'amenant au zoo du Bronx et quand je suis fatiguée papa me hisse par-dessus sa tête et m'installe sur ses épaules. C'est génial de voir le monde de cette hauteur et aussi de sentir ses cheveux entre mes cuisses et ses mains sur mes chevilles. En rentrant on s'arrête sur le Grand Concourse et maman m'achète un gâteau dans une pâtisserie. A ma surprise, c'est meilleur que les gâteaux faits maison de grand-maman et quand je le dis à maman elle me répond que grand-maman avait la

main lourde avec son ingrédient préféré qui est la culpabilité.

Quelques jours plus tard, on apprend
que Marilyn Monroe s'est suicidée ce
qui est vraiment incroyable ; il y a quelques mois à peine, elle se faisait du souci pour une robe trop serrée ! Je regarde
maman et papa suivre l'histoire à la
télévision, ils ont l'air choqués et ça me
fait un effet bœuf, grand-maman et grand-
papa n'auraient pas l'air choqués même si une bombe atomique tombait
sur la ville de Toronto, ils se contente-
raient de hocher la tête d'un air désap-
probateur.

C'est dimanche et maman fait la grasse
matinée. Quand elle n'est toujours pas
levée à onze heures, papa me dit : "Si
on allait chercher quelque chose à se
mettre sous la dent ?" Alors on sort
dans la rue main dans la main et je me
sens fière et éveillée et unique. On
descend Delancey et Rivington et quand
on arrive sur Orchard je vois que tous
les magasins sont grands ouverts avec
des étals qui débordent jusque sur le
trottoir, chose impensable le dimanche
à Toronto. Il y a des enseignes partout
et je les lis fièrement à mesure que papa
me les montre du doigt : *Sacs à main
Fine & Klein, Maroquinerie Altman,*

Lainages, soies et draperies Beckenstein :
"la plus grande sélection du monde", il
serait dommage de ne pas acheter ici,
Cuir en gros ou au détail, Vêtements,
Tissus, Passementerie, Tricots et ainsi
de suite. Papa arbore un immense sourire et s'arrête de temps à autre pour
regarder la marchandise et bavarder
avec les vendeurs, tous le félicitent
pour sa jolie petite fille et je n'ai pas la
moindre envie de les désabuser. Il m'a-
mène dans un grand restaurant qui s'appelle *Chez Katz* où il y a énormément
de monde, des hommes surtout, et Peter
m'explique que ce n'est pas un restaurant mais un *delicatessen*, ce qui veut
dire qu'au lieu de s'asseoir à une table et
de donner sa commande à un serveur,
on fait la queue au comptoir en regardant, baba, les mille sortes de pains et
de charcuteries et de fromages exposés
dans la vitrine, quand c'est votre tour
on leur dit ce qu'on veut manger et ils
le flanquent sur l'assiette, là devant vos
yeux.

Papa me dit "OK, la môme, le moment est venu pour toi de faire la connaissance des bagels". Il passe notre
commande et on s'installe avec le plateau
à une petite table dans un coin et je
goûte à cette nouvelle forme d'extase
qui est une sorte de pain avec un trou

au milieu, tout bourré de saumon fumé et de fromage à la crème, et ensuite il dit : "Tu me posais des questions au sujet des juifs ?" et je fais oui de la tête parce que j'ai la bouche pleine et il dit : "Ça, c'est un des aspects les plus agréables de la vie des juifs."

Surprise, j'avale ce que j'ai dans la bouche et regarde autour de moi : "Tu veux dire que tout le monde ici est juif ?

— A peu près, dit Peter. A l'exception de quelques touristes comme toi. Le dimanche matin, quand le reste de la ville ferme tout, soi-disant pour aller à l'église, nous on se fait un point d'honneur d'être aussi actifs et bruyants que possible.

— Mais à quoi on voit qu'ils sont juifs ?

— Il s'agit pas de voir, la môme, il s'agit d'entendre."

Je prends encore une énorme bouchée de mon bagel et je dis "Ouais, j'ai remarqué qu'ils parlaient allemand" et, au lieu de me dire de ne pas parler la bouche pleine, papa dit "C'est pas de l'allemand, Sadie, c'est du yiddish" et je dis "C'est quoi le yiddish ?" et il dit "C'est la langue que parlaient jadis les juifs de l'Europe de l'Est. Tu as intérêt à bien l'écouter maintenant, parce que ces hommes sont les derniers du monde à le parler. Quand tu amèneras tes propres enfants chez Katz il n'y en aura plus.

— Et c'est quoi les aspects désagréables ?

— Oh… chaque chose en son temps. Il n'y a pas le feu."

Ça devient une tradition entre nous de descendre jusqu'au coin de Houston et Ludlow le dimanche matin pour prendre le petit déjeuner chez Katz. Papa me laisse goûter à tout ce que je veux et je veux goûter de tout : les cornichons à l'aneth et les tomates vertes en saumure, les sandwichs géants au corned-beef ou à la langue fumée ou au pastrami chaud, les bagels et les bialies, le hareng salé et les pizzas au salami, et enfin, comme dessert, un merveilleux strudel aux pommes.

"Mon Dieu, Peter, tu la gâtes !" dit maman quand je lui raconte ce que je viens de manger, mais papa dit : "Elle mérite d'être gâtée un peu, après toutes ces années d'éducation spartiate dans le Grand Nord" et, même si je ne connais pas le mot *spartiate*, je suis totalement d'accord.

Le paradis de l'été tire à sa fin ; brusquement, la rentrée scolaire est pour demain. *Tu es prête, Sadie ?* susurre l'Ennemi sur un ton menaçant. *Tu te crois vraiment prête à entrer en deuxième année ?* Mais je me dis que ce sera forcément mieux que la première parce qu'ici j'irai dans une école communale avec les autres enfants du quartier, au lieu d'une école privée chic et chère où les élèves viennent en voiture et portent tous l'uniforme, y compris à l'âme.

Ça ne se passe pas trop mal. Sous ma nouvelle identité de Sadie Silbermann, j'arrive à parler avec les autres enfants de l'école publique n° 140 Nathan-Strauss et je me rends compte qu'ils me croient juive comme eux. Je leur dis que je viens du Canada et ils savent à peine où ça se trouve, ce qui est incroyable, alors je leur dis qu'en fait le Canada est *plus grand* que les Etats-Unis et ils tapotent avec un doigt sur leur tempe comme si j'étais zinzin mais je n'en fais pas un plat, je me contente de hausser les épaules en disant tranquillement : "En *superficie* c'est un peu plus grand, mais vous avez dix fois plus d'habitants que nous", et ils restent bouche bée devant l'étendue de mes connaissances mais sans m'en tenir rigueur. Je dois faire attention et trouver le moyen de les épater avec mon intelligence sans me faire détester en tant que lèche-cul

comme l'an dernier, ce qui était épouvantable.

Je dis à maman que j'ai l'impression
de marcher sur des œufs et elle me dit :
"Oui, j'ai vécu la même chose parce
que, comme toi, j'ai appris à lire à cinq
ans." (J'oublie de lui demander *qui* lui
a appris à lire ; ce n'était certainement
ni grand-maman ni grand-papa !) "Les
enfants n'aiment pas ceux qui sortent
du rang, elle ajoute. Mais n'oublie pas,
ces jours-ci ils sont *tous* dans la même
situation que toi, à chercher leurs mar-
ques en tâtonnant. Aucun d'entre eux
n'est Dieu, tu vois ce que je veux dire ?
— Oui", je réponds, heureuse de vivre
enfin avec quelqu'un qui m'écoute et
me prend au sérieux, au lieu de me
dire sans arrêt de faire mon lit ou de
débarrasser la table.

Les autres enfants sont loin derrière
moi dans toutes les matières alors je
n'apprends pas grand-chose en classe,
mais à la récré je reçois une sacrée éducation parce que je n'ai jamais fréquenté
de garçons et maintenant ils m'entou-
rent de toutes parts, les filles parlent
d'eux sans arrêt et je suppose qu'ils parlent de nous aussi. Je ne suis pas totalement innocente parce qu'à Toronto
j'accompagnais parfois grand-papa dans

sa promenade avec Hilare et parfois si on passait près d'une chienne le truc d'Hilare sortait tout raide et rouge et il se mettait à gémir en essayant de lui grimper dessus, même si elle était trois fois plus grande que lui ce qui était désopilant. Une fois il s'est carrément mis à faire la chose avec un caniche nain tout blanc, mais grand-papa l'a arrêté en tirant violemment sur sa laisse : "Voyons, jeune homme, il a dit. Vous n'êtes guère en position d'assumer les charges d'une famille", ce qui m'a fait réfléchir parce qu'il avait dit la même chose à propos de mon père Mort.

Aussi, en feuilletant l'encyclopédie médicale de grand-papa, j'avais vu des dessins d'hommes et de femmes nus avec de drôles de noms comme "urètre" et "utérus" sur leurs parties intimes, mais maintenant les filles font des blagues au sujet de ces mêmes parties et c'est incroyable de penser que ça se passe tout le temps, que des hommes respectables en costume-cravate se comportent exactement comme Hilare, se mettant à gémir et glissant leur truc dans des dames respectables, c'est même à ça que sert le mariage, tous les couples le font, même quand ils ne veulent pas avoir de bébé, donc forcément maman et Peter le font aussi (j'entends des bruits parfois la nuit mais quand je regarde par le trou de la serrure il fait trop noir et je ne vois rien), même grand-maman et grand-papa ont dû le faire sinon maman ne serait pas née, et chacun des millions d'êtres humains à Manhattan et sur la Terre est le résultat de ces poussées et ces frottements et giclements qu'on appelle *baiser*, c'est difficile à croire et pourtant c'est vrai.

A l'école les garçons embêtent les filles. La première fois que je me fais tirer les cheveux ça me met en pétard mais ensuite je vois que c'est une façon de m'inclure alors j'apprends à dire "Bas les pattes !" comme les autres filles, sur un ton qui veut dire le contraire. J'apprends aussi à pouffer et à soupirer et à faire des œillades à certains garçons pour qu'ils sachent que je les aime bien. Parfois à la récré les garçons poursuivent les filles, les bras tendus en avant, en disant : "Juive ! juive !" et les filles font semblant d'avoir peur, elles piaillent et se sauvent en disant "Nazi ! nazi !", ce qui est un mot nouveau pour moi. Je le cherche dans le dictionnaire mais je ne vois pas le rapport entre un parti politique allemand et l'école publique n° 140 alors le dimanche d'après, chez Katz, je pose la question à papa.

"C'est quoi un nazi, papa ? je dis d'une voix claire et forte et papa sursaute et devient rouge comme une pivoine.

— Ch-chut", il fait, parce que ma question a fait tourner beaucoup de têtes. (Aussitôt, l'Ennemi rapplique en disant : *Bravo, Sadie, tu as mis les pieds dans le plat, tu gâches toujours tout et tu vas réussir à gâcher cette nouvelle amitié aussi.*) Pendant ce temps papa s'est ressaisi, il a avalé les dernières gouttes de café dans sa tasse et il me dit à voix basse, avec un petit clin d'œil : "Les nazis, c'était l'aspect le plus désagréable de la vie des juifs. Attends qu'on soit dehors…"

Quand on se retrouve dans la rue Orchard, parmi les rouleaux d'étoffe et les valises et les articles en cuir, il me demande d'où vient cette question et je lui parle de ce jeu à l'école et ses sourcils remontent au-dessus de ses lunettes et font des sillons dans son front. Ensuite il me donne l'explication en quelques mots.

"Les nazis, il dit, c'étaient des Allemands qui voulaient que les juifs disparaissent de la surface de la Terre.

— Pourquoi ?

— Parce qu'ils étaient juifs.

— Mais *pourquoi*, papa ?

— Parce qu'il est plus facile d'apprendre aux gens à être bêtes que de

354

leur apprendre à être intelligents. Par exemple, si on dit aux gens que tous leurs problèmes viennent des juifs, ils sont soulagés parce que c'est facile à comprendre. La vérité est *beaucoup* trop compliquée pour la plupart des gens.

— Tu veux dire qu'ils les ont tués ?

— Eh ! oui, fait Peter en achetant le *Sunday Times* au kiosque, ce qui veut dire qu'on va bientôt rentrer, c'est toujours la dernière chose qu'il achète parce que ça pèse une tonne.

— Comment tu as fait pour leur échapper ?"

Il rit. "Par bonheur, ils n'ont pas eu le temps de s'occuper des juifs de Toronto. Mais ils ont eu mes grands-parents en Allemagne.

— Tes *grands-parents* ?"

Il fait oui de la tête. Ses yeux courent dans tous les sens à la recherche d'un prétexte pour changer de sujet, alors je lui pose encore trois questions bing-bang-bong à toute vitesse.

"Comment ils ont fait pour les attraper ? Comment ils les ont tués ? Combien en tout ?"

Mais papa se contente de m'ébouriffer les cheveux en disant : "Ecoute, la môme, ce n'est pas la peine de te remplir la caboche avec tout ça. Ça n'a rien à voir avec toi. Mais… fais-moi plaisir…

ne joue plus à ce jeu à l'école, d'accord ?
Quand les autres commencent à y jouer,
trouve-toi quelque chose d'important à
faire de l'autre côté de la cour. D'acc ?

— D'acc", je dis en hochant la tête
avec sérieux et sincérité, mais mon cerveau chancelle encore sous le poids de
tout ce qu'il vient d'engranger.

Pendant ce temps, comme nous le
racontent ce *Sunday Times* et tous les
autres journaux cet automne, le monde
est plein de dangers parce qu'il y a des
missiles soviétiques installés à Cuba. La
guerre froide risque de prendre un sacré
coup de chaud mais le président Kennedy a décidé d'être ferme et de ne pas
tolérer l'inconduite des Russes. A l'école
on nous fait faire presque chaque jour
une simulation d'alerte aérienne et plein
de gens se préparent à la Troisième Guerre
mondiale en se construisant des abris
nucléaires.

Au lieu de se joindre à ce mouvement de panique, Peter et maman s'en
moquent. Un jour ils passent tout
le dîner à me raconter comment la
Compagnie électrique Westinghouse a
mis une capsule témoin dans la terre
au parc de Flushing Meadow, sous
une dalle de granite : l'idée c'est que
si l'humanité est anéantie et que des

extraterrestres débarquent dans quelques milliers d'années et veulent connaître le mode de vie de l'espèce qui habitait cette planète, ils pourront voir un appartement typique de l'an 1962, parfaitement préservé, avec tous les meubles et les habits et les appareils ménagers. A la fin de l'histoire Peter et maman pleurent de rire à l'idée de ces Martiens en train de glisser leurs longs doigts verts dans un ventilateur électrique et de le brancher pour voir comment ça fonctionne.

Le disque de maman sort avec son nouveau nom dessus en lettres d'or géantes – ERRA – et une superbe photo d'elle, les yeux fermés, la bouche ouverte dans un chant, les bras tendus comme pour nous inviter à partager sa joie. La compagnie de disques organise un concert et placarde des affiches avec la photo de ma mère dans toute la ville.

Quand je me réveille le lendemain du concert, maman et Peter sont en train de boire du champagne à la cuisine ; ils n'ont pas dormi de la nuit. "T'aurais dû voir ça, la môme ! me dit Peter. Elle a fait crouler la salle sous les applaudissements !" Il me prend sous les aisselles et me fait tournoyer dans l'air jusqu'à ce que j'aie le vertige, ensuite il me laisse tremper les lèvres dans son champagne parce que c'est vraiment un jour à marquer d'une pierre blanche.

"Hé, mon amour, dit maman en plantant un baiser sur mon front. Ce n'est qu'un début."

Pendant que je prends mon petit déjeuner, Peter taquine maman sur sa façon de toucher son grain de beauté chaque fois qu'elle chante (il doit être un peu éméché, sinon il n'oserait jamais la taquiner).

"Pourquoi tu fais ça ? il demande. C'est un diapason ou quoi ?

— Non, elle dit, c'est un talisman. Sadie en a…, mais, voyant que je fais les gros yeux d'un air paniqué, elle s'interrompt.

— Sadie a quoi ? Un grain de beauté ? demande papa.

— Non, non, un talisman, dit maman d'un air nonchalant. Un petit caillou en forme de cœur qu'elle trimballe avec elle depuis… combien de temps, chérie ?

— Euh… trois ans, je dis, estomaquée de voir ma mère mentir si calmement, et me faire mentir aussi.

— *Trois ans !* elle dit à Peter. Tu te rends compte ? Près de la moitié de sa vie !"

Après le petit déjeuner, je cherche le mot *talisman* dans le dictionnaire et vois que c'est une chose "qu'on croit douée d'un pouvoir magique". J'aimerais bien en avoir un, mais je n'en ai pas.

Quelques jours plus tard papa prend l'avion pour la Californie parce qu'il va organiser des concerts d'Erra là-bas, il sera parti tout un mois. Il me manque, surtout le dimanche matin, mais c'est agréable aussi d'avoir ma mère pour moi toute seule. Parfois au moment de me coucher elle s'allonge sur mon lit dans le noir et on a de grandes conversations. Un soir je pense enfin à lui demander *qui* lui a appris à lire quand elle avait cinq ans, et elle me dit : "Tu sais quoi ? Il y a un grand spectacle sur glace à Madison Square Garden, tu veux qu'on y aille ?" Je n'en reviens pas comme elle a changé de sujet sans prêter la moindre attention à ma question, mais je n'ose pas la répéter.

C'est le dimanche, un dimanche après-midi du mois de décembre et il neige à gros flocons. Le quartier semble plongé dans une sorte de rêverie miraculeuse parce que les gens restent chez eux et la neige recouvre de sa chape blanche veloutée les ordures et les crottes de chien. Les lampadaires s'allument tôt, vers quatre heures, et je suis debout à ma fenêtre en train de contempler la beauté et le silence de la rue Norfolk – quand on sonne à la porte.

La sonnerie retentit une deuxième fois alors je vais dans le salon et me rends compte que maman ne peut pas l'entendre parce qu'elle se fait couler un bain avec les robinets ouverts à fond. Alors je vais voir qui est à la porte et c'est un monsieur qui ne ressemble pas aux amis habituels de mes parents, il est blond et hâve, très maigre et comme crispé, il a les joues creuses et il serre tout le temps les mâchoires. Il me fait un peu peur. Je suis sur le point de lui dire qu'il a dû se tromper d'adresse quand il dit, d'une voix forte mais en même temps incertaine : "Erra est là ?" (C'est un étranger. Il roule les *r.*) Je ne dis rien parce que c'est peut-être quelqu'un qui a eu le coup de foudre pour ma mère au concert l'autre soir, et ce serait effrayant qu'il entre dans l'appartement avec papa parti au loin en Californie.

"Erra est là ? il répète d'une voix encore plus forte et comme si c'était urgent. Dites à elle… dites à elle, c'est Luth."

Là, j'ai vraiment peur. Que faire ? "Attendez", je dis. Je claque la porte en le laissant dehors sur le palier, et il se met à cogner sur la porte. Je file comme une flèche à la salle de bains, où

360

maman se prélasse dans une baignoire pleine de mousse.

"Maman ! je dis, d'une voix tellement étranglée qu'elle se tourne tout de suite vers moi.

— Sadie ! Qu'est-ce qu'il y a ?"

Un moment, la vapeur dans la salle de bains me remplit le nez et la bouche, effaçant tous les mots dans ma tête, mais enfin je réussis à dire en balbutiant : "Il y a un monsieur à la porte qui veut te voir. Il dit qu'il s'appelle Luth.

— Luc ? dit maman en fronçant les sourcils.

— Non, pas Luc : *Luth*."

Maman se fige et, même si elle me regarde droit dans les yeux, je sens qu'elle s'en va loin de moi comme le jour où je lui ai raconté qu'on me frappait avec la règle. Elle baisse les yeux et dit "Luth…" d'une voix si basse que je l'entends à peine, et je vois sa main droite s'appuyer sur son grain de beauté comme si elle allait se mettre à chanter. "Luth… ce n'est pas vrai…

— C'est *qui*, maman ? je dis tout bas. Tu le connais ? Il m'a fait peur, alors je lui ai fermé la porte au nez.

— Oh, Sadie, tu n'aurais pas dû ! Va lui dire d'entrer et de s'asseoir. J'arrive tout de suite."

Je fais entrer le monsieur en lui disant "Veuillez prendre place", ce qu'il ne comprend pas alors je lui montre un fauteuil. Il se perche à peine sur le bord du fauteuil et commence à fixer la porte de la salle de bains alors je traverse la pièce pour être aussi loin de lui que possible, dans l'entrée de ma chambre. Quand maman sort de la salle de bains elle a l'air d'une apparition dans sa longue robe de chambre en velours noir, ses cheveux blonds sont encore humides et hérissés en pointes comme le Petit Prince. L'inconnu se lève et tous deux se tiennent là immobiles, à se regarder sans dire un seul mot.

Je n'ai jamais senti maman aussi loin de moi qu'en cet instant, même pendant les années où nous vivions séparées, c'est comme si on l'avait hypnotisée ou comme si son corps était occupé par quelqu'un d'autre. Enfin elle murmure un mot qui ressemble à "Yanek", alors que l'homme avait dit qu'il s'appelait Luth, je ne comprends rien à ce qui se passe mais ça ne me plaît pas le moins du monde. Je me racle la gorge pour arracher ma mère à cette transe, pour la faire revenir à elle et se comporter normalement ("Eh bien, ça alors ! Quelle bonne surprise ! Ça fait un bail… Est-ce que je peux vous offrir quelque chose – du thé, peut-être ?"). Mais ce n'est pas ça qui se passe. Ce qui se passe c'est que maman se tourne vers moi au ralenti, les yeux vitreux comme si l'âme d'un mort avait accaparé son corps – et, me regardant sans me voir, me dit dans un murmure : "Sadie… Va dans ta chambre, ferme la porte, et attends que je te dise de sortir."

Les mots sont comme une gifle. J'ai un mouvement de recul mais j'obéis aussi sec : non contente de fermer la porte, je la verrouille pour qu'elle sache bien à quel point sa fille est obéissante. Ensuite je vais prendre l'oreiller sur mon lit, je le pose par terre devant la porte, je m'agenouille dessus, j'ôte la clef et je regarde par le trou de la serrure.

C'est comme une pièce de théâtre. Maman et l'inconnu restent encore un moment sans bouger, sans parler, puis maman avance vers lui à pas lents comme une somnambule et il lui ouvre ses bras et elle se jette dedans, l'inconnu blond referme les bras sur ma mère et l'écrase contre sa poitrine en sanglotant. Maman commence à pleurer elle aussi, et puis elle se met à rire en même temps. Ce qui me perturbe plus que tout, c'est qu'elle s'adresse à ce monsieur dans une langue étrangère. Ça pourrait être le yiddish ou l'allemand, ils se parlent par bribes tout en pleurant et en

363

riant, ils respirent fort et se regardent au fond des yeux.

Ça dure un bon moment et pendant tout ce temps, dans la rue derrière moi, la neige continue de tomber. La main de maman remonte pour caresser la pommette de l'homme blond et elle dit une chose qui ressemble à "Mon Yanek, mon Yanek", mais au lieu de dire *mon* elle dit *mein*, et lui aussi murmure son nom à elle – son vrai nom, pas Erra – sauf que dans cette langue qu'ils parlent ça sonne différemment, ça ressemble à "Kristinka". Il tire sur le bout de sa ceinture qui est une corde orange, le nœud se défait et il ouvre lentement sa robe de chambre, dénudant ses seins, et l'embrasse sur le cou, la tête de maman se renverse en arrière il l'embrasse à la base du cou et je n'arrive pas à détacher les yeux de la scène, elle lui dit des mots dans cette langue qu'ils partagent et qui m'exclut et maintenant, tout en embrassant l'homme sur la bouche, elle défait les boutons de sa chemise, il met les deux mains autour de sa tête de Petit Prince et elle remue les épaules et sa robe de chambre tombe par terre. Maintenant ma mère est totalement nue avec cet inconnu qui est toujours habillé. Elle va ouvrir le canapé-lit (le *même* lit qu'elle partage toutes les nuits avec papa) et pendant ce temps l'homme se déshabille avec des gestes lents, après quoi il est nu lui aussi et je vois son truc qui est debout et se balance.

Il se met à genoux sur le lit et à mon horreur ma mère se met à genoux devant lui et prend ça dans sa bouche, ce qui me donne la nausée alors je m'éloigne un moment de la porte, le cœur battant fort, et essaie de me calmer en regardant les flocons de neige qui flottent dehors dans l'auréole des lampadaires, et quand au bout d'un long moment je m'agenouille à nouveau ma mère a tourné le dos à l'inconnu, il lui tient les mains serrées derrière le dos comme pour la menotter et pendant ce temps il entre et sort de son corps par-derrière comme Hilare avec le caniche nain sauf que ses mouvements sont plus lents et au lieu de gémir il lui dit des mots étrangers à voix basse. Ma mère se cambre et j'entends un son grave inouï lui sortir de la gorge, tout ça est totalement insupportable alors j'allume la lumière et me mets au lit en tremblant de tout mon corps. L'Ennemi se lève en moi, plus fort que jamais, dévastateur, me détruisant presque. *Sadie*, il dit, *tu accepteras ce qui se passe parce que tu es une fille mauvaise et* une menteuse et ta mère est une femme mauvaise et une menteuse et tu as hérité de toutes ses tares. *Je te possède totalement et, comme elle, tu continueras de pécher toute ta vie. Jamais je ne te relâcherai, Sadie !* Je suis parcourue de spasmes dans mon lit. *Lève-toi, il me dit. Ne fais pas de bruit, il ne faut pas déranger ta putain de mère, elle aussi ne fait que m'obéir et il faut qu'elle trahisse son mari jusqu'au bout – jusqu'au bout, tu m'entends ? Maintenant, ressaisis-toi, entre dans ton armoire, referme bien la porte derrière toi, frappe-toi cent fois la tête contre le mur, et n'oublie pas de compter.*

J'obéis en frémissant, nauséeuse à l'idée de ce que faisait ma mère à l'instant et à l'idée de ce qu'elle est en train de faire encore. Quand j'ai fini de me frapper la tête, je ressors de l'armoire en chancelant. J'ai une envie terrible de faire pipi mais maman m'a dit de rester dans ma chambre alors je suis désespérée, je cherche un récipient et tout ce que je trouve c'est la tasse où je range mes crayons de couleur alors je fais tomber tous les crayons et baisse mon pantalon et ma culotte et m'accroupis au-dessus de la tasse sur le sol et essaie de faire pipi dedans mais c'est difficile de viser, le pipi se répand par terre et je l'éponge avec des kleenex mais après je ne sais pas quoi faire des kleenex, c'est la pire journée de ma vie parce que je ne pourrai plus jamais faire confiance à ma mère.

Après il y a un blanc, je finis sans doute par m'endormir et je ne sais pas combien de temps s'écoule, mais ensuite j'entends maman qui frappe à ma porte en disant "Sadie… Sadie… Le souper est prêt !" et je remets vite l'oreiller à sa place pour qu'elle ne sache pas que je l'espionnais. "Pourquoi tu as verrouillé ta porte ?" elle me demande quand je lui ouvre. Puis, voyant par terre les kleenex imbibés de pipi, elle comprend ce qui s'est passé et dit "Oh mon amour, je suis désolée !" mais je ne lui réponds pas. Je vais me laver les mains à la salle de bains en lui laissant le soin de réparer les dégâts parce que tout est de sa faute et je la déteste.

Pendant le repas (des macaronis au fromage) je continue de bouder et elle ne me demande pas ce qui ne va pas parce qu'elle le sait très bien. Enfin, reposant sa fourchette, elle dit : "Sadie, tu comprends énormément de choses pour ton âge, mais il y a des choses que les enfants ne peuvent pas comprendre et je ne te dois pas d'explication."

Je garde le silence alors elle dit : "Ne sois pas fâchée, mon cœur."

Je continue de manger mes macaronis en silence pendant un moment pour la mettre mal à l'aise mais enfin je lui demande : "Vous parliez dans quelle langue ?"

Et elle dit, en riant : "On *essayait* de parler allemand… Mais ça fait si longtemps, pour l'un et pour l'autre, qu'on a presque tout oublié.

— Où tu as appris l'allemand ?" je dis, en redoutant sa réponse sans savoir pourquoi.

Elle hésite longuement. Elle pousse un soupir. Enfin elle dit : "Oh, Sadie, c'est… c'est parce que, il y a longtemps, *j'étais* allemande."

Et là, me regardant droit dans les yeux mais l'esprit ailleurs, elle débite une série de syllabes étranges et je dis "C'était quoi ?" et elle dit en riant faiblement : "L'alphabet allemand à l'envers !"

Je ne sais pas quoi faire de cette information, je ne veux plus poser de questions, je veux seulement que cette journée se termine, je voudrais qu'elle n'ait jamais commencé, que Peter ne soit pas parti en Californie, que tout cela ne soit qu'un mauvais rêve. Quand je me couche pour la nuit mon cerveau

bouillonne pendant des heures, hurlant et se lamentant comme la ville en
bas avec ses sirènes d'ambulances et de
pompiers et de police : mais si maman
est allemande ça veut dire que les Kriswaty ne sont pas ses parents, ce qui
veut dire qu'ils ne sont pas non plus
mes grands-parents, mais il n'en reste
pas moins qu'elle est ma mère, et si
ma mère est allemande ça veut dire que
je suis à moitié allemande moi aussi
– *Maintenant tu sais d'où vient le mal*,
dit l'Ennemi, *tu vis dans le mensonge
depuis le jour de ta naissance* – à moins
qu'elle ne soit pas non plus ma mère…

Le lendemain pendant la récré un
garçon me court après en criant "Juive !
juive !" – mais comme j'ai promis à
Peter de ne plus jouer à ce jeu, je prends
mes jambes à mon cou et trébuche et
tombe et m'érafle le genou et dois aller
à l'infirmerie, et quand l'infirmière ôte
mon bas je vois que mon genou saigne
et j'entends l'Ennemi ricaner sur un ton
jubilatoire en disant : *Du sang nazi,
Sadie ! Du sang nazi !*

IV

KRISTINA, 1944-1945

UNE MYRIADE d'extases.
Sidère-moi, je dis au monde.
Excite-moi, éblouis-moi, étourdis-moi, que ça ne s'arrête jamais.

La boîte à bijoux de grand-mère : la clef est au-dessous et quand on retourne la boîte pour la remonter il faut tenir le couvercle bien fermé, ensuite on la repose et quand on l'ouvre une petite musique se déclenche et une adorable ballerine doré et blanc se met à tourner sur elle-même devant un minuscule miroir, un bras levé en courbe au-dessus de la tête, l'autre tendu en courbe devant elle. La ballerine n'est pas vivante mais elle bouge. "Les vraies ballerines, dit grand-mère, peuvent faire jusqu'à cinquante pirouettes debout sur la pointe des pieds, elles gardent l'équilibre en regardant droit devant elles chaque fois qu'elles sont face au public. Tu veux essayer, Kristina ?" alors j'essaie, non sur un pied mais sur les deux, tournoyant avec les bras en croix jusqu'à ce que j'aie le vertige et que je tombe par terre, essoufflée et exaltée. "Tu aurais peut-être besoin de quelques leçons, ma chérie", dit grand-mère en éclatant de rire.

La ballerine surveille les bijoux de grand-mère, qui sont rangés dans des tiroirs tapissés de velours rouge : colliers et bracelets étincelants dans le tiroir du bas, bagues et boucles d'oreilles scintillantes dans celui du haut. Grand-mère m'apprend à distinguer entre les vrais et les faux diamants, les vrais ont plus de couleurs quand la lumière les traverse. Parfois elle me laisse essayer son diadème, je me regarde dans la glace en baissant les cils pour que l'image soit floue et, l'espace d'un instant, je suis belle comme une princesse.

Grand-père a acheté deux petits moulins à vent, un pour Greta et un pour moi, ils ont de petites ailes multicolores et quand on court en tenant le bâton ça fait tourner le moulin et plus on court vite plus ça tourne vite et si on court dans le vent ça tourne tellement vite que les couleurs se mélangent et parfois je réfléchis tellement vite que mes pensées se mélangent aussi.

En hiver le tourniquet dans la cour de l'école est recouvert de neige mais en été je peux monter dessus et Greta me pousse, d'abord elle s'empare d'une barre et court avec le tourniquet mais quand ça prend de la vitesse elle arrête de courir et se contente de pousser une barre sur quatre pour redonner de l'élan, moi pendant ce temps je m'accroche de toutes mes forces au poteau central et regarde Greta chaque fois que je passe devant elle pour ne pas avoir le vertige, tout comme les ballerines regardent le public. Greta me pousse sur la balançoire aussi – de plus en plus haut, si haut qu'à la fin je peux frapper les nuages de mes pieds et sentir le vent siffler dans mes oreilles, je renverse la tête en arrière et le monde se rue sur moi à l'envers et mon nez effleure presque le sol. Ensuite j'essaie de prendre de l'élan toute seule, tantôt assise tantôt debout, mais c'est mieux quand Greta me pousse parce que je n'ai pas d'effort à faire, je peux me laisser aller au plaisir du mouvement.

La cour de l'école c'est la même chose que la cour de la maison parce que l'école c'est notre maison parce que papa est maître d'école quand il n'est pas soldat sauf que ça fait si longtemps qu'il est soldat que je l'ai presque oublié, mais quand même on a le droit de vivre dans l'école. Mère dit qu'on a de la chance parce qu'on peut se réveiller plus tard que les autres élèves et au lieu d'avoir à braver le vent glacial ou la neige ou la pluie battante ou le soleil brûlant pour aller à l'école, on n'a qu'à filer à travers la cour à la dernière minute et entrer dans la classe et dire "Heil Hitler".

Je n'ai pas encore commencé l'école.

Quand les rails du tramway défilent ça fait un motif dans mon cerveau, je sais qu'en fait les rails ne bougent pas, c'est moi qui bouge, mais ils entrent dans mes yeux et laissent une trace brillante comme une échelle argentée sans fin.

Près de l'hôtel de ville il y a un clocher avec une horloge et parfois, si on est sorties en fin de matinée pour acheter des légumes, mère m'amène là exprès parce que quand l'horloge sonne midi des portes s'ouvrent et une douzaine de personnages en bois en sortent. Ils hochent la tête et font des révérences, lèvent et baissent les bras et les jambes, ils ont des mouvements humains mais en plus saccadé et leur expression ne change jamais. Ils ne sont pas vivants.

Avec Greta on supplie mère de nous laisser faire un tour sur le manège au square, on insiste tellement qu'elle finit par céder même si elle dit qu'on n'a pas assez d'argent. Moi je monte sur le cheval noir, Greta devant moi sur le blanc, mes cuisses serrent le corps énorme et dur de l'animal et mes mains serrent son pommeau, le cheval n'est pas vivant, moi si, pourtant c'est lui qui me fait bouger, lentement de haut en bas, en rond avec la rotation du plateau, il fait nuit, le manège est illuminé, la musique forte et flûtée me remplit à ras bord, nous bougeons sans effort, je me laisse fondre dans les notes joyeuses et les lumières clignotantes et je voudrais que ça ne s'arrête jamais.

La musique c'est le mouvement invisible.

Grand-père m'apprend à chanter en harmonie pour que les cantiques de Noël soient encore plus merveilleux cette année que d'habitude, il dit que j'ai la plus belle voix de la famille et je crois qu'il me préfère à Greta à cause de ça. Il m'a appris beaucoup de choses et sa tête est pleine de savoir parce qu'il est allé à l'université dans sa jeunesse et père aussi. Quand j'étais petite il m'a appris la différence entre la gauche et la droite. S'accroupissant en face de moi, il a dit "Regarde Kristina – ça c'est ta main gauche, et ça c'est ta main droite ; ici c'est *ma* main gauche et ici, ma main droite", et j'ai dit "Alors c'est différent pour les garçons et les filles ?" et il a ri très fort. Ensuite il a recommencé, mais en venant cette fois s'accroupir *à côté* de moi au lieu d'en face.

Si je me touche l'œil gauche en me regardant dans la glace, la Kristina dans la glace touche son œil droit, mais c'est toujours moi.

Tous les après-midi je fais la sieste avec grand-père mais je ne dors pas, allongée dans la chambre sombre j'étudie les rais de lumière qui passent par les minuscules trous dans les stores et j'essaie d'en faire un motif. Quand grand-père commence à ronfler je pousse doucement son épaule en disant "Kurt" et il s'arrête, ça fait drôle d'appeler mon grand-père par son prénom mais grand-mère dit que c'est la seule chose qui marche et elle a raison, si je dis "Grand-père" il continue de ronfler avec la bouche ouverte et des poils dans le nez.

Je reste là à réfléchir en caressant le grain de beauté au creux de mon bras gauche, il est de la taille d'un sou, parfaitement rond et marron doré et un peu en relief, ma peau à cet endroit est duveteuse comme la peau d'une pêche et j'adore la caresser. Quand personne ne m'observe, je plie et déplie le bras très lentement pour voir la tache disparaître et réapparaître.

"Vous ai-je déjà raconté l'histoire du genévrier ?" demande grand-père après le repas du soir. On se rassemble tous autour du poêle à bois et je me pelotonne sur les genoux de mère, c'est l'histoire d'un petit garçon dont la marâtre est très méchante, elle lui dit de prendre une pomme et pendant qu'il est penché sur le coffre elle claque le couvercle si violemment que sa tête tombe et roule parmi les pommes et plus tard elle découpe son corps en petits morceaux pour en faire un ragoût que son père trouve délicieux sans savoir ce qu'il mange, il suce les os et les jette sous la table au fur et à mesure mais sa sœur les ramasse et tout se termine bien. Je n'aime rien au monde autant que d'être lovée sur les genoux de mère, le pouce gauche dans la bouche, le pouce droit frottant mon grain de beauté, à écouter grand-père raconter une histoire à toute la famille.

Grand-mère dit que je ne devrais pas sucer mon pouce, elle me lit

Crasse-tignasse avec le poème sur Conrad qui se suçait tellement le pouce que pour finir l'homme aux ciseaux est venu et lui a coupé les deux pouces. Sa mère l'avait bien prévenu qu'ils ne repousseraient pas ; quand elle rentre à la maison il lui montre ses deux mains et elles n'ont plus que quatre doigts chacune.

Grand-père a perdu deux doigts de la main gauche quand il était dans une autre guerre dans sa jeunesse, mais ça ne l'empêche pas de jouer du piano.

Les doigts ne repoussent pas.

Les cheveux repoussent, les ongles des doigts et des orteils aussi, ils continuent de pousser même après la mort, grand-père dit que les cheveux et les ongles sont des cellules mortes qui sont poussées hors du corps par des cellules vivantes, en fait toutes les parties mortes du corps repoussent mais pas les parties vivantes, c'est bizarre quand on y pense. Les yeux ne repoussent pas mais si on perd un œil on peut toujours le remplacer avec un œil en verre ou mettre un cache dessus. Les dents repoussent mais seulement *une fois*, si on les fait tomber une deuxième fois on reste avec un trou. Un jour mon frère Lothar s'est bagarré après une réunion de scouts, il a reçu un coup de poing dans la figure et une de ses dents de devant s'est déchaussée, ça saignait beaucoup mais heureusement elle n'est pas tombée et le dentiste a pu la faire tenir.

Jusqu'ici j'ai perdu sept dents de lait.

Les queues des salamandres repoussent, je ne sais pas *jusqu'où* on peut les couper sans toucher un organe vital, il faudrait que je pose la question à grand-père. J'adore les salamandres – elles peuvent vivre dans le feu ! Grand-père m'a montré que quand on allume une bougie, l'air juste au-dessus de la flamme est plus chaud que la flamme elle-même. On peut passer un doigt dans la flamme sans avoir mal mais si on reste au-dessus, même une seconde, ça brûle.

Au cirque les cavaliers sautent à travers des anneaux de feu. Je n'ai jamais vu un cirque mais mère m'a décrit les acrobates et les trapézistes qui font des numéros tellement dangereux que le public retient son souffle. Grand-père dit que quand on retient son souffle c'est parce qu'on a vu une chose choquante ou dangereuse et le corps pense qu'on aura peut-être besoin d'un peu plus d'oxygène pour faire face à une urgence alors il aspire vite de l'air dans les poumons.

Mon rêve pour l'avenir c'est d'être la Grosse Dame du cirque mais en ce moment on est en train de perdre la guerre, alors c'est la disette et je n'arrive même pas à me mettre un peu de chair sur les os.

Tout ce qu'on mange devient notre propre corps à l'exception des déchets qui sortent à l'autre bout, je ne sais pas pourquoi on ne peut pas enlever les déchets *avant* de manger la nourriture, comme ça on n'aurait pas besoin d'aller tout le temps aux toilettes. C'est étonnant quand on y pense, dit grand-père : chez les vaches l'herbe se transforme en bifteck alors que chez nous le bifteck et les carottes et les patates et les bonbons et les pommes se transforment en corps humain. Ça fait des mois qu'on n'a pas mangé de bifteck. Plus on mange, plus on pousse et quand on arrête de pousser à la verticale on pousse à l'horizontale, dit grand-père qui a un gros ventre. Dans *Crasse-tignasse*, Gaspard maigrit de plus en plus et finit par mourir parce qu'il a refusé de manger sa soupe et on met une croix sur sa tombe.

Lothar porte un uniforme parce que c'est son tour de partir à la guerre, même si on a déjà perdu la France et l'Angleterre, tous les hommes entre seize et soixante ans doivent partir, heureusement que grand-père en a soixante-deux ou on n'aurait plus d'hommes du tout à la maison. Lothar m'embrasse et me lance en l'air, pendant un instant rien ne me retient et mon cœur fait flip-flop, puis il m'attrape dans ses bras et me serre contre lui tellement fort que ses boutons en métal m'entrent dans la poitrine, je me tortille pour me libérer parce que son étreinte me coupe le souffle et en plus ma robe est remontée quand il m'a lancée et j'ai peur que les gens voient ma culotte. Enfin il me relâche en disant "Au revoir, gentille Kristina" et je regarde Greta pour voir si elle est jalouse parce qu'il n'a pas dit "Au revoir, gentille Greta" en la serrant dans ses bras, il ne l'a pas non plus lancée en l'air parce qu'elle est devenue trop grande – mais non, elle ne fait que répéter "Lothar, ne pars pas ! Ne pars pas, Lothar !" avec des larmes et de la morve qui lui coulent sur le visage. Ensuite Lothar se retourne et marche vers la porte et vu de dos son uniforme forme un rectangle parfait.

Greta est plus jolie que moi mais elle est moins intéressante et je crois que grand-père m'aime plus qu'elle parce

qu'elle chante faux. Elle a la peau blanche partout, elle n'a pas de grain de
beauté sur le bras gauche et en été elle
n'a pas de taches de rousseur comme
moi. Les taches de rousseur rendent
mon visage plus intéressant et le protègent du soleil. Pour tout dire, Greta
est un peu vide, elle a une personnalité neutre et plate comme un lac placide alors que moi je suis un volcan,
j'ai un feu qui couve et brûle en mon
for intérieur et quand je chante c'est
comme la lave qui déborde. On partage une chambre toutes les deux, nos
lits sont bout à bout et dans les tiroirs
de la commode ses habits sont à droite
et les miens à gauche, elle passe un
temps fou à se coiffer et ses cheveux
sont châtain clair et ondulés alors que
les miens sont blonds et raides et je me
contente de les brosser vite fait bien
fait, il y a des choses plus importantes
dans la vie. La nuit je réfléchis à des
millions de choses alors que Greta s'endort tout de suite et dort jusqu'au matin
comme un lac plat et placide.

Grand-père a grandi à Dresde et toute
notre porcelaine vient de l'usine de
son père là-bas, il dit que c'est la plus
belle ville du monde à cause de ses
statues, il a un album rempli de cartes

postales de Dresde et parfois pour me faire plaisir il prend l'album sur l'étagère et nous regardons les images ensemble. Il me montre des hommes en pierre sur des chevaux en pierre, des anges en pierre sur la porte des cathédrales, des dauphins et des sirènes en pierre sur les fontaines dans les parcs, des juges en pierre sur le fronton du palais de justice, des masques en pierre sur les façades du théâtre et de l'opéra, des esclaves nègres en pierre au palais du Zwinger, ils ont les muscles tendus et le visage crispé par l'effort de soutenir les balcons, les escaliers et les fenêtres mais grand-père dit qu'ils ne souffrent pas vraiment parce qu'ils ne sont pas vivants. Il y a aussi un Pan, ce qui veut dire mi-homme mi-bouc, et un centaure ce qui veut dire mi-homme mi-cheval, et douze belles femmes dans des niches autour d'un plan d'eau, qui sourient tout en se déshabillant pour prendre leur bain. Grand-père dit que ce sont des nymphes et qu'elles ont le droit de se déshabiller en public parce qu'elles n'existent pas pour de vrai, ce sont des choses que les gens inventent dans leurs rêves. Pareil pour les dizaines de têtes de chérubins sur les colonnes dans le jardin du Zwinger, elles sont complètement imaginaires, personne n'a coupé la tête à ces bébés, on a le droit d'imaginer tout ce qu'on veut. Rien de tout cela ne bouge mais l'idée du mouvement a été captée dans la pierre, le vent lève des vaguelettes de pierre dans la crinière des chevaux et les sirènes ont l'air de surgir de la pierre, leurs seins nus ruisselants.

Dans notre ville les gens sont vivants et laids comparés aux nymphes et aux anges de Dresde, ils ont l'air pressés et inquiets et surtout affamés et ils n'ont pas le droit de se déshabiller en public, beaucoup d'hommes ont perdu un bras ou une jambe ou les deux – et les membres ne repoussent pas, bien sûr.

Père revient en permission et je me sens intimidée parce que ça fait si long-temps qu'on ne s'est pas vu que je le reconnais à peine. Après avoir embrassé mère et Greta, il m'attrape sous les ais-selles et me fait tournoyer, lui-même se tient droit comme un mât et bouge seu-lement les pieds pendant que moi je fais de grands cercles dans l'air autour de lui. "Arrête, Dieter ! dit mère. Elle aura mal au cœur !", mais elle rigole, elle ne le gronde pas vraiment parce que pas une seule fois je n'ai eu mal au cœur.

Il repart. Comme tous les hommes allemands en ce moment il doit essayer de tuer le plus possible de Russes, même si on est en train de perdre la guerre et même si Jésus a dit *Tu ne tueras point* (ou peut-être que c'était Moïse). Grand-père dit que parfois on n'a pas le choix, il faut tuer ou être tué, un point c'est tout. Pendant le bénédicité il demande à Dieu de protéger père et Lothar de l'ennemi et ça me gêne parce qu'il y a sûrement des familles en Russie qui lui demandent de protéger *leurs* hommes de l'ennemi sauf que quand ils disent l'ennemi ils parlent de nous, et à l'église quand le prêtre dit qu'il faut prier pour Hitler je pense aux gens dans les églises russes qui prient pour leur Guide à eux et je peux imaginer le pauvre Dieu qui, là-haut dans les nuages, se prend la tête dans les mains et essaie de faire plaisir à tout le monde et se rend compte que ce n'est tout simplement pas possible.

Le mercredi et le samedi je prends mon bain avec Greta, elle me lave les cheveux parce que c'est elle l'aînée, elle est censée savoir le faire sans me mettre du savon dans les yeux mais parfois elle m'en met quand même et ça me pique, je suis sûre qu'elle le fait exprès mais elle s'excuse alors je n'ai pas le droit de rapporter. Notre jeu préféré dans le bain c'est un jeu qu'on a inventé qui s'appelle *Heil Hitler* où on se lève et on dit "Heil Hitler" d'une voix rigolote, en imitant un fantôme ou un fou furieux ou un clown ou une grande dame, ou bien on se trompe de geste et au lieu de lever le bras on lève le coude, ou alors on met un pouce sur le nez et l'autre pouce sur le petit doigt et on remue tous les doigts en disant "Heil Hitler". Une fois je suis allée trop loin et au lieu de lever le bras j'ai levé la jambe et juste au moment où je disais "Heil Hitler" mon pied a glissé et je me suis cogné la tête contre le rebord du bac, si fort que je ne pouvais pas m'empêcher de hurler. Mère est arrivée en courant et quand elle a vu que je pleurais et que Greta avait l'air effrayée, elle l'a frappée à la tête avant de poser la moindre question et il a fallu des jours et des jours avant que Greta me pardonne et accepte de rejouer à *Heil Hitler* avec moi.

On sait que ce n'est pas vraiment de la blague parce que l'an dernier Lothar a rencontré notre voisine Mme Webern dans le couloir et quand il a levé le bras en disant "Heil Hitler" elle n'a pas répondu alors il l'a dénoncée à la police et ils sont venus l'arrêter. Déjà son mari avait été emmené au début de la guerre et maintenant leurs enfants devaient se débrouiller seuls, les plus âgés s'occupant des plus jeunes. Mme Webern a été absente trois semaines et en revenant elle disait "Heil Hitler" à nouveau, comme tout le monde.

Le dimanche matin on va à l'église, tout propres de notre bain du samedi soir et vêtus de nos meilleurs habits parce que c'est la maison de Dieu, les femmes doivent se couvrir la tête et les hommes se découvrir, ce n'est pas comme la gauche et la droite, c'est vraiment une différence entre garçons et filles. En entrant dans l'église il faut se tremper les doigts dans l'eau bénite et faire le signe de la croix en disant "Au nom du Père, du Fils et du Saint-Esprit", à vrai dire je ne sais pas ce qu'ils font tous les trois sur la croix puisque seul Jésus y est mort. Les prières et les sermons m'ennuient alors je prends ma revanche avec les cantiques, ma voix est naturellement belle et juste et elle résonne au-dessus de toutes les voix de l'assemblée, s'élançant très haut et passant par la flèche pour rejoindre Dieu là-haut dans les nuages.

"Où est Dieu, grand-père ?
— Dieu est partout, ma petite.

— Mais s'il est partout, pourquoi il a besoin d'une maison ?"

Grand-père rit très fort, il répète ma question à grand-mère et à mère mais il n'y répond pas.

"Est-ce que Jésus est un magicien, grand-père ?

— Magicien ? Pourquoi ?

— Parce qu'il a changé l'eau en vin aux noces de Cana.

— Non, non, ce n'était pas un tour de magie, c'était un miracle.

— C'est quoi la différence ?

— La magie, Kristina, est basée sur l'illusion. Un magicien aurait pu changer la *couleur* de l'eau, mais elle aurait gardé son goût d'eau. Un miracle opère un *vrai* changement. Aux noces de Cana, l'eau est *vraiment* devenue du vin avec un goût de vin.

— Mais quand on prend la communion ?

— Oui… ?

— La communion c'est un miracle, non ?

— Oui… ?

— Alors le vin se change *vraiment* en sang avec un goût de sang ?"

"Tout ce qui existe, grand-père, c'est vraiment Dieu qui l'a fait ?

— Oui, Kristina. Il a fait tout ce que contient l'univers.

— Il a fait la guerre, alors ?

— Non, il a fait les hommes… et les hommes font la guerre… et ça l'attriste. Ça le déçoit.

— Mais s'il peut faire tout ce qu'il veut, pourquoi il n'a pas fait les hommes comme il les voulait ?"

Tant de mes questions restent sans réponse. Quand je serai grande, en plus d'être la Grosse Dame du cirque et une chanteuse célèbre, je vais lire tous les livres du monde et enregistrer et classer leur savoir dans ma tête et comme ça quand mes enfants et mes petits-enfants me poseront des questions je pourrai y répondre.

Le soir on n'a pas le droit d'allumer les lampes parce que ça nous transforme en cible et on pourrait se faire bombarder par les avions ennemis – pas les *mêmes* ennemis, me dit grand-père, que ceux que combattent père et Lothar, pas les Russes mais les Anglais et les Américains. "Le monde entier se ligue contre l'Allemagne, il me dit. Tu trouves que c'est du jeu ? Imagine, ma petite Kristina, que tu sortes dans la cour et que tous les autres enfants se liguent contre toi pour te taper dessus, tu trouves que ça serait du jeu ?" Presque tous les soirs maintenant une sirène se déclenche et les habitants de notre immeuble doivent se précipiter dans la cave et attendre pour voir si les avions ennemis vont nous lâcher une bombe dessus. Heureusement qu'on habite une petite ville qui n'est pas une cible importante pour les bombes. La nuit parfois le ciel est complètement rouge à cause des villes voisines qui brûlent.

J'invente une chanson où ma voix imite tout ce qui sonne.

> *Le dimanche les cloches de l'église – ding, dong – c'est l'heure de prier.*
> *La semaine la sonnerie de l'école – dring, dring – c'est l'heure de bosser.*
> *La nuit l'alarme des sirènes – rrr, rrrr – c'est l'heure de crever.*

Quand Helga la bonne m'entend chanter cette chanson elle me dit qu'il n'y a pas de quoi rire.

L'été se termine et je commence enfin l'école. Maman me donne un cône de papier brillant qui contient des pommes et des bonbons et un plumier pour adoucir mon premier jour de classe, et j'ai mes propres cahiers et une règle et une ardoise noire et de la craie et mon propre cartable en cuir. Comme tous les maîtres sont partis tuer des Russes ils ont été remplacés par des jeunes femmes pas mariées ou des veuves ou alors des vieux messieurs qui se souviennent encore de l'école. Nous on a une maîtresse, elle est stricte et efficace et elle s'aperçoit vite de mes talents. Dans le premier mois elle me donne une étoile d'or pour l'orthographe, une pour l'arithmétique et une pour la broderie. Il y a trois niveaux dans notre classe et quand j'ai fini avec le travail des petits j'écoute ce que font les moyens et les grands et je l'apprends aussi. Je vais dépasser Greta comme la tortue dépasse le lièvre malgré son avance : elle lèvera la tête d'un air ahuri et ne verra que de la poussière. Au lieu d'apprendre une chose à la fois, je voudrais *tout* apprendre d'un seul coup, de même que je voudrais avaler *toute* la nourriture sur la table pour devenir la Grosse Dame du cirque.

Maintenant que je sais lire j'apprends par cœur les poèmes de *Crasse-tignasse*. La petite Pauline qui joue avec les allumettes et met le feu à sa maison et meurt brûlée, Gaspard qui refuse de manger sa soupe sans la moindre raison et meurt de faim, surtout Conrad qui se fait couper les pouces. Je récite les poèmes encore et encore, je leur invente des airs et je les chante, ça me met en transe.

A la récré je joue à *Halt* avec les filles de ma classe. Je lance le ballon en l'air, aussi haut que possible, et pendant ce temps elles s'égaillent en tous sens mais dès que j'attrape le ballon je crie "Halt !" et elles doivent s'immobiliser, elles n'ont pas le droit de faire un pas de plus. Je regarde autour de moi pour voir laquelle est le plus près et je lance le ballon contre elle. Si je la touche elle est morte ce qui veut dire que c'est son tour de lancer le ballon, mais si je la rate ça m'est égal parce que le moment que je préfère c'est quand je dis "Halt !" et lève la tête et vois tout le monde figé à mi-geste comme les statues du palais du Zwinger *ne bouge pas ne bouge pas reste tranquille je t'apprendrai à rester tranquille !*

A mon réveil les mots résonnent comme une voix vivante : *Six ans*. Sautant de mon lit je dévale l'escalier et tout le monde s'écrie "Bon anniversaire, Kristina ! Bon anniversaire !" en m'embrassant et en me serrant dans ses bras.

Pour fêter l'occasion, mère a acheté un os de porc avec beaucoup de gras dessus. Quand je reviens de l'école avec Greta à midi l'os est posé sur un papier journal sur la table de la cuisine, alors pendant que mère a le dos tourné pour cuisiner les lentilles je m'empare subrepticement de l'os et j'enfonce mes dents dans le gras. C'est douloureusement délicieux mais mère se retourne et dit "Hé ! Qu'est-ce que tu fais ? C'est pour toute la famille, et ce n'est même pas cuit ! Tu te rendras malade à manger du gras cru !" Je pouffe de rire et cours de l'autre côté de la table, tenant l'os énorme entre mes dents comme un chien, elle me court après dans son tablier et je plonge sous la table et elle se penche et m'attrape le pied et je suis là par terre à me tortiller avec l'os de porc toujours dans la bouche quand on sonne à la porte et mère va ouvrir. Je mâchouille le gras en me disant ah si je pouvais le manger en entier mais mère se mettrait en colère pour de vrai, et là j'entends un homme qui parle et mère qui ne répond pas et puis il y a un fracas.

Délicatement je repose l'os sur la table. Grand-mère et grand-père se précipitent dans le vestibule depuis le salon et en même temps Greta et Helga la bonne dévalent l'escalier quatre à quatre. Le fracas c'est parce que mère s'est évanouie par terre. Un messager en uniforme est agenouillé près d'elle et grand-père se penche pour prendre le télégramme qu'elle tient dans sa main et se redresse lentement en le lisant tout bas : "Lothar est mort." Ensuite grand-père et le messager portent mère jusqu'au canapé du salon, Helga apporte un bol d'eau et y trempe un linge et le presse contre son front. Mère gémit et grand-mère pleure, Greta se tait et Helga la bonne se tord les mains et je me dis que tout le monde va oublier mon anniversaire parce que c'est devenu le jour de la mort de Lothar, toute ma vie mon anniversaire sera une occasion triste pour la famille mais ensuite je me dis que non, ce ne doit pas être le jour de sa mort, il a dû mourir hier ou avant-hier, les nouvelles mettent du temps à voyager.

Mon frère est mort. Je ne le connaissais pas bien, il était trop âgé, dix-sept ans, et même avant son départ à la guerre il était tout le temps pris par ses réunions de scouts. Mon frère est mort et est-ce que je suis triste ? Je ne sais pas.

Tout est annulé.

Tristesse dans la maison. Les yeux rouges et les robes noires de mère.

L'immobilité de grand-mère. Grand-père qui s'enferme dans sa chambre pour écouter la radio. A l'école, la maîtresse dit à Greta de se mettre debout devant la classe et de dire comme elle est fière de son frère qui a donné sa vie pour le Guide. Elle le fait mais sa voix tremble et elle a des larmes qui brillent au coin des yeux alors ce n'est pas très convaincant.

"Je peux jouer avec ta boîte à bijoux, grand-mère ?
— Laisse-moi, Kristina, laisse-moi."

Est-ce qu'on va réussir à fêter Noël cette année ? J'ai envie de tout observer de très près pour comprendre ce qui se passe, je ne sais pas si c'est un tour de magie ou un miracle.

La veille de Noël, quand le jour commence à tomber, on se rassemble tous dans le salon et mère n'allume pas le feu dans le grand poêle de faïence, elle allume seulement les bougies blanches sur l'arbre de Noël. Grand-père s'installe au piano et c'est le moment de leur montrer comme je sais chanter en harmonie. Debout en demi-cercle autour de l'arbre, nous chantons un cantique après l'autre, j'ai la voix la plus puissante et la plus suave de la famille, je la sens enfler dans ma poitrine et s'écouler de ma bouche exactement comme il faut, *Sonnez clochettes, sonnez, sonnez*, Greta chante faux et ce serait tellement mieux si elle se contentait de faire semblant, elle bousille la beauté en tombant sur de fausses notes sans arrêt et en plus elle se trompe dans l'ordre des strophes, se lançant dans la troisième alors qu'on n'a pas encore chanté la deuxième, elle s'en fiche de savoir si c'est juste ou non mais moi je ne m'en fiche pas, je connais chaque parole de chaque cantique, y compris le cantique préféré d'Hitler, *Tout au fond du cœur des mères / bat le cœur d'un monde nouveau*, en chantant ces paroles je lève vers mère des yeux brillants pour qu'elle ne soit pas triste à cause de la mort de Lothar et de l'absence de père, elle me tapote la tête et je vois qu'elle est fière de moi, je voudrais qu'elle explose de fierté.

Pendant que nous chantions, la nuit s'est insinuée en rampant dans la pièce, les bougies sur l'arbre ont l'air de brûler plus intensément, les guirlandes et les boules argentées captent leur lumière en miroitant de façon divine, le tablier blanc de Helga reluit de même que les cheveux blancs de grand-père. Il connaît les morceaux par cœur et ses

doigts continuent de jouer dans l'obs-
curité sans se tromper une seule fois,
même s'il lui en manque deux.

Quand on arrive à *Douce nuit* qui
est toujours le dernier cantique, on
chante chaque strophe un peu plus
doucement que la précédente, de sorte
que les derniers mots *l'amour infini*
sont comme un chuchotement dans
l'air, et puis grand-mère dit "Chu-u-u-
u-u-t" et tout le monde se tait. J'entends la grande pendule qui fait tic-tac
dans la pièce et je sens mon cœur battre
dans ma poitrine. Quand mon cœur
cessera de battre je serai morte. La
pendule n'est pas en vie mais quand
même elle se balance calmement de
droite à gauche et de gauche à droite,
parfois elle s'arrête mais ça ne veut pas
dire qu'elle est morte, ça veut juste dire
que grand-père a oublié de la remonter. Même si la pendule se casse un
jour et qu'on ne peut plus la réparer
on ne dira pas qu'elle est morte, on
n'achètera pas un cercueil pour l'en-
terrer, on dira seulement qu'elle est
fichue et on en achètera une autre.

Si on a le cœur brisé, ce n'est qu'une
façon de parler.

Enfin, grand-père commence à prier
Dieu à voix basse, il le remercie pour
le plus beau cadeau de tous, le cadeau

de son fils Jésus-Christ – *Christ* et *Kris-tina* c'est le même mot, ça veut dire "oint", on te met un onguent sur la tête et tu es béni pour la vie – "et maintenant, dit grand-père, tu as appelé notre Lothar à tes côtés, tout comme tu as appelé ton propre fils Jésus", mais là sa voix se brise et il ne peut pas poursuivre. Mère étouffe un sanglot, enfin la voix de grand-père murmure "Amen" ce qui veut dire Ainsi soit-il et tout le monde répète "Amen" très doucement comme en écho, le silence revient et la pendule se met à sonner. Je compte les sept coups en me demandant s'il était sept heures au début du premier coup ou à la fin du dernier ou pile au milieu, à mi-chemin entre le troisième et le quatrième.

Grand-mère fait un signe de la tête à Helga la bonne : *"Maintenant !"* elle dit.

Traversant la pièce obscure dans un bruissement de jupes, Helga fait glisser la double porte et – merveille des merveilles ! Oui ! Ça s'est produit à nouveau ! *Comment est-ce possible ?* Nous étions tous là, tous ensemble, personne ne manquait à l'appel à part papa qui tue des Russes à des *kilomètres* d'ici, et pendant qu'on chantait les cantiques au salon, la table de la salle à manger *s'est dressée toute seule.* Oh ! oh ! oh !

une nappe en lin blanc a flotté à travers la pièce pour s'étaler doucement sur la table, la plus belle argenterie de mère et la porcelaine de Dresde sont sorties en dansant des placards pour venir s'aligner des deux côtés, des verres de cristal ont volé hors du buffet pour se mettre au garde-à-vous à la pointe de chaque couteau, et la couronne de l'avent s'est posée au centre de la table avec ses quatre bougies rouges allumées. Oh ! oh ! oh ! – je m'exclame sans pouvoir m'arrêter – *comment est-ce possible ?*

Je regarde mère. "Tu as dit à une voisine de venir faire ça ?

— Moi ? elle dit en rougissant. Une voisine ? Non, bien sûr que non."

Elle n'a pas le droit de mentir alors comment est-ce possible ? C'est chaque année le même mystère et je n'arrive pas à le résoudre. Est-ce un tour ou un miracle ?

Le repas de Noël est terminé, les petits gâteaux et le pain d'épice n'étaient pas très bons parce qu'on n'avait pas d'œufs, avec Greta on est assises sur le tapis du salon, nos cadeaux sur les genoux. Dans le fauteuil près de nous, mère nous observe en faisant de son mieux pour sourire.

"L'année prochaine, j'espère, vous au-
rez plus d'un cadeau chacune, elle dit.

— C'est ce que tu as dit l'an dernier",
fait Greta.

Un *w* de douleur se creuse entre les
sourcils de mère mais elle l'efface aussitôt. Elle ne gronde pas Greta pour
son égoïsme, elle ne dit pas Greta, te
rends-tu *compte* que ton frère est mort
et que ton pays est en guerre ? elle dit
simplement "Allez-y, mes chéries, ouvrez
vos cadeaux" mais sa voix est rauque
et je sais qu'elle se fait du souci pour
père, elle a déjà perdu son fils, va-t-elle
perdre son mari en plus, de nombreuses voisines ont perdu et leur fils et
leur mari, *où est mon Dieter bien-aimé
en ce matin de Noël ?*

"Peut-être que père aussi sera là l'année prochaine, je dis pour la réconforter, et elle me tapote la main.

— Allez-y, mes chéries", elle répète.

On s'empare de nos cadeaux et on
se met à déchirer – il n'y a pas de ruban
adhésif et le papier d'emballage n'est
que du papier journal, en l'espace de
quelques secondes mes doigts ont arraché les ficelles, écarté le papier et ouvert
la boîte, baissant les yeux j'aperçois un
bout de fourrure jaune et une lueur
de métal mais, avant que j'aie pu comprendre de quoi il s'agit, Greta pousse

un piaillement de joie et mon regard se lève brusquement pour se tourner vers l'endroit où elle se tient assise, brandissant – une poupée.

Je me fige.

Que dire ? Il y a erreur. Mère s'est trompée, la poupée était pour moi et le… machin, là… la peluche, pour Greta – pourquoi elle ne le dit pas tout de suite, pourquoi elle ne s'exclame pas *Oh mon Dieu, comme je suis bête, excuse-moi Greta, ça, c'est la poupée de Kristina, et le nounours est pour toi, ma chérie* ?

La poupée est à moi et je le sais. Elle porte une robe de velours rouge avec un col et des manchettes en dentelle blanche, elle a de longs cheveux châtains, des joues roses, des lèvres rubis qui font la moue et des yeux bleu foncé qui, en plus (comme Greta me le montre de loin), s'ouvrent et se referment ! Si on la tient debout elle vous regarde, les yeux grands ouverts, mais si on la couche ses paupières se baissent lentement et ses cils effleurent ses joues et elle a l'air de partir en flottant vers le monde des rêves. Je l'adore. Je connais même son nom : Annabella. Elle est *à moi*. Je dois figer tous mes muscles pour ne pas bondir à travers la pièce et l'arracher des mains de Greta. Maintenant mère me dit : "Et toi, Kristina ?

Que t'a apporté le père Noël ?" et je reste là, assommée, à me dire que plus jamais je ne serai heureuse. Peu importe ce qu'il y a dans ma boîte, je désire seulement, urgemment, ardemment, serrer dans mes bras et chérir et aimer pour toujours la merveilleuse Annabella dans sa robe de velours rouge. Greta s'est mise à la bercer en lui fredonnant quelque chose, elle chante faux comme d'habitude, je vois mes doigts blancs engourdis se glisser sous le machin à fourrure et le retirer de sa boîte : un ours qui se tient debout et porte des cymbales. "Oh ! Kristina, comme c'est mignon !" fait Greta sur un ton hypocrite, et j'ai envie de la culbuter et d'enlever Annabella et de m'envoler avec elle par la fenêtre, comme Peter Pan avec Wendy.

"Tu as vu, ma chérie ? dit mère. Il a une petite clef dans le dos, on peut la remonter… Tiens, laisse-moi t'aider !"

Venant près de moi, elle prend l'ours de la main gauche et fait tourner la clef de la main droite, une, deux, trois fois, puis repose l'ours sur le tapis. Il entrechoque ses cymbales, avance de deux pas et se casse la figure.

"Tiens ! dit mère en riant. Il n'a pas l'air d'aimer le tapis – si on essayait la table ? Viens, Kristina, regarde !"

Et je me force à regarder l'ours débile qui avance à pas saccadés en entre-choquant ses cymbales. Gauche, droite, gauche, droite, il bouge comme un sol-dat mais il n'est pas vivant. Les soldats bougent comme des robots et les robots ne sont pas vivants alors que les sol-dats, si – sauf quand, comme Lothar, ils se font tirer dessus ou qu'on les poi-gnarde dans le cœur ou le cerveau ou quand ils reçoivent une bombe ou une grenade sur la tête, auquel cas ils ces-sent de bouger pour toujours et on les met dans la terre dans un cercueil et personne ne les revoit jamais parce qu'ils sont allés au ciel. Je regarde mère, elle suit les mouvements de l'ours en disant "Gauche, droite" et en tapant dans les mains, quand il arrive au bord de la table elle le retourne en disant "Demi-tour, *marche* !" et il se met à marcher dans l'autre sens. Ensuite les pas de l'ours ralentissent et les mots de mère aussi : "Gauche… droite…" Arrivé au milieu de la table, l'ours s'arrête. Il s'en-raye se bloque s'immobilise, comme la pendule quand grand-père oublie de la remonter. Mère me regarde, rayon-nante, fière d'avoir pu me trouver un tel cadeau par les temps qui courent. "Vas-y, Kristina ! elle dit. A ton tour de le remonter !" et je veux mourir.

Greta a donné un autre nom à Annabella, un nom tellement ridicule que je refuse de le prononcer. Chaque matin elle laisse la poupée assise bien droite sur son oreiller, les mains sagement jointes sur sa jupe. Elle m'a dit de ne pas la toucher mais chaque fois qu'elle sort jouer avec ses amies je fais plus que la toucher, je lui parle, je chante pour elle, je déverse mon cœur dans le sien. Je fais très attention de la remettre sur le lit de Greta exactement comme je l'ai trouvée, assise très droite, sa robe de velours étalée autour d'elle et ses mains jointes.

Grand-mère pousse un cri perçant qui me glace le sang, c'est une façon de parler, en fait les êtres humains ont le sang chaud ce qui veut dire qu'il reste à la même température quoi qu'il arrive, même pendant les hivers très froids comme celui-ci le sang des soldats allemands est chaud, sauf si on leur tire dessus et qu'il gicle de leur poitrine, dans ce cas il doit faire des stalactites rouges sur la neige, alors quand grand-mère pousse son cri mon sang ne se glace pas pour de vrai mais il fait quelque chose de bizarre, je le sens qui fourmille dans mon cou et à mes poignets. Mère m'appelle – *"Kristina ! Viens vite !"* – et je dégringole l'escalier si rapidement que je ne sens pas les marches sous mes pieds.

Elles faisaient la lessive et un bac s'est renversé, éclaboussant d'eau bouillante les mains de grand-mère. Maintenant elle a cessé de crier et elle geint faiblement comme un petit chiot, se balançant en avant en arrière sur une chaise droite en essayant de réconforter chacune de ses mains avec l'autre sans la toucher. Debout près d'elle, mère a l'air dépassée par les événements, elle a sorti les onguents et les pansements mais elle n'ose pas s'en servir – "Va chercher le médecin, Kristina, elle dit, sans même me regarder. Cours, ma chérie ! Le plus vite que tu peux !"

Quand on se brûle, la peau enfle pour former des ampoules qui se remplissent de pus, si on les fait éclater le pus s'écoule et ça fait mal mais au bout d'un moment une nouvelle couche de peau vient remplacer la peau endommagée. Ce qui est extraordinaire, comme me l'a dit grand-père, c'est que toutes les lignes et taches reviennent exactement aux mêmes endroits, alors les criminels ne peuvent jamais se débarrasser de leurs empreintes digitales, même en se brûlant exprès le bout des doigts.

Le médecin est encore en train de panser les mains de grand-mère quand de nouveaux hurlements se font entendre, à l'étage cette fois.

Greta. Oh non.

J'ai laissé Annabella là où je jouais avec elle, sur mon lit, et Greta l'a trouvée. Elle entre en trombe dans la cuisine et, sans me jeter le moindre coup d'œil, va droit à mère et rapporte. L'esprit encore occupé par les mains ébouillantées de grand-mère, mère l'entend à peine. "Voyons Greta, elle dit tout en râpant des pommes de terre pour le déjeuner, tu peux partager cette poupée avec Kristina, non ?" Mais Greta dit "Non, je ne peux pas ! Je ne veux pas de ses doigts sales sur ma poupée, c'est ma *propriété privée* ! – Bon… dit mère. Kristina chérie, tu as tes jouets à toi et il ne faut pas prendre ceux de Greta sans demander la permission."

Je suis désespérée. J'ai trahi Annabella en la laissant sur mon lit, elle a dû essayer de toutes ses forces de grimper par-dessus le pied de mon lit pour descendre en glissant celui de Greta mais elle n'a pas réussi, et voilà que notre secret est révélé au grand jour. Greta sait que j'aime sa poupée, ce savoir lui donne du pouvoir sur moi, et je suis désespérée.

Après les prières du soir je me couche sur le ventre et commence à sangloter dans mon oreiller, très doucement pour que Greta ne m'entende pas. Soudain elle se met à genoux, passe la tête par-dessus les pieds de lit et me dit une phrase dans un sifflement. Cessant de sangloter, je dresse les oreilles (ce qui est une façon de parler, seuls les chiens et les renards et peut-être les chats dressent vraiment les oreilles), elle siffle à nouveau. C'est un sifflement de serpent, un sifflement au sujet des sœurs, ça grésille comme le fer à repasser quand mère l'appuie sur un tissu humide – voici les mots qui s'insinuent lentement dans mon cerveau pour y imprimer leur brûlure : "De toute façon, tu n'es pas ma sœur."

Qu'est-ce qu'elle veut dire par là ? Qu'elle me renie ? qu'elle ne veut plus de moi comme sœur ? qu'elle souhaite ne plus faire partie de la même famille que moi ?

Le sifflement se poursuit, chaque mot me brûlant plus profondément que le précédent.

"Mère et père ne sont pas tes parents. Grand-mère et grand-père ne sont pas tes grands-parents. Nous ne sommes pas ta vraie famille. Tu n'es pas sortie du ventre de mère comme Lothar et moi, tu as une autre mère quelque part mais elle n'a pas voulu de toi. Tu es *adoptée*. Je me souviens très bien du jour où on t'a amenée ici. J'avais quatre ans et tu n'avais qu'un an et demi. C'est un secret, j'avais promis de ne pas te le dire, mais tu as été tellement détestable avec moi que je n'ai plus le choix. Je ne suis pas ta sœur. Je n'ai rien à voir avec toi. Je voudrais que tu retournes là d'où tu es venue, et ne plus jamais te voir."

Elle se recouche *vlan !* dans son lit en faisant grincer les ressorts du matelas, et un silence immense et nouveau vient envelopper notre chambre. Je suis sur le dos maintenant, face aux hauts rectangles sombres des rideaux, mes pensées courent dans tous les sens pour échapper aux mots que vient de prononcer Greta. Remontant la manche de mon pyjama, je caresse doucement mon grain de beauté dans le noir, encore et encore, jusqu'à ce que je m'endorme.

Le lendemain matin Greta me réveille avec un baiser sur le front.

"Le petit déjeuner est prêt, Kristina, elle dit, et je saute de mon lit. Oublie ce que j'ai dit hier soir, elle ajoute. J'ai inventé tout ça parce que je t'en voulais d'avoir joué avec ma poupée. Pardon si je t'ai blessée. Allez, on fait la paix, d'accord ? Ecoute…" – et je sens combien lui coûte cet effort pour être gentille avec moi – "c'est juste que je ne veux pas que tu joues avec…" – et elle prononce le nom ridicule qu'elle a donné à la poupée – "parce que tu es trop petite et que tu pourrais salir son col ou lui casser les yeux. Mais si tu promets de ne pas dire à mère ce que je t'ai dit hier soir, je te montrerai tout ce que j'apprends à l'école. D'accord ? Affaire conclue ?"

Ma tête est une pierre grosse et lourde en équilibre instable sur mes épaules. Je la laisse hocher *une seule fois* et j'arrête, sinon elle pourrait tomber et se mettre à rouler par terre.

Je passe la journée dans un état second. Mère me demande de l'aider à plier les draps, ce que j'adore faire en temps normal, chacune de nous attrape deux coins, j'ai les bras ouverts au maximum et on recule jusqu'à ce que le drap soit bien à plat, on secoue le drap, on colle les deux coins l'un sur l'autre, on reprend le drap au pli du milieu… Mais ce matin je me sens de bois, comme un des automates du clocher de l'horloge, relié à un mécanisme de chaînes et de ressorts cliquetants, je garde toujours la même expression et mes gestes sont saccadés, je suis incapable de dire un mot.

"Elle est bien silencieuse aujourd'hui, ma petite Kristina, dit mère quand on a fini avec les draps. Elle est toujours triste au sujet de la poupée ?"

Je fais oui de la tête et, s'installant sur une chaise, mère me hisse sur ses genoux et me serre contre elle, je sens la peau douce de ses bras et les rondeurs de sa poitrine sous sa robe d'intérieur, elle me berce et je glisse un pouce dans ma bouche et caresse de l'autre mon grain de beauté, maintenant je devrais me sentir heureuse mais d'après Greta cette femme n'est pas ma mère et si elle n'est pas ma mère *qui est-ce* et *qu'est-ce que je fais ici ?*

Je sors. Debout près d'une congère, raide comme un soldat, je me laisse tomber en avant comme si on m'avait tiré dans le dos, je reste là sans bouger jusqu'à ce que la neige me brûle le visage, oui le très-froid devient très-chaud, et quand par erreur on met un pied dans le bain quand l'eau est trop chaude c'est l'inverse, le choc est glacial au début. Je me retourne, m'assieds dans la congère, prends une poignée de neige, me l'aplatis sur le visage et me frotte les yeux avec jusqu'à ce qu'ils me brûlent.

Greta tient sa promesse. Dès que l'école reprend après les douze jours de Noël, elle partage ses devoirs avec moi, aidant ma main à tracer les lettres de l'écriture cursive, m'initiant aux exploits héroïques de notre glorieux passé teuton, m'interrogeant sur les fractions et les pourcentages. Je m'empiffre de son savoir et le digère à toute vitesse, lui renvoyant les bonnes réponses à la figure – mais, malgré la place qu'occupe ce nouveau savoir dans mon cerveau, je n'arrive pas à oublier ce qu'elle m'a susurré ce soir-là. Et je lui ai donné ma parole. Même si mon hochement de tête était imperceptible, il a rendu ma promesse aussi solennelle qu'un traité – pas celui avec la Russie, celui avec l'Italie et le Japon : un hochement de tête veut dire oui et oui c'est une parole et donner sa parole c'est promettre et je ne dois rien dire à mère.

Grand-père ? Grand-mère ? Je les regarde, hésite, renonce à cette idée. Tous deux sont encore affligés par la perte de leur petit-fils, je ne veux pas ajouter à leur douleur.

Mais à force de les regarder, je me mets peu à peu à les *voir* : non seulement grand-père et grand-mère, mais mère et Greta aussi. Je scrute leurs traits un à un. Après le repas du soir, je m'enferme dans la salle de bains et me contemple dans la glace. *Kristina*... comment savoir ? Mes cheveux sont blonds, ceux de mère sont châtain clair et ceux de Greta aussi mais ça ne prouve rien, Lothar avait les cheveux blonds. Ceux de papa sont blond foncé, ses yeux sont verts et les miens sont bleus mais ceux de grand-mère sont bleus aussi. Oublions les yeux et les cheveux. Pourquoi suis-je la seule de la famille à avoir le nez retroussé ? Pourquoi le front de Greta est-il plus haut que le mien ?

Je peux continuer comme ça pendant des heures.

Des cauchemars me viennent. Je suis assise sur le pot et une dame qui porte une jupe et des chaussures blanches passe près de moi et me frappe sur la tête, si fort que je tombe et le pot se renverse, je patauge dans le pipi. Me voyant assise au milieu de la flaque jaune, un petit garçon éclate de rire en me montrant du doigt, d'autres enfants tournent en rond en traînant des couvertures, ils sont nus et ils ont le nez qui coule, ils geignent et braillent, leurs couvertures sont trempées du pipi par terre.

Dans un autre rêve je grimpe sur une chaise pour regarder par la fenêtre et je vois un bébé qui tremblote et pleurniche dans la neige, il a la peau toute bleue, on l'a laissé là pour mourir.

A qui poser la question ? Pas à mère. Pas à grand-mère ni à grand-père. Enfin je sais : Helga la bonne. Helga la costaude, au tablier blanc amidonné et aux cheveux auburn, qui a passé (comme elle aime à le dire) la moitié de sa vie dans cette famille. Depuis deux ans mère ne peut plus lui payer de salaire mais elle reste avec nous quand même pour faire les corvées des hommes en leur absence, fendre le bois et pelleter la neige et porter des charges lourdes, et pendant ce temps mère et grand-mère s'occupent de ses corvées à elle, la cuisine et le ménage. C'est une vieille fille. Une fois, alors qu'elle prenait le thé avec mère, je l'ai entendue dire qu'elle aurait bientôt trente ans et qu'elle ne trouverait jamais de mari parce que tous les jeunes hommes étaient morts. La moitié de trente c'est quinze alors elle avait quinze ans en arrivant dans cette famille, elle devrait se souvenir de la naissance de Greta comme de la mienne.

Une question simple et innocente : *Te souviens-tu du jour de ma naissance ?*

Les jours passent, j'ai besoin de prendre mon courage à deux mains. Grand-père dit que quand on a peur le cœur se met à battre plus vite parce qu'il veut nous aider, il pense que si on doit se bagarrer ou se sauver à toutes jambes il nous faudra beaucoup d'énergie d'un seul coup alors il nous pompe plein de sang à travers les veines pour nous préparer, mais le résultat des courses c'est que les battements du cœur *augmentent* la peur ! Chaque fois que je trouve Helga seule et m'apprête à lui poser la question – *Allez ! Demande-lui ! Maintenant !* – mon cœur se met à battre la chamade tout seul, mes pieds et mes mains se glacent et la peur me paralyse, alors je fredonne une petite chanson et fais comme si je passais là par hasard.

Le jour vient où je ne peux plus le repousser, il *faut* que je le fasse. Helga tricote dans la chaise à bascule près du poêle de faïence, Greta est en haut, mère et grand-mère sont à la cuisine et grand-père écoute la radio dans sa chambre. Debout sur le pas de la porte, je fais le signe de la croix comme si j'allais entrer dans une église – et puis, croisant les bras et appuyant fort mon pouce sur mon grain de beauté, je m'installe sur le tabouret aux pieds de Helga.

Fais-le ! je me dis. *Et surveille bien sa réaction !*

"Helga ? je dis, d'une voix insouciante.

— Hmmmm… ?

— Tu te souviens du jour où je suis née ?"

Mes yeux fondent sur elle.

Elle ne sursaute pas, elle ne rougit pas, elle ne se met pas à bégayer, elle garde les yeux fixés sur son tricot mais, l'espace d'une seconde, ses aiguilles cessent de bouger et j'ai ma réponse.

L'immobilité dit vrai.

Puis elle se remet à tricoter – une maille à l'endroit, une à l'envers, Helga tricote une chaussette et moi je suis un corps étranger dans ce foyer.

"Bien sûr, elle dit, et ensuite elle se trouble alors je la pousse dans ses retranchements.

— Tu es sûre que je ne suis pas adoptée ?

— *Adoptée ?* elle répète, pour gagner du temps. Et pourquoi pas une enfant trouvée, pendant que tu y es ? Tu as écouté trop de contes de ton grand-père, ma petite !" Donnant une impulsion à sa chaise à bascule, elle ajoute : "Allez, file ! Va aider ta maman à préparer le repas."

Je file, non à la cuisine mais aux toilettes, j'ai ma réponse, j'ai ma réponse, je rends tout ce qui est dans mon estomac et quand il n'y a plus rien à rendre je tire sur la chaîne et m'installe sur le siège et laisse sortir le reste par l'autre bout. Assise là, en nage, pendant que les déchets liquides coulent de mon corps, je vois des petits bébés couchés sur le dos, hurlant à s'arracher la gorge parce que leurs linges débordent de caca, je vois ramper par terre d'autres bébés un peu plus grands, les mains et le visage tachés de caca, je vois des enfants de deux ou trois ans qui portent des pots remplis à ras bord de pipi et de caca, ils veulent les jeter dehors mais le contenu se verse sur leurs pieds à chaque pas, je vois des femmes en jupe blanche qui courent çà et là en s'égosillant et en délivrant des baffes à droite à gauche, je vois des chaussures blanches qui marchent à pas lourds, de gracieux pieds nus aux ongles peints, des froufrous de soie rose, de longues nattes blondes et des boucles blondes en cascade, je vois des seins ronds et beaux comme ceux des nymphes dans les niches du Zwinger sauf qu'ils balancent et gouttent de lait – je vois des dizaines de têtes de bébés, comme les têtes d'anges en haut des colonnes, qui attachent leurs lèvres aux mamelons de ces seins et les sucent avec férocité, je vois des uniformes blancs tendus à craquer sur des ventres rebondis, j'entends des cris de femmes, des vagissements de bébés, et aussi, de temps à autre, le rugissement d'un homme. Ensuite je descends du siège, tire la chaîne et m'agenouille à nouveau sur le sol. Penchée sur la cuvette à l'odeur sombre, je n'arrive plus à vomir mais de violents haut-le-cœur me secouent et la sueur perle à mon front.

Quand j'émerge enfin des toilettes, je croise mère qui longe le couloir en portant une pile d'assiettes pour la salle à manger. Malgré la faiblesse de l'éclairage, elle remarque ma pâleur et, aussitôt, se baisse pour poser les assiettes par terre. "Mais ma Kristina, elle dit. Que se passe-t-il, mon Dieu ? Tu es malade ?"

Je m'effondre contre elle, alors elle laisse les assiettes là où elles sont, me prend dans ses bras et me porte dans l'escalier jusqu'à ma chambre. Avec des gestes doux elle ôte mes habits et m'aide à me mettre en pyjama, tout en murmurant d'une voix apaisante que j'ai de la fièvre, que je dois me reposer, et qu'elle reviendra dans un instant avec une tisane à la camomille et au miel.

Quelques jours s'écoulent. Je plane. En général quand les gens disent qu'ils planent ils veulent dire que le bonheur les rend légers mais pour moi c'est le contraire, c'est le malheur qui me rend légère, comme une plume de brouillard sur le point d'être brûlée par le soleil. Je caresse mon grain de beauté quand personne ne me regarde, mais ça n'atténue pas la douleur au creux de mon ventre.

Qui m'a donné mon grain de beauté ?

La nuit j'ai peur de faire des cauchemars avec des bébés alors je fredonne tout bas pour rester éveillée. Greta m'entend et m'ordonne de me taire. Annabella me sourit de là-haut sur son étagère et me dit qu'il ne faut pas m'inquiéter, que tout va bien se passer, mais je n'y peux rien, je suis inquiète.

Grand-père m'apprend une nouvelle chanson au sujet des edelweiss. Elle est très belle et quand j'ai fini de l'apprendre il me plante un baiser sur le front et me dit : "Tu es la seule dans la famille à avoir l'oreille absolue."

Qui m'a donné ma voix ?

C'est le samedi midi. Après le bénédicité, alors qu'on porte à nos lèvres la première cuillerée de soupe, mère s'éclaircit la gorge et dit : "Mes chéries, j'ai une nouvelle importante à vous annoncer, écoutez-moi bien."

On lève les yeux et, après une hésitation, on repose notre cuiller.

Silence. Mon estomac gargouille parce qu'il a faim et Greta me donne un coup de coude dans les côtes.

"Vas-y, dit grand-père en posant une main sur l'épaule de mère. Tu dois le leur dire.

— Eh bien… Greta… Kristina… Cet après-midi, des hommes vont… Cet après-midi, notre famille aura… un nouveau membre. Un jeune garçon du nom de Johann. Père est au courant. Il fera la connaissance de Johann lors de sa prochaine permission. A cause de la guerre, Johann a perdu ses deux parents et il se retrouve seul au monde, un orphelin. Alors… j'ai proposé de le prendre chez nous et de l'élever comme mon propre fils. Personne ne pourra remplacer Lothar dans notre cœur, bien entendu, mais vous devez traiter Johann exactement comme s'il était votre frère."

Pendant que je suis là à fixer mère du regard, je sens la pression d'un autre regard sur mon visage, je tourne la tête à gauche et Greta me fait des gros yeux. Cela ne dure qu'une seconde mais son message me frappe de plein fouet : Tu vois ? C'est la deuxième fois. La première, c'était toi. Ensuite elle se penche sur sa soupe et se met à la boire à grand bruit. En général il ne faut pas faire de bruit en mangeant mais avec la soupe on a le droit parce qu'autrement on pourrait se brûler la langue et le palais.

"Il a quel âge ? je demande.

— Dix ans, dit mère. Seulement un an de plus que Greta."

J'écoute le tintement des cuillers sur les assiettes.

"Il arrive quand ?

— Je vous l'ai dit : cet après-midi."

L'après-midi commence à midi pile et il est déjà midi et demi alors ça peut être tout de suite ou dans une heure ou deux ou trois ou quatre, je ne supporte pas de ne pas savoir. L'après-midi est interminable. Greta sort faire de la luge avec ses amies et moi je fais la sieste avec grand-père et il n'est toujours que deux heures, la pendule fait tic-tac pour forcer le temps à passer, lui donner des coups de pied aux fesses : *Allez ! Avance !* J'explose de curiosité.

Quand résonne enfin le *sol* aigu de la sonnerie, j'harmonise autour avec des *ré* et des *si* bémol, chantonnant tout bas le nom de Johann.

Dans le vestibule, il est caché à ma vue par les deux hommes qui l'accompagnent, ils tapent du pied sur le paillasson pour faire tomber la neige de leurs bottes et je ne distingue rien. L'encadrant toujours, ils vont dans le salon et mère se penche sur la table pour signer des papiers, leurs voix graves prononcent des phrases que je ne saisis pas, j'entends claquer des talons, "Heil Hitler", "Heil Hitler", "Heil Hitler", enfin la porte se referme derrière les hommes et l'événement a eu lieu.

"Kristina, viens rencontrer ton frère !"

Ce disant, mère va pour aider le garçon à ôter son manteau mais il l'en empêche d'un mouvement violent des épaules et l'enlève lui-même. Pendant qu'il l'accroche au portemanteau, je viens près de lui et lui dis dans un murmure "Bonjour, Johann" — ah ! j'aurais voulu le chanter, *"Bonjour, Johann !"* — mais il ne répond pas. Ses yeux sont ouverts mais en même temps fermés : ils forment un mur plus opaque que son front ou son dos. Il est grand et fait plus que ses dix ans, ses yeux bleus tout en étant ouverts sont verrouillés et ses mâchoires sont contractées, je vois leurs os remuer sous la peau lisse de ses joues et je me dis : il est beau, mon nouveau frère.

Greta revient de sa sortie de luge, les joues rouge vif et les yeux brillants, grand-mère nous fait du chocolat chaud et toute la famille converge vers la cuisine, ensemble on lève notre tasse pour porter un toast au nouvel arrivé mais Johann reste immobile, rigide comme un bâton, sans parler et sans sourire. Mère et grand-mère échangent un regard, le chocolat descend en glissant silencieusement de notre gorge à notre estomac, Helga monte la valise de Johann dans sa chambre (naguère la chambre de Lothar) en lui disant de la suivre, et il le fait avec réticence et ressentiment.

Grand-père s'installe au piano et me fait signe de venir chanter avec lui, je remplis ma voix de chaleur en espérant que Johann l'entendra depuis sa chambre à l'étage et que ses accents le calmeront, dénoueront les tensions dans son corps, il est en état de choc parce que ses parents sont morts et pour lui nous sommes des inconnus – mais quand il descend pour le repas du soir rien n'a changé, ses mâchoires sont toujours serrées à bloc, ses yeux sont des murs, son silence est intraitable.

Après le bénédicité (il baisse la tête mais ne murmure pas "Amen"), mère l'interroge doucement et rougit quand ses questions restent sans réponse. Elle se tourne pour parler avec Greta mais s'empêtre dans ses phrases. Johann a apporté le malaise dans notre foyer, le silence qui émane de lui nous gagne les uns après les autres et nous frappe de mutisme. On se trouble, la conversation achoppe, de quoi parlons-nous d'habitude ? Impossible de s'en souvenir.

Après le souper on se rassemble comme toujours autour du poêle mais je ne grimpe pas sur les genoux de mère et je fais très attention de ne pas sucer mon pouce, je ne veux pas que Johann me prenne pour un bébé. Grand-père nous raconte l'histoire des musiciens de Brême et quand le chat, le chien, le coq et l'âne fichent la trouille au brigand, on se met tous à rire mais Johann reste là à fixer le vide, les ombres jouent sur ses pommettes, peu à peu nos rires s'espacent et s'effacent.

A l'école le matin c'est la même chose : la maîtresse présente le nouvel élève à la classe, elle fait un petit discours pour lui souhaiter la bienvenue et il se tient là comme un soldat de plomb, implacable, inaccessible, indifférent. Il fait tout ce qu'on lui dit de faire, avec un léger délai pour nous faire comprendre qu'il agit par choix et non par obéissance – mais il refuse de répondre aux questions, de lire à voix haute, de prononcer un seul mot.

Personne ne le gronde ni ne le punit.

C'est extraordinaire. Nous sommes les orphelins : moi musique et lui silence. M'entends-tu chanter, ô garçon à la mâchoire crispée ? Désormais tous mes chants seront pour toi.

Notre stock de bois est épuisé et Helga la bonne est au fond de son lit, malade et grelottante.

"J'ai besoin de ton aide, Johann, dit mère. Aujourd'hui c'est toi le plus fort de la famille, tu dois aller nous chercher du bois. Prends la luge, Kristina te montrera le chemin. Couvrez-vous bien, tous les deux, il y a une vraie tempête de neige dehors." Et, lui tendant un billet de banque, elle ajoute en souriant : "N'oublie pas de me rapporter la monnaie."

En longeant le corridor, nous croisons Mme Webern dont le "Heil Hitler" manquait autrefois d'enthousiasme. Sans nous saluer, tout en tournant la clef dans sa porte, elle siffle sur un ton sarcastique : "Tiens, comme la famille grandit !" mais heureusement Johann ne l'entend pas.

Nous marchons côte à côte et pour une fois cet hiver le froid n'est pas insupportable. La neige tombe en gros flocons qui flottent doucement, se collent à nos chapeaux et à nos écharpes, fondent sur nos joues, s'accrochent dans nos cils… Je dois saisir ma chance. Le vendeur de bois habite bien au-delà du square, on en a pour près d'une heure. Alors je parle.

"Tous les flocons de neige sont différents, je dis. Ils ressemblent aux étoiles mais en fait les étoiles ne sont pas froides et minuscules, elles sont brûlantes et énormes, ce sont des soleils lointains, tu ne trouves pas ça incroyable ?"

Pas de réponse.

"Johann, je dis. Tu trouves sans doute que ce n'est pas la peine de me parler parce que je ne suis qu'une gamine, mais Greta m'apprend tout ce que fait votre classe à l'école, ma mémoire est excellente et en plus, j'ai l'oreille absolue."

Pas de réponse.

"Johann, je comprends que tu ne te sentes pas encore à l'aise dans notre famille, mais je voulais juste te dire que tu peux me faire confiance. Et d'une certaine manière je suis vraiment ta sœur parce que… moi aussi j'ai été adoptée."

Ah. Il me regarde. Là, pour la première fois, il me regarde *vraiment*. D'un seul coup, tout s'accélère en moi : mon cœur, mon pas, ma langue.

"Moi non plus je ne fais pas partie de cette famille", j'ajoute pour faire bonne mesure.

Johann regarde droit devant lui mais je vois que sa mâchoire s'est un peu décrispée, et puis – victoire ! – sa bouche s'ouvre et sa voix en sort, elle forme des mots :

"Cela est vrai ?" il dit.

Ce sont bien les mots qu'il prononce, mais ils sonnent étrangement – Johann parle avec un accent.

Je fais oui de la tête, tellement soulagée d'avoir trouvé un confident que les larmes me montent aux yeux, même si je ne suis pas triste du tout – au contraire, je suis heureuse.

"Au moins on a été adopté par une famille sympathique, je dis.

— Je suis pas adopté", dit Johann, ce qui est ridicule parce que j'ai vu de mes yeux mère signer les papiers, mais je ne dis rien parce que j'ai envie qu'il continue.

"Quel est ton nom ? il me demande au bout d'un moment, et ça me laisse bouche bée.

— Mon nom ? Kristina !

— Non, ton vrai nom – d'avant."

Je ne sais pas ce qu'il veut dire mais là on est arrivé au magasin de bois et je sens qu'il se retire dans le silence pour se protéger, comme une tortue qui rentre la tête et les pattes sous sa carapace. Quand je frappe à la porte, il me regarde et son regard veut dire *A toi de parler* alors je parle. D'une petite voix de moineau timide je dis tout ce qu'il faut dire, il tend le billet de banque au monsieur et empoche la monnaie ; à nouveau nous sommes dehors.

Le froid est plus mordant que tout à l'heure et le jour commence à baisser ; vide, la luge était légère mais maintenant elle est lourde et les traits de Johann se contractent dans l'effort pour la tirer, comme le visage des esclaves nègres qui soutiennent les balcons au palais du Zwinger, seulement Johann est vivant alors il sent vraiment le poids et n'a plus de force pour parler. Il commence à haleter ; quand on arrive au square il s'arrête pour reprendre son souffle.

A peine audible, la musique flûtée du manège nous parvient de l'autre côté du square.

Se tournant vers moi, Johann me dit dans son allemand étrange et hésitant : "Tu veux faire un tour de manège, Fausse-Kristina ?

— On ne peut pas, je lui dis en riant. Ça coûte de l'argent.

— On est riche !" Ce disant, il tire de sa poche la monnaie de mère et me la montre, trésor miroitant dans la sombre grotte de son gant.

"Johann, mais tu plaisantes !

— «Johann, mais tu plaisantes !» il répète sur un ton moqueur. Non, je plaisante pas, et je suis pas Johann non plus. Allez, viens, mademoiselle Je-Sais-Pas-Quoi !" Il saisit ma main, tout en traînant la luge lourde de l'autre main.

Le manège est à l'arrêt quand nous arrivons à sa hauteur, la musique s'est arrêtée aussi et il est clair que c'est la fin, la nuit commence à tomber et les derniers enfants s'éloignent avec leur mère – "On ne peut pas, Johann, je dis. L'argent n'est pas à nous, et de toute façon ils ferment", mais Johann me traîne jusqu'au guichet et me dit à l'oreille : *"Demande !"* alors je demande, d'une voix non plus de moineau timide mais de souris terrifiée : "Est-ce que c'est trop tard pour le manège, monsieur ?"

L'homme – un homme aux cheveux gris, au visage ridé, aux traits fatigués – est justement en train de fermer sa caisse. Baissant le regard, il nous voit : deux enfants qui se tiennent par la main dans la neige qui tombe, dans la nuit qui tombe, dans un pays qui perd la guerre. "Bof, il dit. Un tour de plus ou de moins… d'accord, mais dépêchez-vous !" Johann lui tend la monnaie de mère mais il l'écarte d'un revers de la main : "M'embêtez pas avec ça, la caisse est fermée. Allez, montez : deux tours et c'est tout."

La musique redémarre très fort, m'enivrant de la tête aux pieds tandis que le monsieur me soulève et me pose sur le dos du cheval blanc, à ma surprise Johann monte derrière et m'entoure de ses deux bras pour attraper les rênes, le manège prend de la vitesse, on monte et on descend au rythme de la musique, il fait plus froid et plus sombre avec chaque seconde qui passe mais mon corps est une boule de feu. Je ris aux éclats et mes rires sont dispersés par le vent glacial, les chevaux montent et descendent, les lumières clignotent et la musique claironne. Quand nos deux tours sont terminés je fais un grand signe de la main au monsieur en lui disant "Merci !" et il me répond par un hochement de tête, on dirait qu'il est épuisé, on dirait que faire le bonheur de deux enfants est la seule chose au monde dont il soit capable, il nous fait faire encore un tour, je dis "Merci !" et il hoche la tête et n'arrête toujours pas le manège, on fait encore un tour, puis un autre, à la fin de chaque tour je dis "Merci !" et il hoche la tête, on pourrait continuer comme ça à tout jamais, il n'y a aucune raison de s'arrêter…

Combien de fois les choses peuvent-elles se répéter est-ce qu'on peut mourir à force de répéter la même phrase encore et encore *vilaine petite idiote vilaine petite idiote vilaine petite idiote vilaine petite idiote* jusqu'à ce qu'elle perde son sens combien de fois.

Au moment où on s'approche de la maison – avant que mère ne nous crie dessus parce qu'on est en retard et qu'elle était morte de peur, avant qu'elle ne punisse Johann en l'envoyant au lit sans souper, avant que la sirène ne se mette à hurler au milieu de la nuit, précipitant toute la famille dans la cave pieds nus et en pyjama, avant que toutes ces choses ne viennent briser la féerie de mouvement et de lumière et de musique qui jouait dans mon cœur pendant la longue marche de retour dans le noir aux côtés de Johann –, oui, juste au moment où on s'approche de la maison, Johann lâche la corde de la luge et me prend par les épaules et me tourne vers lui.

Posant un doigt sur ses lèvres, il me dit dans son allemand lent et singulier : "Pas Johann : Janek. Pas allemand : polonais. Pas adopté : volé. Mes parents sont vivants, ils habitent à Szczecin. Je suis *volé*, ma chère Fausse-Kristina. Et toi aussi."

A partir de ce soir-là j'ai une nouvelle vie, une vie d'ombres et de secrets et de conspiration avec Janek-Johann. Le doigt sur ses lèvres voulait dire une fois pour toutes : personne ne doit savoir ce qui nous lie.

Presque chaque jour on trouve quelques minutes pour poursuivre notre exploration de qui nous sommes vraiment. On se parle à voix basse, et le fait de chuchoter donne de l'importance à chaque mot que nous prononçons. Johann m'apprend que mon vrai nom s'écrit avec des *y* et non des *i* : Krystyna ou peut-être Krystka, il roule le *r* en le prononçant et ça me chatouille l'estomac. Il dit que plus jamais, au grand jamais, je ne dois dire "Heil Hit-ler", seulement faire semblant pour que les gens croient que je le dis. Il dit que les Allemands sont nos ennemis, toute cette famille est notre ennemie, même s'ils sont gentils avec nous, il me dit que je retournerai dans ma vraie famille quand la guerre sera finie et si j'ai oublié ma langue maternelle je ne pourrai pas leur parler ce qui serait terrible, alors il m'apprend des mots en polonais. Mère c'est matka, père c'est ojciec, frère c'est brat, sœur c'est siostra, je t'aime c'est kocham was, rêve c'est sen et chanson : s'piew.

"Tu te rappelles rien du tout ? il me demande.

— Non.

— Même pas d'avoir appelé ta mère matka ?

— Non, mais… ça commence à me revenir.

— Ils ont dû te voler quand tu étais bébé, avant d'apprendre à parler. Ils ont dû t'arracher aux bras de ta maman. Je les ai vus faire ça, Krystka, plus d'une fois…"

J'enregistre chaque mot de polonais qu'il m'apprend et, en retour, je corrige doucement mais fermement son alle-mand, il fait des progrès mais refuse toujours d'ouvrir la bouche à table et à l'école.

Nous sommes assis par terre dans le grand placard au bout du couloir, c'est presque une pièce à part entière, il y a une ampoule électrique.

"Tout est faux dans nos papiers, dit Johann. Notre nom, notre âge, notre lieu de naissance.

— Notre *âge*?

— Le mien en tout cas. Ils m'enlèvent deux ans.

— Tu veux dire que tu as *douze ans*?

— Oui.

— Alors tu es deux fois plus vieux que moi !

— Et deux fois plus en colère. Mais toi aussi tu dois être en colère – imagine, Krystka, tes vrais parents te cherchent depuis des années, ils pleurent, ils se demandent où tu es. Maintenant ils doivent être au désespoir.

— Tu crois ?

— Bien sûr."

"Qui t'a volé ?

— Les sœurs brunes.

— C'est quoi ?"

Et il me décrit les affreuses corneilles qui sont apparues un jour dans les rues de Szczecin. Vêtues de robes marron raides et droites aux manchettes blanches et au col blanc – des Annabellas de cauchemar –, elles attendaient

435

devant les écoles quand les flots d'enfants sortaient à l'heure du déjeuner. Elles les étudiaient. Elles abordaient les enfants choisis, des bonbons à la main et un sourire sur le visage.

"Comment elles t'ont choisi ?"

Johann se détourne de moi et je vois ses mâchoires se contracter.

"*Nous*, Krystynka. Elles *nous* choisissent parce qu'on a l'air allemands. Parce que nos cheveux sont blonds, nos yeux bleus, notre peau parfaitement blanche.

— Ça ne peut pas être vrai.

— Pourquoi ?

— Ma peau n'est pas…"

Venant près de lui, je remonte ma manche et lui révèle mon grain de beauté. J'ai le cœur qui bat très fort.

"C'est une marque qui me rend différente de tout le monde, je lui dis, et c'est ce qui me fait chanter. Quand je la touche, je peux entrer dans mon âme et prendre toute la beauté qui s'y trouve, puis m'envoler comme un oiseau par ma propre bouche. Tu peux la toucher, si tu veux."

Doucement, Johann pose deux doigts sur mon grain de beauté et fronce les sourcils. Je me renfrogne. Est-ce qu'il le trouve laid ?

"Qu'est-ce qu'il y a ?

— Non, non, rien… Je suis surpris, c'est tout. Là-bas, je vois des enfants renvoyés pour moins que ça.

— Renvoyés… ?

— Parle encore de toi, Krystynka. Tu aimes faire quoi, à part chanter ?

— Manger. Le gras surtout. Je veux être la Grosse Dame du cirque quand je serai grande."

Il part d'un grand rire. "Tu as un chemin à faire !" il fait, en regardant mes jambes-bâtons.

Soudain la porte du placard s'ouvre. Greta est là dans le couloir, l'air à la fois blessée et triomphante. Elle nous a entendus discuter à voix basse. Jamais, au grand jamais Johann ne lui a adressé la parole, alors qu'il est plus près d'elle en âge. Comment peut-il s'intéresser à une bestiole comme moi, alors qu'il y a une charmante jeune fille comme elle assise près de lui à table ? C'est incompréhensible. Elle brûle de jalousie. S'emparant de mon bras, elle me traîne jusqu'à notre chambre et verrouille la porte.

"Raconte-moi ce que vous faisiez là-dedans, elle siffle, ou je le dirai à mère !

— Greta, je dis (rendue forte par ma nouvelle langue, mon nouveau frère, ma nouvelle nationalité), il n'y a rien à raconter.

— Vous vous parliez en chuchotant, je vous ai entendus !

— Ce n'est pas un crime de chuchoter…

— Mais ça veut dire qu'il sait parler, Johann ! Alors pourquoi il ne nous parle pas à nous ?

— Pose-lui la question.

— Il ne me répondra pas.

— Ce n'est pas mon problème.

— Tu sais ce que je pense, Kristina ?

— Quoi ?" je dis, en me tournant vers elle.

Et elle me crache à la figure. "Voilà ce que je pense !"

Pour rien au monde je ne renoncerais à mes conversations secrètes avec Johann, émaillées maintenant de mots en polonais. D'accord c'est dobrze, oui c'est tak et non c'est z'aden, "Je suis votre fille" c'est Jestem waszym còrka… j'ai envie de tout apprendre.

"Les sœurs brunes amènent les enfants choisis, par le train, à un lieu qui s'appelle Kalisz, et là, elles nous donnent à des hommes en blouse blanche, peut-être des médecins, peut-être pas. Ils séparent les garçons et les filles…

— Et ensuite ?

— Ensuite ils nous mesurent.

— La taille ?

— Non. Oui. Tout. On doit se mettre nu et ils mesurent toutes les parties de notre corps. La tête, les oreilles, le nez.

Les jambes, les bras, les épaules. Les doigts. Les orteils. Le front. Les… choses entre les jambes. L'angle, ici, avec le nez et le front. Et ici, avec le menton et la mâchoire. La distance entre les sourcils. Les enfants qui ont les sourcils trop proches sont renvoyés. Aussi ceux qui ont un grain de beauté… un nez trop grand… des choses trop petites… les pieds tournés comme ci, ou comme ça. Ensuite ils mesurent notre santé, notre savoir, notre intelligence. Un test après l'autre. Ceux qui n'ont pas les bons scores sont renvoyés.

— Renvoyés… ?

— Chut, Krystka, laisse-moi te dire… Ils nous donnent des noms nouveaux. Ils nous disent : Il y a longtemps vous étiez allemands, vous avez le sang allemand dans les veines, votre nationalité polonaise est une erreur mais on peut corriger, il n'est pas trop tard. Vos pères sont des traîtres, ils doivent être tués. Vos mères sont des putains, elles ne méritent pas de vous élever. Maintenant on vous donne une éducation allemande. Si vous parlez ensemble en polonais, vous êtes punis. On parle ensemble en polonais. On est puni.

— Oh, mon pauvre…

— Non. Ne dis jamais pauvre, si tu dis pauvre j'arrête de parler.

— Pardon, je dis très vite, en polonais. Ja jestem z'a uja ce.

— Ils nous frappent sur la tête au
milieu de la nuit, dit Johann en fermant
les yeux et en frappant violemment l'air
du plat de sa main. *Bang... bang...
bang... bang...* On compte les coups,
le matin on compare : toi combien,
moi combien. Souvent, plus de cent
coups sur la tête, *bang... bang... bang...
bang...* Au début ça fait mal, mais après
un peu de temps, non : on change le
rythme en autre chose, on dit que c'est
une hache qui frappe un arbre dans la
forêt ou un marteau qui frappe un clou,
bang... bang... bang... bang... On sent
le coup, mais pas la douleur, même le
vertige est plus comme une lourdeur. Et
je continue, je parle polonais. Alors une
sœur brune m'amène à la chapelle. Elle
me met à genoux avec mes bras tendus
comme ça. Elle me surveille toute la journée, chaque fois que je baisse les bras
elle me frappe avec le fouet. Elle me
fouette comme une folle – sur le dos, sur
le cou, sur la tête, elle respire très fort –
et chaque fois que le fouet tombe sur
mon corps elle fait *Han !* avec l'air contente. A la fin je peux plus supporter, je
me retourne et je prends le fouet, en une
seconde son visage va de plaisir à terreur, maintenant c'est moi le plus fort

parce que j'ai le fouet et je commence à la frapper, je crie sur elle en polonais, je dis des insultes, je la salis avec mes mots, elle se met par terre dans un coin en tremblant, les bras sur la tête… Je peux la tuer, Krystka, je te jure."

Il fait une pause. Je ne dis rien. J'ai les yeux grands ouverts.

"Quand ils apprennent, après, ils m'enferment deux jours dans le placard avec les balais, dans le noir, ils me donnent rien à manger ou à boire. Je n'appelle pas à l'aide, je veux prouver ma volonté plus forte, alors j'entre dans ma tête et j'attends. Enfin le médecin-chef vient me chercher et il me dit dans son bureau : «Jeune homme, vous êtes un bon matériel pour l'Allemagne mais il n'y a pas d'autres chances : la prochaine fois que vous désobéissez, on vous renvoie.»"

Il se tait à nouveau.

"Après ça j'arrête le polonais. Ils arrachent ma langue par les racines.

— Et la mienne aussi.

— Et la tienne aussi."

Dans mon rêve je vois une paysanne costaude avec un fichu sur la tête, elle ressemble à grand-mère. Penchée sur son potager, rougissant et grognant avec l'effort, elle tire de toutes ses forces sur quelque chose pour le déraciner, et quand

ça vient elle le jette dans son panier...
Qu'est-ce qu'elle arrache ? Se redressant,
elle s'essuie le front et dit "Ouf ! Comme
c'est fatigant !" M'approchant, je vois que
son panier grouille de langues humaines,
elles ressemblent à de minuscules homards
et leurs racines remuent lamentablement
dans l'air. "Mais si vous les arrachez par
la racine, je lui dis, elles ne pourront
plus parler ! – C'est le but de l'opération !" dit la femme – et, se penchant à
nouveau, elle retourne à son labeur.

"Ils nous volent à Noël 1943, dit Johann. Pendant toute une année, ils nous
tabassent du matin au soir avec la langue allemande. Comme les coups sur la
tête : *bang... bang... bang... bang...* Les
mots allemands, l'histoire allemande, les
poèmes et les contes de fées allemands...
et ensuite, quand l'hiver revient encore,
les cantiques de Noël allemands. *Douce
nuit... Haute nuit des claires étoiles...
Sonnez, clochettes ! sonnez, sonnez...
Bang, bang, bang, bang.* Ah ! Fausse-
Kristina, comme je les hais, ces cantiques stupides ! Pas toi ?
     — Euh... si..."
Je sais que je les aimais autrefois
mais c'était quand je pensais faire partie de cette famille et de cette langue et
de ce foyer. Pour le moment je n'ai pas

grand-chose à mettre à leur place, seulement quelques mots de polonais et mon amour pour Johann, mais ça va venir. Je repousse les cantiques de Noël tout au fond de ma mémoire. Quand j'apprends de nouveaux mots à l'école ils sont comme empoisonnés par ces souvenirs de Johann, je me rappelle comme on les lui a fait rentrer dans la tête contre son gré, avec des gifles et des coups de fouet, ça me fait mal de les apprendre mais je me dis qu'ils seront bientôt remplacés par les mots de ma langue maternelle et que je pourrai les chasser de mon cerveau, comme quand on tire la chasse aux toilettes et que tous les déchets s'en vont loin dans la mer. Grand-père dit que les gens qui vont en enfer sont les déchets de l'humanité, mais je n'ai plus envie de citer grand-père parce que même s'il est gentil avec moi ce n'est pas mon vrai grand-père et je ne sais pas ce que vaut sa sagesse.

Le vrai problème c'est que si je ne chante pas en allemand, je ne sais pas quoi chanter. Tout ça m'est interdit, les cantiques de l'église et de Noël, toutes les jolies chansons que grand-père m'a apprises. Il propose de m'apprendre une nouvelle chanson mais je lui dis que je dois faire mes devoirs, je n'ai pas le temps de chanter. Il a l'air déçu, alors je viens lui poser un baiser sur le front en disant "Peut-être un peu plus tard, grand-père". J'en parle avec Johann et il dit : "Je peux t'apprendre des chansons en polonais mais ça va nous trahir. Je suis désolé, mais pour le moment c'est mieux que tu chantes sans paroles."

J'apprends à chanter sans paroles. Je joue avec les sons au fond de ma gorge, faisant monter ma voix très haut jusqu'à ce qu'elle perce le ciel, et la faisant descendre ensuite tout au fond de mon être, là où bouillonne la lave.

"De quoi vous parlez, tous les deux ?" me demande Greta. Elle est en train de coiffer Annabella. Les cheveux des poupées n'ont pas besoin d'être lavés deux fois par semaine comme les nôtres parce qu'ils ne sont pas poussés hors de leur tête par des cellules vivantes.

"Bof… la vie.

— Ça veut dire quoi, «la vie» ?

— Tu n'as qu'à le chercher dans le dictionnaire, je lui dis, sidérée par ma propre audace.

— D'accord. Ça y est, Kristina, tu as eu ta dernière leçon avec moi.

— Ah oui ? Alors je dirai à mère ce que tu m'as dit cette nuit-là.

— Vas-y. Dis-lui, si tu oses !"

A la fin janvier il fait tellement froid qu'on ferme l'école. Les alertes aériennes se succèdent jour et nuit et j'ai l'impression qu'on passe le plus clair de notre temps dans la cave, c'est encore plus ennuyeux que l'église parce qu'on ne peut rien faire à part écouter les gens ronfler et gémir et soupirer, et en plus l'odeur est terrible. Il se passe quelque chose, ça se sent, tous les jours on est silencieux maintenant autour de la table et ce n'est plus à cause du silence de Johann, c'est une chose nouvelle et opaque et lourde, comme un couvercle de fer qui nous oppresse et nous écrase, comme si l'univers entier était sur le point de s'arrêter. Chacun vaque à ses affaires, s'habille le matin, fait son lit, met la table, fend du bois, polit l'argenterie, plie les draps… mais c'est comme si toute cette propreté et cette belle ordonnance étaient un mensonge, comme si les adultes essayaient de donner le change aux enfants ; quand je regarde leurs yeux de près je ne vois que terreur et chaos, si je les regardais trop longtemps je pourrais basculer dedans et dégringoler à travers leur corps jusque dans leurs entrailles et leurs ténèbres infernales, c'est parce qu'on perd la guerre maintenant pour de vrai – ou plutôt, étant donné que je suis polonaise, parce que l'Allemagne perd la guerre, elle ne pourrait pas juste la perdre et en avoir fini ? pourquoi ça prend si longtemps ?

"Tu aurais vraiment dépensé l'argent de mère pour le manège ?

— Oui. Les Allemands ils volent mon pays, ils me volent moi, quelques petites pièces de monnaie c'est rien par comparaison. De quel côté tu es, Fausse-Kristina ? Tu dois choisir.

— Je suis de ton côté.

— Prouve-le.

— Comment ?

— La prochaine fois que tu joues avec la stupide boîte de bijoux de Fausse-grand-mère, vole un de ses bijoux.

— Je ne peux pas faire ça !

— Alors tu n'es pas de mon côté.

— Mais qu'est-ce que tu veux faire de ses bijoux ?

— D'abord tu le fais, ensuite je te dis."

Le lendemain, je tire de ma poche une paire de boucles d'oreilles étincelantes et les fais pendiller devant les yeux de Johann, en espérant qu'il ne sait pas reconnaître les faux diamants des vrais.

Non, il ne sait pas. Impressionné, il écarquille les yeux et lève le pouce : j'en rougis de fierté.

"Alors, je lui dis, tu veux en faire quoi ?

— C'est seulement un début, Fausse-Kristina, mais c'est un bon début. Tu vas être une experte voleuse. Maintenant, chaque jour, tu vas prendre un peu d'argent dans le portefeuille de Faux-grand-père, d'accord ?

— Mais pour quoi faire ?"

Ses deux grandes mains s'emparent de mes menottes et les serrent fort.

"Tu es avec moi, Krystynka ?

— Oui.

— Tu m'aimes ?

— Plus que tout au monde.

— Alors écoute bien... On va se sauver ensemble, toi et moi. On vend les bijoux, et avec l'argent on retourne en Pologne. Quand on n'a plus d'argent, tu chantes. Les gens s'attroupent autour de toi pour t'écouter, moi je fais passer le chapeau, ils versent leurs trésors dedans et on continue notre voyage."

Mon cœur me cogne dans les tempes.

"Mais, Janek... si les gens nous voient sur la route ils appelleront la police. Deux enfants fugueurs, c'est facile à repérer !"

Johann rit. "Il y a des réfugiés partout en ce moment, tu ne vois pas ? Des milliers de gens sur la route. Des enfants, des vieux, tout. Deux de plus ou de moins… Et puis, la police a d'autres choses à faire. Personne ne va s'occuper de nous.

— Mais Janek… Je sais qu'on habite chez l'ennemi mais… Si je… Je veux dire, ils m'aiment. Ils ont toujours été si gentils avec moi, je ne peux pas…

— Krysta. Tu dois décider si tu es un bébé ou une grande fille, une Allemande ou une Polonaise. Réfléchis bien, prends ton temps, c'est toi qui choisis. Moi je pars cet été, avec ou sans toi."

Cette maison, à nouveau sans Johann : impensable.

Quand grand-père se met à ronfler, au lieu de pousser son épaule en disant "Kurt", je me lève, vais sur la pointe des pieds jusqu'à la chaise où il a posé sa veste et fouille les poches. Le portefeuille est dans une poche intérieure, je transpire et j'ai les mains qui tremblent, je me demande pourquoi mon corps fait ça, il me semble qu'il devrait faire tout le contraire : quand on est nerveux on a besoin que ses mains soient calmes et contrôlées pour faire exactement ce qu'on leur dit de faire. Il n'y a que trois billets de banque et je n'ose pas en prendre un, je dirai à Johann que le portefeuille était vide. Si grand-père avait eu dix billets j'en aurais pris un parce que ça n'aurait été que dix pour cent, mais un sur trois c'est plus de trente pour cent, ça fait trente-trois virgule trois et un nombre infini de trois après la virgule, c'est Greta qui m'a appris les pourcentages à l'époque où elle partageait encore ses leçons avec moi ; il y a des infinités cachées partout.

Le porte-monnaie, par contre, est bourré de pièces. J'en extrais une demi-douzaine en faisant bien attention de ne pas les faire tinter dans la paume de ma main, je les glisse dans ma chaussure et remonte rejoindre Johann.

"Formidable, Krystka. Regarde, je nous trouve une bonne cachette… Je prends des choses à manger."

On rampe à quatre pattes parmi les robes et les manteaux suspendus qui sentent la naphtaline, Johann écarte une paire de vieilles bottes, peut-être les bottes militaires de l'autre guerre de grand-père, et là, entassés tout au fond du placard, je reconnais des paquets de sucre, de biscuits et de dattes…

"Mais Janek ! Déjà la famille n'a pas assez à manger…

— Ça n'est pas ma famille, je veux voir ma famille. Tiens…"

Il me tend une petite boîte en fer-blanc et je mets les pièces dedans.

Dans mon lit la nuit, j'essaie d'imaginer ma vie en Pologne. Des questions sautent comme des puces dans mon cerveau. Grand-père a vu un cirque à puces à Berlin autrefois, quand il était jeune. Je me demande combien j'ai de frères et de sœurs, et s'ils m'ont oubliée, et s'ils seront plus gentils avec moi que Greta, et si mon vrai ojciec est encore en vie, et si matka a un aussi bon cœur que mère, et si je la reconnaîtrai. Elle, c'est sûr, me reconnaîtra grâce à mon grain de beauté. Dès qu'elle verra le creux de mon bras gauche elle s'écriera, en roulant les *r* comme Janek : "Krystyna ! Krystyna ! Enfin ! Ma Krystynka adorée !" et elle me serrera contre elle en pleurant de joie.

Ce qui m'inquiète le plus c'est la douleur de mère quand elle apprendra notre fugue, ça lui brisera le cœur. Mais Janek me dit que c'est de sa faute parce qu'elle n'aurait jamais dû accueillir des enfants volés, elle est responsable de son propre malheur et nous n'y pouvons rien.

"Maintenant tu dois apprendre à leur mentir.

— Non, Janek. A quoi bon ? Déjà on leur cache tout, on vole de l'argent et de la nourriture, ça suffit.

— Tu dois être plus dure, Fausse-Kristina. Ta peau doit être plus épaisse, sinon tu tiens pas le coup dans le long voyage de retour.

— Janek, je ne peux pas faire ça."

Le lendemain, en entrant dans notre chambre après l'école, Greta trouve le contenu de nos tiroirs par terre. Culottes, chaussettes, bas, maillots de corps et pulls – déversés, éparpillés. Elle court comme une flèche jusqu'en haut de l'escalier. "Mère ! Viens voir ce qu'a fait Kristina !"

Je monte l'escalier sur les talons de mère et contemple les dégâts, ahurie.

"C'est toi qui as fait ça ?" demande mère sur un ton de rage contrôlée.

Il est hors de question que je dénonce Johann alors je dis "Oui". J'ai l'estomac qui tremble.

"*Pourquoi ?* elle dit d'une voix perçante.

— Je… je cherchais quelque chose et, voilà, j'ai dû… oublier de tout remettre en place.

— Que cherchais-tu ?

— …

— Que cherchais-tu, Kristina ?

— … Mon petit ours aux cymbales.

— Elle *ment* ! s'écrie Greta. Il est *là*, son ours, sur l'étagère, là où elle le met toujours. *Jamais* elle ne le range dans la commode !"

Mère a tout raconté à grand-père. Il me convoque et me dévisage, les yeux tristes.

"Qu'est-ce qui t'arrive, ma petite ? il dit en soupirant. Tu as changé. Ta mère me dit que tu deviens vilaine. Pourquoi tu as semé le désordre dans ta chambre ?

— Parce que j'en avais envie."

Les coins de sa bouche se tournent vers le bas, sa tristesse se change en sévérité, il me prend par les deux poignets, me tire brutalement à lui et me force à m'allonger sur ses genoux. J'essaie de me libérer mais il appuie d'une main sur mon dos et commence à me frapper avec l'autre, *vlan, vlan, vlan* sur les fesses, c'est la première fois, la douleur me met en rage, je hurle et lutte, ma lutte augmente sa colère, les coups pleuvent rapides et drus et je sens mes fesses devenir toutes rouges, le sang se précipite à la surface de la peau pour tenter de comprendre ce qui se passe, je braille en donnant des coups de pied en l'air. Enfin, sa colère épuisée, grand-père me repousse et je tombe sur le sol, pleurant et tremblant sans pouvoir m'arrêter, et il me dit de disparaître de sa vue.

En quittant le salon je passe devant Greta qui a suivi toute la scène depuis la porte, Annabella dans les bras. Elle me fait un petit sourire narquois.

"Bravo, Krystynka, dit Janek. Tu réussis ton examen. Alors dis-moi… la douleur ?

— Pas mal.

— Tu peux supporter plus ?

— Tak.

— Bravo. Et tu vois comment c'est, les Allemands ?

— Tak."

C'est la Saint-Valentin.

On est en train de prendre le petit déjeuner, trempant du pain sec dans des bols fumants de chicorée – il n'y a plus de chocolat, plus de beurre ni de fromage ni de jambon ni de confiture – quand ça se produit : la surface bien ordonnée se fissure et le chaos fait irruption dans notre maison. Ce qui se passe, c'est que grand-père se met à sangloter dans sa chambre. Dès le premier sanglot, tout le monde se fige comme dans le jeu de *Halt*, mère et grand-mère se regardent par-dessus la table, j'intercepte l'éclair de panique dans leurs yeux et je comprends : le pire est arrivé. Mais *quel* pire ? Père est mort ou Hitler est mort ou quoi ? *Qu'est-ce que c'est ?* Les sanglots deviennent plus forts, grand-père sort en trombe de sa chambre et on entend la radio en arrière-fond, il est en sous-vêtements, son ventre pend comme un gros ballon blanc, des larmes lui mouillent le visage et il tire sur ses cheveux blancs qui se dressent en touffes sur sa tête comme des cheveux de clown. Il ne sait pas qu'il a l'air ridicule ? Il ne sait pas qu'il ne faut pas se montrer en sous-vêtements devant tout le monde ?

"Kurt", dit grand-mère. Elle se lève et va vers lui mais il se détourne et commence à se taper la tête contre le mur, encore et encore, peut-être qu'il compte les coups comme Johann dans ce centre à Kalisz ?

Peu à peu ses sanglots deviennent un mot : "Dresde, il dit. Dresde, Dresde, Dresde, Dresde, Dresde…" Si on dit le même mot un million de fois, est-ce qu'il perd son sens ?

Mère nous dit de monter dans notre chambre et quand nous redescendons à midi la maison est sens dessus dessous et aucun déjeuner ne nous attend. Helga balaie, sur le sol de la salle à manger, les tessons de la porcelaine fabriquée par le père de grand-père à Dresde, la belle pendule a été fracassée aussi, de même que la boîte à bijoux, la minuscule ballerine a roulé dans le couloir et en roulant elle a regardé toujours droit devant elle pour ne pas perdre son équilibre, des hommes sont venus emmener grand-père mais il s'est enfermé à clef dans sa chambre, un homme marche sur la ballerine et la brise en deux sans même s'en rendre compte, mère et grand-mère sont des statues assises sur le canapé, Helga nous dit de remonter dans notre chambre.

Debout à la fenêtre avec Johann, je contemple la cour de l'école. Personne n'y joue, elle est vide et figée. Froid de pierre. Aucun oiseau. Arbres nus.

"C'est pas grave, dit Johann, ils le méritent.

— Qui ?

— Les Allemands, tous les Allemands. Ils méritent de mourir.

— Ne dis pas ça, Janek, je lui dis en polonais. S'il te plaît, ne dis pas ça.

— Si, je le dis. Les Allemands sont des monstres, Krystka. L'année de ma naissance ils choisissent un monstre pour les gouverner, toute ma vie ils tuent les Polonais, ils détruisent notre peuple, nos terres, nos villes, tu sais ça ? Varsovie notre capitale est mise en cendres l'an dernier, tu sais ça ?"

Sa voix est tellement basse que je l'entends à peine.

"Mais les enfants, Janek… les petits bébés…

— Tu crois qu'ils sauvent les bébés polonais ? Krystyna, les enfants des monstres c'est aussi des monstres.

— Et les animaux ? Eux aussi méritaient de mourir ?"

Silence. Je sens qu'il s'éloigne de moi à nouveau.

"Peut-être que c'est trop tard, pour toi, il dit enfin. Peut-être que tu es trop petite quand ils te volent, et ils font de toi une vraie Allemande. Peut-être qu'on est ennemis, toi et moi, pas amis."

Ses mots hérissent les poils de ma nuque. "S'il te plaît, je lui dis en chuchotant, désespérée, appuyant fort mon pouce contre mon grain de beauté. S'il te plaît, Janek. Je suis polonaise comme toi. Il *faut* que nous restions ensemble.

— Ensemble… *contre l'ennemi*.

— Tak, tak."

Il met un bras autour de mes épaules. "D'accord, il dit en polonais. Dobrze."

"Janek… à Dresde, si des gens avaient des salamandres en cage… elles sont encore vivantes, n'est-ce pas ? Elles peuvent vivre dans le feu.

— Non, c'est une légende… Il y a des salamandres dans la forêt près de notre maison à Szczecin. Tu as vu les vivantes ?

— Non.

456

— Tu as mille idées dans la tête, Kryst-ka, mais de la vie tu ne sais rien. Tu as fait une promenade *une fois* dans une forêt ?

— Non.

— Les salamandres sont magiques. Elles sont noires avec des taches orange, elles ont une grande bouche et des yeux noirs, leur présence est chaude. Avec mon frère on les guette dans la forêt, elles sortent toujours après la pluie, on les voit cachées sous les racines des ar-bres, avec les ténèbres et… de l'eau. Une fois mon frère attrape une sala-mandre et la ramène à la maison. On la met dans une boîte et on essaie de la nourrir mais elle refuse de manger. Jour après jour on apporte des graines, des plantes, des vers de terre, des in-sectes… elle ne touche rien. Après des semaines, elle bouge de plus en plus lentement, mais toujours vivante… Après six mois elle est transparente, comme un squelette couverte de peau, mais bou-geant toujours un peu. A la fin, tout son corps est couvert avec une liquide blanche… elle se sèche et se pourrit… Un jour, on vient la voir et il reste rien, juste un petit tas de gelée."

On déjeune à l'heure du thé.

Les hommes ont emmené grand-père, Helga nous sert le repas qui se résume à quelques pommes de terre à l'eau. Mère et grand-mère ne viennent même pas à table, alors c'est Greta qui dit le bénédicité. Quand elle arrive à la fin, Johann dit "Amen" pour la première fois. Ainsi soit-il.

Dans mon rêve cette nuit-là je vois des milliers de statues de Dresde couchées par terre, un Christ en croix brisé un philosophe barbu brisé une sublime déesse brisée un homme sans tête une tête sans homme un saint triste brisé un enfant musicien aux deux mains cassées une Vierge Marie gisante qui regarde d'un air ahuri un homme nu allongé près d'elle, je vois des têtes de pierre qui roulent, des yeux de pierre qui lancent des éclairs, des chevaux de pierre aux plaies béantes, des esclaves nègres mutilés, des nymphes et centaures démembrés, des têtes de chérubins entassées en pyramide comme des boulets de canon. "Regarde, Kristina !" dit grand-père. Levant les yeux, je vois qu'on a cloué des gens nus au fronton du théâtre, de l'opéra et du palais de justice, leur sang coule sur les murs. De vraies mains et de vrais visages ornent les façades et remuent en essayant d'attirer notre attention. Dans les parcs et les jardins publics, de vraies femmes se dressent au milieu des parterres et du lait gicle de leurs seins, ce sont les nouvelles fontaines. "Regarde, Kristina ! dit grand-père, ouvrant grands les bras pour embrasser le vaste spectacle de la ville. Nous avons gagné la guerre !"

Les rêves débordent dans la vraie vie les jours et les nuits changent de place les gens et les statues changent de place le chaos est partout c'est le mois de mars le froid enserre le monde les sirènes hurlent sans discontinuer le ciel saigne c'est le mois d'avril l'école reprend les arbres dans la cour fleurissent et les oiseaux gazouillent le village est bombardé les bombes tombent pile sur le square et quand on sort le lendemain il ne reste plus de l'hôtel de ville et de l'église que des ruines fumantes les poteaux du manège sont tordus et les chevaux sont couchés sur le côté ou sur le dos les pattes en l'air toujours en position de galop de grands arbres fendus par le milieu se penchent dangereusement comme pour écouter une vérité qui sort de la terre l'école s'arrête Hitler est mort dit la radio c'est le mois de mai les fleurs débordent des parterres des jardins et la cour de l'école se remplit de réfugiés venus de l'Est la ville grouille de réfugiés ils ont marché des jours et des jours en portant des bagages et des baluchons et des bébés ils ont la peau grise ils sont sonnés et affamés et on se calfeutre chez nous pour attendre. Un jour quelqu'un se met à hurler dans la rue et on va à la fenêtre pour voir ce qui se passe, un bébé est mort mais sa mère refuse de le lâcher, elle hurle et hurle quand on essaie de le lui prendre, elle attrape une valise sur une montagne de valises, déverse son contenu par terre et y fourre son bébé mort, puis disparaît dans la foule en portant la valise. C'est le mois de juin et maintenant, dit Johann, l'Allemagne a été partagée en quatre comme un gâteau et chacun des vainqueurs a reçu une part et notre part à nous est aux Américains.

Vient alors un temps où on a faim. On attend, on attend, on attend que père revienne, on ne sait pas s'il est prisonnier des Russes ou s'il est mort au combat ou s'il est mort de faim en essayant de rentrer chez lui, personne ne le sait, arrivent les chaleurs estivales et la ville n'est plus qu'une masse de souffrance fourmillante, les gens s'arrachent le pain de la bouche mais partagent généreusement leurs maladies, on n'a plus rien à manger alors Johann fait une liste de tous les objets de valeur dans la maison, les bijoux de grand-mère les quelques tasses et soucoupes de Dresde encore intactes et le piano, il sort dans la foule, rencontre des gens et fait des affaires, il trouve quelqu'un pour acheter le piano, un camion vient l'enlever et en échange on reçoit un grand sac de pommes de terre, c'est un miracle, pas de la magie, le piano s'est transformé en pommes de terre comme l'eau en vin et Johann est notre héros. Dans la rue il écoute les voix basses et lasses, apprend ce que fuient ces gens, ce qu'ils ont vu et perdu et enduré, ce qu'ils ont laissé derrière eux, il me le raconte.

"Donne la poupée à Johann, Greta, dit mère. Peut-être qu'il pourra la troquer contre un peu de bacon ou une miche de pain", mais Greta, secouant la tête d'un air buté, serre Annabella dans les bras et refuse de s'en séparer. "Il faut voler, Johann, dit mère alors à voix basse. Vole ce que tu peux. Vole ! Vole, ou nous mourrons tous de faim." Johann vole mais quand mère accueille son butin avec des larmes de honte et de gratitude il ne la regarde même pas.

C'est un crépuscule crasseux, je suis perchée avec Johann sur un bout de banc cassé dans un coin du square, des réfugiés en haillons dorment emmêlés à même le sol, ils se servent de leurs ballots comme d'oreillers. Les yeux fermés, j'écoute l'étrange musique autour de nous – vagissements de bébés, soupirs de femmes, prières de vieillardes, gargouillis de mon propre estomac – quand soudain Johann me dit :

"C'est le moment, Fausse-Kristina.

— Quel moment ?

— Je t'ai dit que je pars cet été. Tu viens avec moi ?

— Janek ! On ne peut pas partir *maintenant*... et abandonner la famille... à...

— C'est le mois d'août déjà. Bientôt il va faire trop froid pour dormir dehors. Tu viens avec moi ?" il répète en polonais, et je commence à pleurer.

Les larmes sont une chose mystérieuse. Grand-père me disait autrefois qu'on a des conduits lacrymaux pour laver nos yeux qui sont des machines fragiles et délicates, mais personne ne sait pourquoi ces mêmes conduits se mettent à marcher tout seuls quand on est triste, quel est le rapport entre le chagrin et l'eau salée mais c'est comme ça, d'un seul coup grand-père me manque énormément, et plus je pleure, plus il me manque. Quand on pleure chaque raison de pleurer en entraîne une autre et on a du mal à s'arrêter, grand-père me manque père me manque Lothar me manque je voudrais que toute la famille soit réunie et que mère soit joyeuse à nouveau…

"Alors, Krystynka ? C'est oui ou non ?"

Me jetant contre Johann comme s'il était tous les hommes de l'univers, je sanglote sur sa poitrine et il met un bras autour de moi et me tapote maladroitement la tête, les passants jettent sur nous un œil distrait et poursuivent leur chemin, ils en ont trop vu, leurs villes ont brûlé ils ont vu des gens carbonisés réduits au tiers de leur taille naturelle, des flammes de phosphore leur dansant encore sur le dos, ils ont vu des momies rouges violettes et brunes figées pour l'éternité, des tramways pleins à craquer de passagers rôtis, des mains de femme sur le sol, des têtes humaines grandes comme des balles de tennis, des gens réduits à de petits tas de cendres ou bouillis jusqu'à l'os par l'explosion de leur chaudière, ils ne peuvent pas s'émouvoir pour des vétilles comme les larmes d'une petite fille.

"Tu peux me le dire demain. Demain c'est mon anniversaire, petite Krystynka. J'aurai treize ans et je partirai à minuit."

Autrefois grand-père disait que demain n'arrive jamais et il m'a raconté l'histoire du barbier qui attire les clients avec une enseigne qui dit "Demain on rase gratis". Les gens reviennent le lendemain en espérant se faire raser gratuitement et le barbier se moque d'eux : "Mais non, vous ne savez pas lire ? C'est *demain* qu'on rase gratis" – alors comme ils ont fait le déplacement ils se font raser quand même, en payant, et en l'espace de quelques petits mois l'homme devient le barbier le plus riche de Dresde, disait grand-père.

Demain n'arrive jamais mais le lendemain oui

Le lendemain nous sommes tous assis autour de la table de la cuisine à boire du thé et à grignoter des épluchures de pommes de terre quand quelqu'un sonne à la porte. Mère sursaute violemment en se disant que c'est peut-être père, mais ensuite elle se rend compte que père a la clef et ne sonnerait pas à la porte de sa propre maison mais il a pu égarer la clef en combattant les Russes alors il y a au moins une petite chance mais non, ce n'est pas père. Helga va répondre à la porte et elle revient avec une dame.

464

La dame est tellement élégante qu'on dirait une extraterrestre, ça fait une éternité qu'on n'a pas vu quelqu'un d'aussi bien habillé nourri soigné, ses cheveux marron foncé sont noués en un chignon lisse et brillant, elle porte un uniforme et des chaussures en cuir et tient à la main un porte-documents en cuir. Elle se présente en disant qu'elle s'appelle Mlle Mulyk et qu'elle s'excuse d'interrompre notre repas, dès qu'elle ouvre la bouche on sait que c'est une étrangère et mère dit à tous les enfants de quitter la pièce.

Assis au salon, nous attendons. Il n'y a rien à faire alors on ne fait rien. La pendule n'est plus là pour faire tic et tac et nous rappeler le temps qui passe mais le ciel change lentement de couleur alors il passe quand même, soudain je me rappelle que c'est l'anniversaire de Janek aujourd'hui mais je sens que ce n'est pas le bon moment pour le féliciter. Les quatre femmes à la cuisine parlent de plus en plus fort, la voix de grand-mère devient stridente mais on n'entend pas les paroles, seulement l'air, une mélodie de douleur. Enfin Helga ouvre la porte du salon et nous appelle, Johann et moi – "Pas toi, Greta, elle ajoute quand Greta se lève pour nous accompagner, seulement Johann et Kristina."

Je regarde Greta, elle me regarde, et je me dis : Nous voilà arrivées à la fin de notre épineuse existence de sœurs.

La table de la cuisine est jonchée de papiers et de photos, Helga et grand-mère sont assises de part et d'autre de mère, je vois leurs six pieds alignés sous la table mais je n'ose pas lever les yeux vers leur visage parce que je sais que mère a pleuré et je ne veux pas voir ça.

D'une voix hésitante, l'inconnue dit quelques mots à Johann en polonais.

"Tak", il dit, et mère pousse un gémissement.

Ensuite la dame se tourne vers moi. Pensant qu'elle s'adressera à moi aussi en polonais, je m'apprête à lui expliquer que je ne maîtrise plus très bien ma langue maternelle – mais non : me tendant la main, elle me dit en allemand : "Tu veux bien venir ici, ma chérie ?

— *Non !* crie mère, d'une voix que je ne lui ai jamais entendue, une voix de tripes et de terreau, riche et sombre de douleur. *Pas Kristina !*"

La dame dit à mère de se calmer. "Je sais à quel point tout cela est difficile pour vous", elle dit. Elle demande à

Helga d'apporter à mère un verre d'eau mais Helga ne bronche pas. De nouveau la dame me tend la main et mère s'effondre en larmes sur la table.

Je traverse lentement la cuisine et, prenant la main de Mlle Mulyk, je lui dis solennellement en polonais : "Moi aussi je suis polonaise."

Elle hausse les sourcils. "Non, ma chérie, je ne crois pas", elle dit. Puis, lâchant ma main droite, elle prend ma main gauche et la retourne doucement. Prise au dépourvu, je vois qu'elle scrute l'intérieur de mon bras gauche. Il fait chaud, je porte un haut sans manches alors elle voit tout de suite mon grain de beauté – et, l'ayant vu, elle ajoute : "Je suis même certaine que tu es ukrainienne, et que ton vrai nom est Klarysa."

Le sol se dérobe sous mes pieds et je regarde Johann en état de choc. Il rencontre mon regard, les yeux pleins de confusion comme pour dire *Qui es-tu ?* et je ne connais pas la réponse. Voilà des mois que je me prépare à la réunion avec *matka* et *ojciec* en Pologne ; si *eux* ne m'attendent pas, *qui* m'attend ? C'est où, l'Ukrainie, c'est quoi ? Mon ventre se soulève et j'ai peur de me mettre à vomir comme le jour où j'ai compris pour la première fois que

j'étais adoptée. Mais j'étais seule à l'époque, c'était avant l'arrivée de Janek dans
ma vie, maintenant je m'accroche à ses
yeux et ils me disent *Quoi qu'il arrive,
nous resterons ensemble toi et moi.*

Après le départ de Mlle Mulyk je
vais à la salle de bains, seul endroit de
la maison où je peux être tranquille, et
j'ouvre les robinets à fond pour que
personne ne puisse m'entendre chanter. Si je suis vraiment ukrainienne alors
que je me croyais polonaise, est-ce que
je pourrai me remettre à chanter en
allemand ? Tout en caressant mon grain
de beauté de mon pouce, je chante la
chanson sur les edelweiss, pour remercier grand-père de tout ce qu'il m'a appris dans cette maison.

Cette nuit-là Greta vient près de mon
lit dans le noir, elle tient Annabella
dans ses bras et elle me dit : "Kristina,
la dame américaine va t'emmener loin
d'ici, n'est-ce pas ?

— Je crois que oui.

— Elle va te renvoyer chez tes vrais
parents en Ukraine, n'est-ce pas ?

— Probablement.

— Alors écoute-moi. On n'a pas été
très amies ces derniers temps mais tu
vas me manquer, la maison sera vide

sans toi, et en plus je n'aurai plus de petite sœur à embêter." Après un instant d'hésitation, elle ajoute : "Je vais dormir avec la poupée cette nuit et ensuite… quand tu partiras… tu peux l'amener avec toi. Ça sera un… souvenir de la famille."

Je lui saute au cou et on s'étreint très fort et ça me fait drôle parce que c'est la première et la dernière fois qu'on se serre dans les bras toutes les deux. "Merci beaucoup, beaucoup, beaucoup, Greta. Je ne l'oublierai jamais."

Helga passe la matinée à préparer nos bagages, vers midi je vois ma valise ouverte sur mon lit avec toutes mes possessions dedans, depuis ma brosse à dents jusqu'à l'ours aux cymbales – et, couronnant le tout, la merveilleuse Annabella, sa robe de velours rouge soigneusement étalée autour de son corps. En début d'après-midi, postée à la fenêtre avec Janek, je vois la voiture de Mlle Mulyk venir se garer devant notre maison. Deux hommes l'accompagnent cette fois, l'un des deux est noir et Janek en conclut qu'ils sont tous américains. Mère est restée enfermée dans sa chambre depuis le matin, elle ne nous a pas rejoints pour le déjeuner mais quand la sonnerie retentit elle sort, toute coiffée et maquillée, je vois qu'elle fait de son mieux pour se donner une contenance mais quand elle voit Helga et Johann descendre l'escalier en portant nos valises elle s'effondre à nouveau et elle fait le même bruit de gorge que la veille, un bruit de terreau épais et effrayant, comme si sa voix sortait des entrailles de la terre. Se jetant sur moi, elle me serre contre elle de toutes ses forces en gémissant "Kristina, Kristina", les hommes portent nos valises jusqu'à la voiture et Johann les suit sans un mot, ni merci ni adieu, ni à mère ni à Greta ni à Helga ni à grand-mère. Ensuite Mlle Mulyk vient vers nous et parle à mère d'une voix douce mais ferme pour la convaincre de me relâcher et je dois dire que ça me soulage parce qu'elle commençait à m'étrangler.

Quand on referme la porte derrière nous, mère pousse un long cri perçant qui résonne dans le couloir. Des voisins curieux entrouvrent leur porte pour nous épier et Mme Webern, au lieu de se cacher, se plante devant sa porte, les bras croisés et les yeux brûlants comme des torches, mais Mlle Mulyk garde les yeux braqués devant elle comme une ballerine et me dit tout bas : "Tiens bon, Klarysa."

Les deux hommes sont assis devant, moi je suis coincée entre Janek et la dame sur le siège arrière, le voyage me semble interminable, c'est une journée torride du mois d'août et je transpire énormément. Grand-père disait autrefois que la transpiration est le système de refroidissement du corps, la sueur est sécrétée par des conduits sous le front et les aisselles et je ne sais où encore, et quand elle s'évapore ça te rafraîchit – mais aujourd'hui ma sueur ne s'évapore pas, elle ne fait que couler sans arrêt. Personne ne parle mais je vois que les mâchoires de Janek se contractent à nouveau. Je ferme les yeux et fais semblant de dormir, au bout d'un moment je regarde Mlle Mulyk à travers mes cils et à ma surprise elle est en train d'écraser une larme, je me demande ce qui la fait pleurer, *elle*, mais peut-être que tout le monde a des raisons de pleurer en ce moment, même les Américains. Enfin je m'endors pour de bon avec la tête sur l'épaule de Johann.

La voiture me dépose devant une maison, je gravis les marches du perron et essaie le bouton de la porte, elle n'est pas verrouillée, frémissant d'impatience je franchis le seuil, longe un corridor et pénètre dans une grande salle violemment éclairée, à l'autre bout de la salle je vois une femme de dos. Enfin ! enfin ! je me dis. Enfin j'ai trouvé ma vraie mère ! "Maman ?" je dis, mais elle ne me répond pas, ne se retourne même pas, alors je vais près d'elle et lui touche la main en disant "Maman ?" mais elle est en pierre.

Quand je me réveille on est arrivé, ma tête est lourde et j'ai besoin de faire pipi, la nuit est presque tombée.

Pendant qu'on descend de la voiture Janek me murmure à l'oreille : "J'ai vu des bonnes sœurs en arrivant, ça me rappelle des souvenirs mauvais, je ne vais pas rester longtemps ici.

— Elles étaient brunes ?

— Non, noir et blanc. Mais allemandes pour sûr."

Les hommes emportent nos valises quelque part.

"Vous passerez quelque temps dans ce centre, nous explique Mlle Mulyk pendant que nous franchissons ensemble la porte d'entrée. Il faut du temps pour mettre tous les papiers en ordre. Le dortoir des filles est à gauche et celui des garçons à droite, mais vous vous retrouverez tous les jours à l'heure du repas, du moins jusqu'à ce qu'on vous ait trouvé des familles.

— Trouvé *des* familles ? fait Johann vivement. Trouvé *notre* famille, vous voulez dire !

— Oui, oui, dit la dame d'un air vague. Malheureusement, les choses n'avancent jamais aussi vite qu'on le souhaiterait. Allez, montez ranger vos affaires, puis venez rejoindre les autres pour le repas du soir. La salle à manger est juste là."

Et elle s'éloigne… d'un pas si pressé que je me demande si elle n'est pas à nouveau au bord des larmes.

Je ne comprends rien à ce qui se passe.

Dans le dortoir des filles je vois ma valise de loin, posée sur un des lits.

Je traverse la pièce en courant et me jette sur la valise, la fébrilité me rend maladroite mais je réussis enfin à l'ouvrir.

Nulle trace d'Annabella. J'ai beau tourner et retourner toutes mes affaires, elle n'est pas là. Roulant mon corps en une boule serrée, je m'enfonce les poings dans les yeux et me dis à travers mes dents serrées : qu'est-ce que je vais devenir ? Je n'ai plus que Janek au monde, et lui aussi on va me l'enlever.

Janek dit que nous sommes dans un couvent, c'est pour ça que les bâtiments ressemblent à des églises ; les Américains

se font aider par des bonnes sœurs allemandes. On me présente aux autres
enfants du centre mais ils ne m'intéressent pas : dix-sept filles et vingt-neuf
garçons entre quatre et quatorze ans,
tous prostrés. Aucun d'entre nous n'a
envie d'être ici parce que ce n'est pas
un vrai lieu, seulement une étape pro-
visoire entre le passé et l'avenir. Tous
nous pensons sans arrêt au passé – moi
je veux retrouver ma vie d'avant, avec
le clocher de l'horloge le manège les
petits moulins à vent l'église le tourniquet la boîte à bijoux le piano les cartes
postales de Dresde – et l'avenir est un
énorme point d'interrogation.

"Comment elle a fait, Mlle Mulyk, pour
reconnaître mon grain de beauté ?
— Tu dois avoir un dossier quelque
part. Elle a dû mettre la main sur ton
dossier.
— Mais qu'est-ce que ça veut *dire*?
— Je ne sais pas."

Une nouvelle routine commence et les
journées s'égrènent l'une après l'autre.
Le matin, après avoir fait notre lit et
un peu de gymnastique, nous partons
en randonnée dans la campagne. L'après-
midi, ils nous divisent en petits grou-
pes et nous donnent des cours, je

m'ennuie à mourir parce que les autres filles de mon âge ne savent même pas lire et je dois tout recommencer à zéro ; j'aimerais rêvasser pour me distraire mais je ne sais même pas à quoi rêver, chaque train de pensée aboutit dans une impasse parce que je ne suis pas celle que je croyais être et je ne sais pas qui je suis. Après la classe de lecture je dois assister à un cours d'anglais où il n'y a que deux autres filles, le maître s'appelle M. White ce qui est cocasse parce qu'il est noir, c'est un nègre américain et sa peau est couleur chocolat partout, à part ses paumes et ses lèvres qui sont marron rosé ou rose brunâtre. Il nous apprend à dire mummy et daddy, please et thank you, what a nice day et I am your daughter. Il me dit que j'ai une oreille remarquable et une prononciation parfaite.

"A toi aussi, on te fait apprendre l'anglais ?

— Non.

— Pourquoi on me fait apprendre l'anglais ?

— Je ne sais pas, petite sœur."

Janek m'appelle petite sœur maintenant parce qu'il ne sait plus comment m'appeler ; qui sait si Mlle Mulyk avait raison avec son histoire de "Klarysa" ?

Mon septième anniversaire arrive et je ne le mentionne même pas.

Dans mon lit la nuit, mon corps me tient compagnie. Je compte et recompte mes doigts et mes orteils en essayant de faire le truc que m'a appris grand-père, où on a vraiment l'air d'avoir onze doigts, mais ce n'est pas facile de se leurrer soi-même. Je me cure le nez, c'est une des choses qu'on a le droit de faire quand personne ne vous regarde. J'enlève les petites saletés qui se nichent dans mon nombril, j'explore la fente chaude entre mes cuisses et après je hume mes doigts et les lèche. Parfois j'essaie de me lécher partout comme une chatte qui nettoie ses chatons, mais il y a trop de parties de mon corps que je ne peux pas atteindre avec ma langue. Je retourne ma lèvre inférieure en me rappelant grand-père qui me disait, quand je boudais : "Attention à ne pas trébucher sur cette lippe, Kristina !" Ça me rappelle la blague où il demandait aux gens : "Savez-vous tirer la langue et vous toucher le nez ?" On pleurait de rire tous les deux, à les regarder loucher en essayant désespérément de se toucher le nez avec la langue mais ensuite il disait "Regardez, c'est facile !" et, sortant à peine le bout de sa langue d'entre ses lèvres, il se touchait le nez de son index.

Je caresse mon grain de beauté en fredonnant sous les couvertures, une fois par semaine je chante dans ma tête toutes les chansons de mon répertoire avec les strophes dans le bon ordre parce que je ne veux pas les oublier, je chante sans bruit pendant des heures, les autres filles gémissent et reniflent dans leur lit et ça me dérange, alors quand je ne trouve plus de chansons je me mets à faire les tables de multiplication et ensuite je récite l'alphabet à l'envers, un peu plus vite à chaque fois, au bout de quelques semaines je peux le réciter aussi vite à l'envers qu'à l'endroit, même si je vois mal à quoi cet exploit pourrait me servir un jour.

Les feuilles sur les arbres roussissent et brunissent, se rident et craquellent et laissent le vent les porter jusqu'à terre. Je n'ai jamais été aussi triste qu'en ce moment, debout à la fenêtre du dortoir, à regarder les feuilles perdre leur couleur et flotter lentement vers le sol une à une, ma vie aussi a perdu ses couleurs et parfois j'ai juste envie de me faner, de me laisser tomber, la tête dans les bras, et de rester morte pour toujours.

Vient enfin le Grand Tournant, c'est le 18 octobre et ça fait déjà deux mois que nous sommes au centre, Janek et moi, beaucoup d'enfants ont disparu entre-temps et d'autres sont arrivés et maintenant c'est notre tour à nous de disparaître.

"Alors…", dit Janek quand on se retrouve ce soir-là pour notre conversation d'après-dîner.

Nous sommes assis très près l'un de l'autre en haut du perron, il fait presque complètement nuit et en plus il fait froid. Je n'ai pas de manteau, ce qui m'arrange parce que ça me donne un prétexte pour trembler et c'est exactement ce que j'ai envie de faire.

"Alors…, il répète, fixant entre ses pieds un point sur la marche où il n'y a rien du tout. Ils t'ont dit ce qui t'attend ?

— Oui. Et toi ?

— Oui.

— Raconte.

— Toi d'abord.

— Non, toi."

Je vois remuer les muscles de ses mâchoires et ensuite il les serre très fort comme pour empêcher le moindre mot de franchir ses lèvres.

"Raconte-moi, Janek…"

Avec un bruit mi-soupir mi-sanglot, il relâche l'air de ses poumons, aspire une nouvelle goulée d'air et la retient interminablement, et enfin il dit : "Mes parents ils sont morts, mon frère il est mort, toute ma famille, ils savent maintenant pour sûr qu'il n'y a plus personne chez moi… Alors ils vont me mettre en pension.

— *Quoi ?* Où ça ?"

De ses deux mains il serre fort les genoux mais comme il fait noir je n'arrive pas à voir si ça fait pâlir ses phalanges, en général elles pâlissent quand on serre fort comme ça parce que les os remontent tout contre la peau et ça fait s'écarter les vaisseaux sanguins, je crois que c'est ça l'explication.

"*Où*, Janek ?

— A Poznań. J'ai un oncle à Poznań. Ils veulent me donner à lui la semaine prochaine.

— Mais tes parents… ils sont morts comment ?

— Ils n'ont pas voulu me dire. Ils disent que c'est sûr mais ils refusent de me montrer une preuve. Ils disent que pour le moment je dois croire ce qu'ils disent et aller dans cette pension à Poznań et faire confiance que c'est pour mon bien."

Je laisse un long silence venir entourer les mots de Janek et les bercer dans ses bras.

"Et toi ?" il me demande quand le silence a fait ce qu'il a pu, ce qui n'est pas grand-chose. Je m'apprête à prononcer mes mots à moi, qui auront besoin eux aussi de beaucoup de silence.

"Ils m'envoient au Canada, je dis.

— Au *Canada*? Pourquoi ? Je croyais qu'ils savent qui sont tes vrais parents !

— C'est un mystère, Janek. Pendant que j'attendais dans le couloir je les ai entendus discuter ensemble dans le bureau du directeur, ils parlaient en anglais mais ils ont répété la même chose plusieurs fois en criant alors j'ai compris les mots. Le directeur disait : «Mais la lettre de sa mère ?» Et Mlle Mulyk : «L'Ukraine est aux mains des rouges.» Et le directeur : «Mais la lettre…» Et Mlle Mulyk : «Elle n'existe pas, cette lettre, d'accord ? Il n'est pas question d'envoyer Klarysa chez les rouges !» Qu'est-ce que ça veut dire ?

— Je crois… je crois que ça veut dire les Russes, dit Janek.

— Ensuite ils m'ont fait entrer dans le bureau… et le directeur est parti. Mlle Mulyk m'a dit qu'elle a un sentiment spécial pour moi parce qu'elle est ukrainienne aussi… Elle a des amis ukrainiens à Toronto – les Kriswaty, un docteur et sa femme – qui n'ont pas d'enfants à eux et qui seront très heureux de m'adopter. Comme ça, elle dit, je vivrai au sein de mon peuple dans un grand pays riche et mon nom sera Kriswaty."

Janek me fournit généreusement le silence dont j'ai besoin.

Ensuite il dit : "Poznań, Toronto."

Quand je l'entends prononcer les noms de nos villes futures, une lourdeur vient sur moi et me comprime et m'écrase jusqu'à ce que je me mélange avec le ciment froid sur lequel nous sommes assis et il me semble que plus jamais je ne pourrai me remettre debout.

"C'est impossible", je dis dans un murmure.

Se tournant vers moi sur les marches, Janek écarte les cheveux de mon visage et m'effleure doucement les traits avec les doigts comme s'il était aveugle.

"Ecoute bien, mademoiselle Kriswaty, il dit enfin. Ils peuvent nous envoyer moi à Poznań et toi à Toronto, ils peuvent changer notre nom, nous donner des papiers faux et des parents faux et une nationalité fausse, mais il y a une chose qu'ils ne peuvent pas faire, c'est *nous séparer*. D'accord ? Toujours, toujours nous serons ensemble et ils ne peuvent rien faire. Nous savons qui nous sommes vraiment et *là, tout de suite, on va choisir les noms pour être nos vrais noms*, commençant aujourd'hui. Tu es prête, petite sœur ?"

Je hoche faiblement la tête.

"Bon", il dit.

S'emparant de mon bras gauche, il remonte la manche de mon chandail et embrasse mon grain de beauté. Il a les lèvres glacées et son corps tremble violemment.

"Je suis avec toi… *ici*, il dit. Mon vrai nom est Luth parce que mon père il fait des luths à Szczecin. Mon nom c'est le mot pour cet instrument dans toutes les langues. Si tu te touches ici, ou même si tu y penses, je suis là, je vibre en toi comme les cordes d'un luth, je joue avec toi quand tu chantes. Luth, Luth, Luth. Dis.

— Luth, je dis. Luth, Luth.

— Toi maintenant. Choisis ton nom."

Le nom me fond dessus comme un oiseau du ciel, et je le dis tout bas : "Erra.

— Erra, il répète. Erra. Oui, parfait. J'amène Erra avec moi à Poznań et tu amènes Luth avec toi à Toronto. Erra et Luth. C'est beau ?

— Luth et Erra.

— Et plus tard… je viens te trouver. Quand on est grandi. Le plus vite possible, je te retrouve par ton chant.

— Et on restera ensemble pour toute la vie.

— Oui. On doit le jurer."

Posant deux doigts sur mon grain de beauté, il dit : "Moi, Luth, je jure que j'aime Erra et je la retrouve plus tard et je reste avec elle pour toute la vie. Toi maintenant.

— Moi, Erra, je jure d'aimer Luth et de le retrouver plus tard et de rester avec lui toute la vie."

C'est très grave et solennel et le lendemain Janek disparaît, plongeant tout le centre dans le chaos, et une semaine plus tard, debout sur le pont d'un paquebot, je regarde à l'infini rouler la houle grise de l'Atlantique.

NOTE DE L'AUTEUR

Entre 1940 et 1945, pour suppléer aux pertes allemandes dues à la guerre, un vaste programme de "germanisation" d'enfants étrangers fut entrepris dans les territoires qu'occupait la Wehrmacht. Sur l'ordre de Heinrich Himmler, plus de deux cent mille enfants furent volés en Pologne, en Ukraine et dans les pays baltes. Ceux qui avaient atteint l'âge scolaire furent envoyés dans des centres spéciaux pour y subir une éducation "aryenne" ; les plus petits, y compris de très nombreux bébés, transitèrent par les centres Lebensborn ("fontaine de vie" – les fameux "haras" des nazis), avant d'être placés dans des familles allemandes.

Dans les années de l'immédiat après-guerre, l'UNRRA (United Nations Relief and Rehabilitation Administration), avec d'autres organismes d'aide aux personnes déplacées, restitua environ quarante mille de ces enfants à leur famille de naissance.

Sources

Marc Hillel, *Au nom de la race*, Fayard, Paris, 1975.

Gitta Sereny, *The German Trauma : Experiences and Reflections 1938-2001*, Penguin, Londres, 2001.

Fernande Vincent, *Hitler, tu connais ?*, L'Amitié par le livre, Besançon, s. d.

Eva Warchawiak, *Comment je suis devenue démocrate*, HB éditions, Aigues-Vives (Gard), 1999.

Voir aussi le film documentaire de Chantal Lasbats, *Lebensborn* (1994), ainsi que de nombreux sites Internet…

RÉFÉRENCES DES CITATIONS

FIDDLER ON THE ROOF (Un violon sur le toit), de Joseph Stein, musique de Jerry Bock et paroles de Sheldon Harnick, basé sur des nouvelles de Sholom Aleichem (avec la permission d'Arnold Perl) ; produit par Harold Prince, 1964.

Extraits de la chanson *If I Were a Rich Man*.

Page 184 : *"If I were (…) all day long I'd" "If I were (…) Yidle-diddle-didle-didle man"*

THE WIZARD OF OZ (Le Magicien d'Oz), comédie musicale produite par L. Franck Baum et William W. Denslow, 1902. Adaptation cinématographique de Victor Fleming, scénario de L. Frank Baum, Noel Langley, Florence Ryerson et Edgar Allan Woolf, musique de Harold Arlen, George Bassman, George Stoll et Herbert Stothart ; produit par Mervyn LeRoy ; Metro-Goldwin-Mayer, 1939, puis Warner Bros depuis 1998.

Extraits de la chanson *Follow the Yellow Brick Road*.

Page 184 : *"Follow the Yellow Brick Road. Follow the Yellow Brick Road"*

Page 185 : *"You'll find he is a whiz (...) becoz"*

PORGY AND BESS, composé par George Gershwin, sur un livret d'Ira Gershwin et de DuBose Heyward, 1935.

Extraits de la chanson *It Ain't Necessarily So*.
Page 184 : *"Wa-doo (...) for a sebben"*
Page 185 : *"Li'l David (...) but oh my !"* *"Li'l Moses (...) Pharaoh's daughter said"*

ON THE TOWN *(Un jour à New York)*, réalisé par Gene Kelly et Stanley Donen, scénario et paroles des chansons par Adolph Green et Betty Comden, musique de Leonard Bernstein, produit par Arthur Freed ; Metro-Goldwin-Mayer, 1949.

Extraits de la chanson *New York, New York*.
Page 184 : *"Beneath the Broadway lights"*
Pages 184-185 : *"New York New York (...) hole in the groun'"*

EXTRAITS DE LA CHANSON *ALABAMA SONG*, texte de Bertolt Brecht et musique de Kurt Weill ; composée en 1927 et reprise dans *Aufstieg und Fall der Stadt Mahagonny (Grandeur et décadence de la ville de Mahagonny)*, Suhrkamp Verlag.

Page 184 : *"Oh, moon of Alabama"*
Page 185 : *"Show me the way (...) don't ask why"*

SINGIN' IN THE RAIN *(Chantons sous la pluie)*, réalisé par Stanley Donen et Gene Kelly, scénario d'Adolph Green et Betty Comden, produit par Arthur Freed ; Metro-Goldwin-Mayer, 1952.

Extrait de la chanson *Moses Supposes*.
Page 185 : *"Moses supposes (...) doodie doodle"*

THE SOUND OF MUSIC (La Mélodie du bonheur), comédie musicale de Richard Rodgers et Oscar Hammerstein II, basée sur le livre de Maria Von Trapp, *The Story of the Trapp Family Singers* (1949) ; livret de Howard Lindsay, Russel Crouse, 1959. Film réalisé et produit par Robert Wise, Twentieth Century Fox, 1965.
Extrait de la chanson *Edelweiss*.
Page 279 : *"Edelweiss, Edelweiss (...) Pour saluer ceux qui t'aiment"*

TABLE

3.2.

BABEL

Extrait du catalogue

COÉDITION ACTES SUD – LEMÉAC

Ouvrage réalisé
par l'atelier graphique Actes Sud.
Reproduit et achevé d'imprimer
en novembre 2007
par Normandie Roto Impression s.a.s.
61250 Lonrai
pour le compte des éditions
Actes Sud
Le Méjan
Place Nina-Berberova
13200 Arles.

Dépôt légal
1re édition : octobre 2007
N° impr. 073381
(Imprimé en France)